「对话中国杰出村干部」

# 中国村干部

## 中国500万村干部全透视

张艳华 / 著

人民东方出版传媒
東方出版社

谨以此书献给我的父亲张光祥

# 目　录

CONTENTS

## 上篇　中国500万村干部全透视

## 下篇 对话中国杰出村干部

# 上　篇

# 中国500万村干部全透视

# 1 中国 500 万村干部

## 从数千年乡绅自治到村干部政治

“村官”一词不知道是谁发明的。本人翻阅了不少历史书籍，查不出这个词的最初来源。暂不追究这个词的来历，媒体在这个词的传播和流行上，起到了推波助澜的作用。

“村官”，即村干部。这个词可能是中国人传统文化中“官本位”思想产生的怪胎，想来有些蹊跷，为何没有乡官、镇官、省官的说法，偏偏最不起眼的“村官”流行了起来。是村干部把自己装腔作势成了“官”，还是他们的所作所为让老百姓认为村干部是“官”？总之，“村官”成了全民接受并普遍应用的词。

有人做过统计，中国大约有 500 万村干部。尽管随着城镇化进程的推进，几乎每天都有自然村在消亡，但是村干部的总体数量依然很庞大。他们管理着中国 8 亿多农民+农民工。

追问村干部的前世今生，我们不得不提到一个重要群体“乡绅”。

从乡村社会的发展来看，封建时代、民国时期的乡土社会主要靠“乡绅自治”。这里要说明的是，“乡绅”并不是一个贬义词。在传统农业社会，常常以“乡绅”或“乡贤”来称呼乡村里的精英人物。能够担任乡绅这一角色的，通常是有一定的经济地位、社会威望以及文化修养的大家族长者。这一传统的乡村自治方式，被称为“乡绅政治”。

换句话说，乡绅是中国封建社会农村一级的在野政治力量，虽然权力有限，管辖范围有限，但地位犹如“长老”，扮演了朝廷、官府政令在乡村的执行者和乡村民众政治、文化代言人的角色，是乡村社会的经济发展、文化发展、道德教化、公益事业发展的主要推动力量。

明末清初学者颜茂猷说：“乡绅，国之望也，家居而为善，可以感郡县，可以风州里，可以培后进，其为功化比士人百倍。”（《官鉴》）可见，乡绅对国家稳定和发展产生了巨大作用。

在传统社会中，中国人奉行“皇权不下县，县下唯宗族，宗族皆自治”。乡村与国家，在一定程度上相互独立存在，行政系统并不直接参与乡村治理，这种官方秩序与乡村秩序并存的情况，在历史长河里并没有产生直接的对抗，保持了相对稳定、和谐的社会局面。传统乡绅的贡献功不可没。这主要是因为传统乡绅一个主流的重要特征，是要求具备众所公认的儒家道德品质。它直接来源于儒家思想提倡的“贤人政治”。

“贤人政治”既是我国传统政治道德化的基本趋向，也是传统政治架构的理想蓝图。

正如著名社会学家费孝通先生所言，“拥有权力和财富、植根于土地的乡绅阶层，连接了以家庭为单位的社会成员与国家，充当了乡村的治理者。”①

大千世界，凡事都有好坏两面。传统乡绅群体里也有劣绅。民国时期，“土豪劣绅”成为一个热门词。“劣绅”大多是地方上的恶霸或退职官僚中的品行恶劣者，是旧社会有钱有势、横行乡里的人。古代的苛捐杂税大部分是依靠劣绅协助中央集权完成的。

---

① 费孝通：《乡土中国》人民出版社，2015 年版。

近代以来，随着民族工业兴起和城市化进程的推进，农村的精英分子纷纷奔向城市，传统的乡绅阶层逐渐瓦解，传统的儒家思想对乡村治理的约束能力也开始弱化。

新中国成立后，“后乡土社会”则呈现不一样的面貌。“乡绅政治”退出历史舞台，村干部诞生，村民通过民主选举方式，选出贤能之人组成村委会，代表村民意愿治理村庄。这时的乡村政治基本性质属于“村官政治”。在农村这样的“熟人社会”里，“村官政治”的最大特点在于村干部的素质和作风，对整个村的建设影响巨大。

“村官”的权力很小，但是与村民的利益息息相关，甚至个别地方的“村官”被称为“上管天，下管地，中间管空气”，拥有很大的能量。

随着我国城镇化进程的推进，在集体土地征用、房屋拆迁等方面，村干部拥有着不小的权力，“村官”这个最不起眼的官成了香饽饽。城乡接合部的村干部是被追捧的“热门”职业。

近些年，我们惊喜地看到，乡绅文化再度兴起，返乡的新一代“乡绅”对于参与乡村事务，显示出很大的热忱。从农村走出去的精英们，参政意识日益强烈，有着将经济能力转化为参政能力的热切愿望，变革中的农村无疑为他们提供了广阔的参政空间。

如何使“现代新乡绅”摆脱传统乡绅的痼疾和弊端，为培育“现代新乡绅”设计政策与现实路径，是具有丰富历史意蕴和现实内涵的命题。

“现代新乡绅”属于乡村精英，但不完全等于乡村精英，只是乡村精英中的文化精英、知识精英，他们多数是年轻有为的人士；他们可能有一定的政治地位、经济地位，但并不以财富作为判断标准，他们的特质更倾向于知识性、文化性、服务性和社会性，且与互联网时代接轨，他们的影响主要是文化层面和社会层面。

# “村干部”一词的由来与演变

## “村干部”的由来

村干部，众所周知就是村庄事务的管理者，但是对于它的来源和构成，很多人未必清楚。由于时过境迁，这个词又使用频繁，人们也就不大注意它的词源了。笔者查阅了一些资料和专家学者的研究，做了以下整理。

“干部”，最初是一个外事词，它被许多国家采用，其含义是指在国家机关和公共团体中起骨干作用的人员。

“干部”一词不是中国人的发明，它是一个地道的外来词语。1539年法国大作家拉伯雷的作品中第一次出现“cadre”，借用意大利语的含义，指方框，后转义为一定的场所、环境；后转为指作品的各部分安排；后又指领导一个军团的军官。之后，又指官方或企业中的高级人员。再指青年干部和所有干部。直至今日，“cadre”一词在法语当中仍旧有十几个词义。“干”的开头辅音是 g，和 c 字母的法语读音十分接近。

中国人最早使用“干部”一词来源于日语的“幹部”。明治前后，日本人用汉字译一些西方基本的词汇，如干部、物理、数学、化学、经济等等。这些译法又被中国接受，渐渐成了中国人的语言词汇。

## “村干部”的演变

1922 年 7 月，中国共产党第二次全国人民代表大会制定的《中国共产党章程》中，首次使用了“干部”一词。从此以后，在党和国家机关、军队、人民团体、科学、文化等部门和企事业单位中担任一定公职的人员都称为干部。党的十二大明确指出：“干部是党的事业的骨干，是人民的公仆。”这是对我国干部本质特征所作的科学概括。

比如，我国每个村庄的一把手、村干部带头人叫村支书。与村主任不同，村支书是中国共产党最基层的党组织村党支部的书记，一般由村党支部党员选举产生，如有特殊原因则由上级党组织委派。而村主任，是基层村民自治组织——村民委员会的一把手。两者级别一样，但就职权来说，村支书管的范围要宽些，也就是说权力大些。村主任主要职责是在村党总支部领导下，抓好村委会职权范围内的各项工作。有的村人力缺乏，村支书可以兼任村主任，但是村主任不能兼任村支书。

村干部制度从建立至今，也在与时俱进地发生变化。国务院政府特殊津贴专家、南京大学政府管理学院政治学系肖唐镖教授曾在接受《南方周末》记者专访时讲道，从新中国成立到现在，我国村干部代际变化分为三个阶段，经历了从“毛泽东时代干部”到“邓小平时代干部”再到“强人式干部”演化的过程。①

第一阶段为新中国成立后至20世纪80年代初期，那时的村干部大多是“毛泽东时代干部”，对干部的要求主要是“红”“权威”，比较淳朴、严肃、正经、理想主义；第二阶段是在20世纪80年代末至20世纪90年代中期，这一时期的村干部大多是“邓小平时代干部”，看重的是抓经济建设，有生意头脑，敢闯敢为；第三阶段是20世纪90年代中期至今，大多是“强人式干部”，趋向有势力、综合能力强的富人干部、能人干部。

这个观点笔者比较赞同。在一定的历史时期，强势也有强势的好处。国家取消农业税之前，老好人当村干部的概率很低，因为他们很难完成艰难的税收任务，难以说服村民如实缴税，一般都是强人治村。那时候村民日子苦，负担重，哪个愿意掏钱缴税？农业税取消之后，更加需要强人治村。村集体要发展，国家拨款的基础建设项目需要落实，如果没有强势的村干部，很难带动乡村经济自主发展。

---

① 《南方周末》，《村官为什么涉黑》，2014年8月7日。

在农业和农村经济发展的新阶段，对村干部的要求更加多元化，主要职责总结起来就是四个字，即传、带、稳、育。“传”，即传达、贯彻、落实党的政策。“带”，即带头并带领农民发展经济。“稳”，即协助地方党委、政府做好农村各项工作，维护农村稳定。“育”，既提高农民的素质，又培育新型农民。

### 村干部的构成与选举制

村干部可不仅仅只是上文提到的村支书和村主任，对村干部的定义有广义和狭义之分。大部分行政村都有 7 名左右的村干部。现今的趋势是将“村干部”称为“村务工作者”“村务员”，强化村干部的服务意识，弱化权力意识。

狭义而言，村干部是指在村党组织和村委会的任职人员，主要分两类：党支部的干部和村委会的干部，包括村党组织书记、副书记，村主任、副主任、委员等，其中村党组织书记和村委主任是主要村干部。可以简单理解为村里的一把手、二把手。

广义而言，村干部不仅包括村两委干部，而且包括其他在村级组织开展工作的人员，主要有四类：一是村民小组长、治保主任、人口主任、民兵连长、团支部书记、村办经济组织负责人、老年人协会会长等；二是上级选派机关干部到村任职人员，例如驻村干部、包村干部等；三是选聘的大学生；四是招募的村务工作者。

此外，在精准扶贫和乡村振兴的大背景下，县市级、乡镇级政府会针对贫困村成立专门的扶贫工作队，针对特殊产业项目成立专门的项目工作队等，临时入村一段时间，也是广义上的村干部。

在村干部的确立上，采用的是选举制，特别是村支书和村主任这两个主要职位。根据法律规定，我国的农村党支部和村委会三年举行一次选举，可以连选连任。

村庄管理机构一般由村支部和村委会构成。村支部主要包括书记、副书记、纪检委员、宣传委员以及组织委员 5 个人。村委会主要由主任、副主任、妇女主任、文书、出纳构成。村支书由全村党员选举产生，村委会由 18 周岁以上的村民选举产生。

在实际操作中，根据乡村工作的复杂繁重程度，村干部职位可以交叉任职，即一个人可以担任多个职位，总人数 3~7 人不等，很多人是身兼多职，当然有些职位可能部分村并没有。如果没有交叉任职，一个村正常情况下有 7~10 个村干部，甚至更多，大多数村都是 5~7 个人。

农村党支部的干部，一般由 3~5 人构成，现阶段的操作基本是由上级党组织选拔，全村党员投票决定是否同意，再由上级党委任命书记、副书记、支部委员，三年一换。

村民委员会的干部，一般由 3~5 人构成，由全体村民选出，投票决定村主任、村委人员，具体职务将在村民代表大会上确定，如主任、副主任、民兵营长、妇女主任等，也是三年一换。在部分农村，村主任职位空缺的，暂由村支书兼任。

包村干部就是上级派驻到村里联系工作的人员，在村里工作期间，了解和掌握该村的工作情况，协助村支部和村委解决一些村民反映的实际问题，为村民搞好服务，同时向派出单位提出工作或帮扶建议。包村干部的作用定位是“督促、指导、协调”,“包重点、包稳定”是底线。

驻村干部是为了发展村级经济，帮助村民摆脱贫困，一些地区县、镇领导和机关干部主动与一些村结对帮扶，在一些贫困村进行蹲点，即驻村。驻村干部的作用是围绕“改革、发展、稳定”三大核心任务，对所驻村经济发展、政策执行、制度规范、工作落实、社会稳定等方面进行把关、指导、实施、协调、推进、监督。他们在村里蹲点，开展调研，进行分析，收集村民困难，主动与上级部门联系，帮助出点子，为村级经济发展起到积极作用。

还有许多人关心村干部的工资发放问题，其实村委会不是国家政府机构，是自治组织，理论上是没有工资的，村委会成员不脱离生产，所以只给一点补贴。根据《村民委员会组织法》，村干部的工资数额，应当由村民会议或者村民代表会议讨论决定，并从本村村级经费中列支。在实践中，村干部工资数额一般由所在乡镇政府作出规定，除一部分由村集体经费负担外，国家财政或者地方财政会有一部分转移支付资金，为村干部工资发放提供保障。

近两年，在村级组织中推行书记、主任“一肩挑”，即村（社区）党组织书记通过法定程序担任村（居）民委员会主任。切实解决村干部职数偏多、报酬待遇低、管理不规范等问题，实施减职增薪增效，进一步调动村干部工作积极性，增强基层党组织凝聚力和战斗力。

# 乡贤回归，重构传统乡村治理文化

乡贤，是乡村里一个特殊的群体。他们是村民，也可以不是村民。他们是村干部，也可以不是村干部。他们是党员，也可以不是党员。

最近一段时间，笔者足迹遍布浙江省、江苏省下辖诸乡村。所到之处，时常会看见村委会建有文化长廊，文化长廊里展示着该村的历史人文信息，特别是乡贤人物的功德介绍，有古代乡贤，也有现代乡贤。乡贤文化在沿海发达地区的乡村正在广泛复兴中。

以“和”为贤的“和大姐”“和大妈”，致力于帮助乡邻解决家庭、邻里矛盾；以“才”为贤的名校佳子、文化名人，成为村庄的文化名片；以“助人”为贤的党员先锋，处处发挥模范带头作用；以“致富

某村文化长廊里展示着几位退伍军人的优良品德和先进事迹，他们被村民誉为“乡贤”。

能力”为贤的富裕村民，兴办工厂带村民致富，抑或资助乡村基层设施建设……乡贤成为弘扬传统美德、促进乡风民风改善、创新基层农村社会治理的有效载体之一。

众所周知，新农村文化建设面临诸多复杂的问题，而利用乡贤文化是解决新农村文化建设现存问题的有效路径之一。

乡贤文化是中华传统文化在乡村的一种表现形式，它往往与乡土、乡情、乡愁紧密联系在一起。乡贤们拥有高尚的嘉言懿行，他们反哺桑梓、垂范乡里、滋润乡风、引领价值，支持家乡建设，传承乡村文明，促进乡村振兴。

**何为乡贤？**

在我国传统社会，乡贤在促进宗族自治、民风淳化、伦理维系以及乡土认同等方面起着无可替代的作用。

在过去几千年里，乡贤是对有作为的官员及有崇高威望、为社会作出重大贡献的社会贤达给予的荣誉称号。“士大夫居乡者为绅”，具有功名身份、学品、学衔和官职而退居乡里者，是乡贤阶层的基本构成。现如今，乡贤指的是退休返乡的政府官员、耕读故土的贤人志士、德高望重的基层干部、有口皆碑的模范人物、反哺桑梓的业界精英，以及其他所有愿意为家乡发展建设建言献策、出钱出力的先进典型。在社会发展过程中，乡贤们身体力行，充分发挥了价值引领作用，并形成了独特的乡贤文化。

古代中国，乡贤构成有必备的条件。第一，在家世方面得有一个值得乡人景仰羡慕的经历，清白而没有劣迹。第二，乡绅们照例有一份丰厚的财产，属于耕读之家。其家族对地方社会有所贡献，尤其在维持地方风习，主持节令庙会，救助孤寡贫弱，推动地方公益事业方面赢得乡里声望。第三，功名身份、官位职衔之外，有一定的年资，拥有乡族长老资历。第四，借助功名身份和官职形成社会网络资源，可以为乡村社区争得更多的利益，并保障乡里免受差役吏胥扰害。①

明清以来，虽然平民乡贤所占的分量渐有增长，但总体上乡绅仍然是构成乡贤的主体力量。

### 乡贤的历史作用

乡贤文化经历了漫长的历史变迁，在国家建设、政权维系中发挥着举足轻重的作用，始终是乡村社会建设、风习教化、乡里公共事务的主导力量。

在传统社会中，一个乡村就是一个小型社会，有其区域性的文化生态系统。当地乡贤留下的相关文物、文献、传说建构了小型社会的历史记忆和乡土价值观。

乡绅作为乡贤的主要构成人员，是一个居于乡村领袖地位和享有特权的社会集团，是政府在地方社会上的代理人。所谓“地方公事，官不能离绅士而有为”。在维系正常社会秩序的官、绅、民三种力量中，乡绅所扮演的角色更为重要，也更为多样。他们并不像官员那样拥有钦命的权力，却拥有基层社会赋予的“天然”权威。

一般说来，乡绅中的乡贤们所从事的地方社会活动主要有三大项：兴办学务，修建各种社学、义学、族学甚至私塾；掌握和管理乡村的公共财产、经济事业，垄断了一县公产的经济命脉，地方的社仓、义仓以及族产、学产等公共财产；作为乡村社会中坚势力，他们也是地方各项公共事务的主持和掌控力量：道路修筑、桥梁构建、学堂营造，甚至寺庙修缮……即使是跨县区的大型水利工程，虽然由官员出面协调，但是在执行中，乡贤也要承担很多责任。

### 汉代三老制与乡贤文化

乡贤文化的第一次突出表现发生在汉代。

---

① 源自《北京日报》，2014 年 11 月 24 日，《乡贤：维系古代基层社会运转的主导力量》。作者王先明，南开大学历史学系教授。

汉朝时，乡贤文化发扬光大。刘邦深知乡贤父老势力在民间的巨大影响力和反秦战争中的巨大作用，于是在即位后，立即将乡贤父老纳入政府的控制范围中来。

《汉书·高帝纪上》云："举民年五十以上，有修行，能帅众为善，置以为三老，乡一人；择乡三老一人为县三老，与县令丞尉以事相教，复勿繇戍。以十月赐酒肉。"所谓"三老"是古代掌教化的乡官。汉朝要求三老"劝导乡里，助成风化"。三老并不是汉朝的发明，但是汉朝尤为重视三老的作用。战国魏有三老，秦置乡三老，汉增置县三老，东汉以后又有郡三老，并置国三老。刘邦规定了选任"乡三老"、"县三老"的两条标准，一是年纪在 50 岁以上，二是个人德行能作为民众的表率。同时规定每乡的三老只限任 1 人，县三老也限任 1 人，而且必须从乡三老中挑选。

三老制的目的在于弥补社会的教化空缺，把教化确立为基层乡部行政职能的首要任务。刘邦要求乡三老是"能率众者"，就是说他们在当地较大的地域范围内对民众要有号召力。这单凭个人"有修行"是不够的，他们必须为乡族势力所认可。

乡三老、县三老对地方政治乃至国家政治发挥不小的影响，他们不可能只是一般的年长者，通常要有一定程度的文化知识和政治见解。汉代的乡三老、县三老可以向朝廷反映地方官的政绩。有的三老甚至对国家重大政治事件也有所影响。

汉朝的三老是民不是吏，但又具有"非吏而得吏比"的身份。故而三老在乡中有着重要的地位，而且政府于乡三老中间还可以择一人为县三老，"与县令丞尉以事相教"，对百姓而言是一种莫大的荣耀。

**现代新乡贤**

一个人感动一座城，一座城聚焦一个人。

早前，听过一个传奇耄耋老人方敬的故事，他不是村干部。他是寒门学子的"摆渡人"，一位乡风文明的引路者，一位惠泽一方的新乡贤，一位热爱故乡的现代乡贤，一位淡泊名利、重塑乡风的可敬师长。他生在上海，长在上海，工作在上海，近 70 年生活在大都市；身为大学教授、海派书法名家、上海科学院院士、官至高校校长的他却真正做到淡泊名利，告别繁华闹市，孤身一人来到苏北农村种菜、养鸡、洗衣、做饭，把捐资助学当成下半生追求的事业，人们尊称他为“当代武训”。

这位现代新乡贤生活简朴，粗茶淡饭，一日两餐，自炊自食，却慷慨解囊，设立了“景清奖学金”，24 年间倾尽 200 余万元积蓄帮助家乡 260 余位寒门学子走进高校，涌现出博士 2 名，硕士 4 名。他教书育人，春风化雨，影响一方百姓。2016 年 11 月，方敬荣登“中国好人榜”。

如今我们把像方敬先生一样德高望重的退休还乡官员、耕耘故土的贤人志士、农村的优秀基层干部、家乡的道德模范和热爱家乡、反哺桑梓的企业家等榜样人物、先进人物、精英人物称为“新乡贤”。新乡贤是村干部有效治理村庄的左膀右臂。

乡贤文化为社会稳定、文明传承起到了重要的作用，乡贤的感召力、乡贤文化的信服力，胜过村干部们的“行政干预”，在带动“乡风向好、民风向上”方面更有示范引领作用，更是呵护乡村文化、保护乡愁绵延不绝的重要力量。

“随风潜入夜，润物细无声。”在社会主义新农村的建设过程中，“新乡贤”的引领示范作用，就如一场场润物细无声的春雨，挑起了乡村治理现代化的重担。

在宗族关系渐趋解体的现代社会，如何让乡土社会更好地黏合起来，让社会转型中的个人和家庭得到社群更多的关注，地域性的历史记忆是维系集体认同感的关键。如果说乡村社会还有什么力量可以对抗汹涌而至的城市化大潮，也许就是在乡贤文化引导下，我们对故土的留恋以及基于历史记忆而生发的集体认同感。

# “乡贤回归”工程

2015年起，山东省济宁邹城市唐村镇每年都会上演一场由乡贤亲自排演的乡饮酒礼复兴活动。通过对起于周代兴于明清的乡饮酒礼进行成功挖掘恢复，在礼仪中明长幼、定村规，教化乡民、和睦乡邻。每逢端午节，该镇还为全镇65岁以上老人举办“敬老幸福餐”活动，现场讲村史、宣读姓氏家风家训，活动当天将“与国咸休乔木第，同天并老乡贤家”的中堂悬挂到新当选的乡贤家中，激励他们做到一家“贤”带动一村“贤”，进而带动基层村民形成知乡贤、学乡贤、争做新乡贤的良好氛围。①

如今，在广袤的中华大地上，许多地区都在探索与实施“乡贤回归”工程，希望根据乡贤特长优势、结合本地实际，开展跨区域项目对接，重点对村庄规划、产业发展、农村改革、乡村治理等方面进行指导帮助。最大限度赢得在外乡贤对家乡的支持，使他们报效桑梓，推动项目回归、信息回馈、人才回乡、技术回援、文化反哺，支持家乡发展，建设美丽乡村。发展乡贤文化具体可以从以下几个方面入手。

## 1. 挖掘历史乡贤

“祖先”是一个村庄文化的根，要充分挖掘传统乡贤的文化内涵，保护乡贤文化的历史资源。浙江省绍兴市上虞区大力挖掘历代先贤和当代乡贤人物的精神内核，在城市广场、文化公园、纪念场所等地开展宣传教育活动，注重将乡贤文化元素融入“精致上虞”和美丽乡村建设之中，在公共建筑、文化景观中以碑刻、雕塑、楹联等各种形式体现乡贤精神内核，用乡贤姓名命名城市道路、桥梁。

---

① 源自《光明日报》，2018年1月4日，《山东邹城市唐村镇：重构乡贤文化改善乡村治理》。

安徽省安庆市宿松县把乡贤文化和宗族文化、乡贤精神和家风家训有机结合，使之成为修身持家之本：编纂《宿松县志》，设立乡贤篇，为古今100多名乡贤编史立传；组织新乡贤走进全县100多个宗祠，开展“晒文明、赛家风、晒家训”活动，让乡贤文化在传承创新中焕发新的生机；由乡贤领衔，在新修族谱中开辟了孝心榜、爱心榜，将爱国爱乡、报效桑梓等优秀人文精神植入到家规族训之中；加大对古民居、古亭台、古牌坊的保护修缮力度，延续乡贤文化脉络[①]。

福建省三明市梅列区将搜集到的民间家族谱等史实资料，按照社会主义核心价值观的要求进行整理，保留了乡贤文化的精华，摒弃了不合时宜的封建糟粕，作为社会主义核心价值观宣传教育的重要教材。[②]

山东省泗水县成立一支以本地儒学研究者、专家义工等“新乡贤”为主体的宣讲队伍，开设“乡村儒学讲堂”，编写《弟子规》《中华传统美德格言》《儒风孝道知识读本》等相对完整的乡村儒学教材，将乡贤文化与传统儒孝文化结合起来，重建现代乡土文明，着力打造“儒风孝道之乡”，形成了独具魅力的“乡村儒学现象”。

**（以上案例来自中国文明办）**

### 2. 留住现代乡贤

人是乡贤文化的主体，古之乡贤之所以受人尊重，就在于他们“好为德于乡”，为人正直、处事公道、急公好义、闻名乡里，是村庄的道德典范与精神领袖，也是村庄秩序的守护者、维护者。当下，乡贤的力量不应随着时代的进步而减少，而是要设计政策留住乡贤，激活乡贤文化，让乡愁永驻，保护与传承乡贤文化资源。

### 3. 培育新乡贤

凡益之道，与时偕行。在新的历史条件下，当今新乡贤的主体不再

---

① 源自中国文明网，2015年5月25日，《安徽省安庆市宿松县：弘扬乡贤文化培育文明新风》。

② 源自中国文明网，2016年1月2日，《各地创新发展乡贤文化推动社会主义核心价值观落地生根》。

限于乡绅与村干部，它的范围更加广泛了，乡村干部、文人学者、知名企业家、科技工作者、职业新农民等各路精英都可以是乡贤。换言之，所有德才兼备、热心家乡事业的人都可以是新乡贤。

**某村（社）村民推举的“善贤之星”，他们德才兼备，热爱家乡事业。**

地方政府要多策并举，培育新乡贤，以文化人，凝聚村民力量，联结乡村情怀，为提升农村地区道德建设水平和精神文明发展程度注入新的活力，发挥乡贤参与乡村发展建设的作用，实现乡村传统文化与现代社会的对接，使乡贤文化成为当代中国农村社会发展的助推器。

### 4. 创新乡贤文化宣传渠道，给予乡贤更多尊重与推崇

大部分村庄对乡贤文化的传播途径过于呆板、狭窄。应结合现代化的传播手段，自上而下全面推广乡贤文化。还要给予乡贤荣誉，使乡民信任乡贤，憧憬成为乡贤，营造“见贤思齐”的风气。

# 村干部，非官亦官

## 村干部到底是不是官？

“说他是官，咋论都没官位；说他有威，咋摆都没地位；说他无权，咋干都不越位。”这样一段北方顺口溜，反映了村干部在中国体制中的特殊性。

想搞清楚“村干部到底是不是官”这个问题，先要搞清楚官、干部、公务员、领导干部的区别。

中国古代的“官文化”历史悠久。在传说中的尧舜时代，就已经开始有了明确的职责分工，有了专门管理氏族和部落的机构和人员，也就有了官和官文化。

“官”的基本意思是在政府担任职务的人。在古代中国，最基层的官是县长，俗称县太爷，又称“七品芝麻官”，意味深远。对朝廷的官僚体系而言，县官是最小的官，跟芝麻一样大小。对于一方百姓而言，县长是他们认识的最大的官，是“县太爷”。

再来说说“干部”这个词，它不是中国人发明的，而是一个外来语。中国人从小就接触“干部”这个词，比如“班干部”，意思是班集体里担任“职务”的学生，班长、学习委员、体育委员都是班干部。

《中华人民共和国公务员法》第十六条规定：公务员职务分为领导职务和非领导职务。领导职务层次分为：国家级正职、国家级副职、省部级正职、省部级副职、厅局级正职、厅局级副职、县处级正职、县处级副职、乡科级正职、乡科级副职。非领导职务层次在厅局级以下设置。该法第十七条规定：综合管理类的非领导职务分为：巡视员、副巡视员、调研员、副调研员、主任科员、副主任科员、科员、办事员。

从字面意思理解，“干部”如果是担任副科长以上“领导职务”，才能算“领导”，而实际上，担任非领导职务（通常不包括科员、办事员）的干部，很多时候也算“领导”。于是，就产生了“担任非领导职务的领导干部”这样看似矛盾的表述。

党政机关中任职的“领导干部”就是指党政机关的工作部门、内设机构的领导成员。

“非领导职务”干部则要求是处级（调研员）以上。

举例来说，如果在某个县政府，从正副县长，到作为县政府工作部门的局（科级）的局长，都是“领导干部”。

了解了这些基础问题，我们再来客观看待“村干部”到底是不是官。从公务员职业序列来说，显然不是。村委会是村民自治性质的村级组织，算不到国家的公职序列，所以村支书、村主任连科级官员都不算。

村干部不是公务员，不是体制意义上的“党政干部”，也不领国家薪资，他们的身份是自治体的村民。但是，现实情况是，对于农村老百姓而言，他们可是名副其实的“官”。他们大多是大家族出身，或者相对富有，或者在村民中有较高威望，其政治资源依赖社会自治体的威望。比如宗族、私党等乡土势力的支持。他们有公权在身，手中掌握着村集体的重要资源分配权，所以村民对他们“以官相待”。

### 村干部“打官腔”现象

在乡村调研中，时常遇到操着一副官腔，皱着眉头，夹着公文包，非常严肃地问我话的村干部：“喂，你，干什么的?”“你，过来一下。有证件吗?”“没经过我同意，你不能乱采访。”

尽管觉得那架势很好笑，但习惯后发现这真是比较普遍的现象。俗话说“见官怕三分”，这是中国人畏官心理的真实写照。在现实生活中，闻“官腔”而生敬畏之心者，大有人在，这些人助长了“打官腔”现象的蔓延。

村支书、村主任，官不高，但很多人官味很足。“官腔”是中国人“官本位思想”的体现，无形中让民与官拉开了距离。

我一直在想，一个土生土长的村干部，昨天还是普通村民，被选为村干部后，怎么一夜之间无师自通学会了打“官腔”？“官腔”是怎样被传染的？它蕴含着哪些文化特质？这些问题都很值得进一步探讨。这里不再赘述了。

端架子，打官腔，这样的干部村民可不喜欢，说的话村民也不想听。村干部要想办法用当地村民的思维方式与村民沟通，多说“土话”有利于真正接触村民、了解情况、密切感情。村干部还要善于把“套话”变成“实话”，用充满感情和乡土气息的话问政于民、问需于民、施教于民、取信于民。包村干部、驻村干部下基层，也要衣着简朴、随意，切忌过分讲究，形象要平易近人，才能真正和基层党员交朋友，与普通村民拉家常，以此树立起干部可亲、可敬的良好形象。

村民对村干部、对官员爱打官腔的“刻板印象、历史记忆”短期内是难以抹去的。改变村委形象唯一的方法就是用实际行动为村民谋福利，做到公平公正，问心无愧，经得起村民的考验。一个敬业勤恳的村干部，显著特点恰是不打“官腔”，实事求是，看得见老百姓疾苦，听得懂老百姓心声，愿意为老百姓担当，绝不与老百姓争利，在感情上与老百姓心心相印。他们尊重他人，骨子里怀有对村民和土地的深厚情谊。

## “女村官”的参政能力：女人当一把手行不行？

许多女村干部坦言，“要当上女村干，起码要比男村干多付出三倍以上的努力”。

我认识的第一个“女村官”是湖北老家小姨的邻居，陈阿姨。她是村里的妇女主任，也是村里唯一的女村干部，她主管村里的妇女、计生、宣传等工作。“哪里轮得到女人当一把手？”这是父辈们常说的，似乎陈阿姨能当妇女主任已经是上限了。

从我孩提记事起，陈阿姨就是妇女主任，一当就是十几年，每一次村委会改选，几乎都是她当选。我印象里，她的穿着比村里其他妇女要体面、干净、整洁。她很自信，声音洪亮，柔中带刚，是一个典型的湖北女人。她的丈夫是个随和、善良的人。小时候，我听说，她的丈夫是上门女婿，所以在他们家，她说了算。这也难怪，她的性格里有强势的一面。无论在我的家乡湖北，还是浙江、广东沿海一带的农村，能当村干部的女人都非同寻常。

在农村“村两委”7名左右的班子队伍中，女性往往只有一名或者没有名额，岗位也多为妇女主任。然而，就是这唯一的女村干部，却撑起了农村的“半边天”。由于村级职务管理不规范，女村干部往往身兼数职：党建、宣传、计生、调解、卫生、社保、纪检、民政、残联、老年服务……都有她们的身影。

女性政治参与一直是学界的重点研究课题。我国曾经是较早采取妇女参政比例制的国家。除了国家大型组织、机构，许多地区在基层《村民委员会选举办法》中也明确提出“村民委员会成员中应当至少有一名妇女”的刚性规定。

近20年来，即便有这个刚性规定，女性参政的比例也难以达到三分之一，导致中国妇女参政比例国际排名持续下降。消除性别歧视、提高女性地位、实现真正的男女平等早已成为世界大多数国家和地区发展经济、政治和文化事业的前提共识和重要事项。农村女性参与村民自治是衡量女性地位和社会文明进步的重要评价指标，是构建社会主义和谐新农村的重要内容，也是衡量农村政治文明的重要尺度。

改革开放四十多年来，我国经济取得了前所未有的发展进步，女性包括农村女性的教育程度虽然有了极大提高，但值得深思的是，女性的政治参与水平和参政能力却没有实现相应的提高。就像我小姨所在的村子，村里很长一段时间只有一个女村干部，那就是妇女主任。如果不是国家重视女性权益，地方政府明文规定基层组织中必须给女性留有席位，那么我国女性基层从政的数量会更低。妇女主任恐怕都难以有席位。

在联合国妇女署性别平等基金的资助下，由全国妇联牵头，在国家试点省、市、县开展了为期五年（2010—2015年）的“推动中国妇女参政项目”。该项目旨在促进中国妇女进一步参与公共事务管理与决策。项目倡导用明确的人数指标及监控机制来改善这一情况。即便如此，中国女性参政情况也依然处于徘徊状态，农村情况不容乐观。①

当我问起各地村民和村干部们为何不同意女性当村庄一把手时，有几个主流看法。一是中国传统思想，男主外，女主内，女人当一把手是许多村民不能接受的，他们不相信女人可以带领村民致富，管理好复杂的村庄事务；二是农村的女人大多嘴很碎，好搬弄是非，不利于村干部队伍的团结，且见识普遍较低，文化程度浅，视野不够开阔，缺少担当能力，遇到大事没有决策力，沉不住气，不适合担当带头人的职责；三是女人要照顾孩子、家人，势必在村务工作上会分心，不会全情投入；

---

① 《中国妇女报》，2015年12月18日，《推动中国妇女参政项目经验交流会召开》。

四是即便女人当了村庄一把手，估计也是女支书的丈夫和家人很能干，有势力，能帮她摆平村里的许多复杂事。

在我国农村，男主外、女主内是大多数家庭的生活模式，就连女性选民也认为自己能力有限，领到选票后也多按丈夫意愿办。

中国农民普遍认为，要当村主任、支书等掌握村中大权、处理经济等核心村务，妇女不够“斤两”，充其量她们只竞选“妇女主任”“宣传委员”这些职位。多数生活在农村的男人也都认为农村妇女天职就是做家务、管孩子，热衷社会活动和公共管理是不守本分。

有的农村则认为一个村里选出了一个女当家的，是对男人的一种侮辱。不仅男人们对女当家的嗤之以鼻，妇女们也是背后议论纷纷。少数有能力、想干点事的妇女，参选往往会遇到来自村民和家庭的双重压力。

上述情况的出现，除了受传统重男轻女思想的影响，还因为我国农村女性受教育平均水平远低于男性。偏远地区困难家庭的女性即便有国家九年义务教育减免学费，也会出现让女孩辍学在家务农的情况。

农村女性结婚早，许多农村地区女孩不到 20 岁就要嫁人。婚后的妇女多数常年留在村里务农管家，与外界交流少，见识低。这些因素无疑会使女性候选人在与男性候选人的竞争中处于劣势。即使当选了，她们也多处理后勤等琐碎事务，难以真正参与决策。

**女性村干部的境遇还存在很大的地域差异化现象。**

湖南女性村干部比例达 32%，基层妇女参政水平全国领先。我个人认为，湖南省妇联的妇女参政工作做得好，一方面是源于政府组织的决策者培训、政策对话、女村干部交流等多项活动，创造了有利于妇女参政的社会环境；另一方面，与自古以来湖南妇女的特质有关，她们能干，肯吃苦，会创新，湘妹子是辣妹子，火辣辣的性格使她们拥有拼搏的精神。

在女村干部比例较低的中西部地区，女性当村干部是一件不被理解的事，不是能力行不行，而是“一个女人当村主任就是不行”的狭隘思想。2017年6月28日，贵州省遵义市，号称桐梓县“小西藏”的黄莲乡，有一位年仅25岁的廖妮妮新当选村主任，成为新闻热点。她曾被评为全县的“十佳孝女”和“农村科技致富女能手”，长得美，心灵美，能力强，当地人称她为“‘90后’最美女村干部”。2012年，她从遵义财校大专毕业到当村干部的4年时间，一直在乡里经商。办竹笋加工厂、开餐馆、交易旧房料，还开个皮卡车走村串户卖水果，吃了不少苦，但也挣了上百万元钱。“也许是村民觉得我算得上一个致富带头人吧，就选我当了村主任。”廖妮妮说，全村村民代表380多人，她获得了368票。

浙江农村也做得不错，妇女进“两委”的村达100%，村妇代会主任进“两委”达99%以上，也就是说，每个村都有女村干部。女村干部的平均年龄多年来明显下降，学历水平普遍提高，农村妇女的参政热情和参政能力大大提升。2008年，年仅20岁的女孩胡晓吉当选永嘉县巽宅镇外宕村村委会主任。胡晓吉是永嘉最年轻，也是全国最年轻的女村主任之一。外宕村是巽宅镇最偏僻的山村，全村500多人，300多人在外务工。胡晓吉当选时，该村人均年收入仅为4024元，是该镇最落后的村之一。在外宕村进行换届选举的日子，3位村委会主任候选人接受了村民们的投票，最终胡晓吉以202票当选。这些年，她从村民最迫切的事办起，安装有线电视、创办养殖场带动村民自主创业、修路……渐渐赢得村民的肯定。

其实，在乡村振兴中，建设和谐社会，建设社会主义新农村，强调的是柔性化、民主化管理方式，因此，女村干部拥有很大的管理价值，在执政中渗透着性格优势。她们具有“母性，思维感性，语言丰富，细腻稳健，开放向上”等特质，心思比男性细腻，更善于处理人际关系，更有灵感，更有爱大家的慈母之心，具有比较强的语言表达能力和观察力。

女村干部的领导风格，决定了她们与男村干部的差异。表现在执政过程中，女村干部重在非权力影响力的运用，主要依靠沟通、激励、引导、认同、协调等柔性手段，创造良好和谐的领导氛围。而男性领导者则倚重于权威、命令式、不可商量的模式，被领导者服从程度较低。

所以，每当我遇见一位女性村支书、村主任，便会肃然起敬：一是罕见当选，二是坚持太难，三是成就难以达成。

**给大家再分享一个案例。**

杭州市余杭区普宁村有一个女村支书，叫嵇萍。她 1986 年出生，是所在乡镇最年轻的村庄一把手，也是唯一的女性村支书。该村也是全镇村干部平均年龄最低的村庄，村务工作者合计 12 人，平均年龄仅 33 岁，全部实行职业化管理。村主任是 1989 年出生的小伙子，成熟稳重，干劲十足，与嵇萍是很好的村务搭档。村庄共有农户 491 户，常住人口 2113 人，涉及 8 个自然村，16 个村民小组。

如今，村支书嵇萍已是两个孩子的母亲。我去这个村调研时，村里人提到她，都说她是个认真、勤奋、能干的人。普宁村集体经济十分薄弱，属于村穷民富的村庄，村集体年收入不到 12 万元，因古寺普宁寺而得名，文化品牌活动丰富。村里有一株 600 年历史的古牡丹，文化底蕴深厚，村委会便另辟蹊径打起了文化牌，致力于打造牡丹金名片。

“春天赏牡丹，相约普宁来。”每年 4 月上旬，“赏牡丹、识英雄、观民俗、品文化”的普宁牡丹花会如约而至。因为嵇萍出色的文化挖掘、宣传、沟通能力，做足了普宁村文化、环境工作的软实力文章，获得了上级政府的美丽乡村建设指标和千万元级拨款，赢得了村民对村干部们的青睐和信任。2017 年 5 月普宁村村干部换届，嵇萍担任村支书。

嵇萍说，在组织推荐当村支书时，她问过家人的意见，家人很支持她当村庄一把手，工作和家庭的关系能协调好，只是她自我给的工作压力比较大。毕竟作为镇里唯一的女村支书，凡事都要尽力而为，要比男人做得更好，不能辜负村民的希望。

今年普宁村的主要工作是美丽乡村建设、防违控违工作、全域基础环境整治、四好公路建设、复建普宁寺和壮大集体经济发展。在工作中整治“一户多宅”42户是她头疼的问题，这是从上一任村两委遗留到她就任的难题。“这时候，女性柔和的沟通能力起到了关键作用，我了解到村民并不是故意刁难村干部，只是不愿意让别人知道自己是带头同意拆的，被其他村民议论而已。我便于情于理说服他们七八户同时一起拆，这个问题就解决了。”她说。

由于砖瓦厂关停后，普宁村集体经济一直处于薄弱状态，这是嵇萍最烦恼的问题，也是村干部们努力的方向。“虽然近几年，村庄建设有一定的突破，但令我们惭愧的是，主要靠向上级争取项目用于建设，要想真正使自己富起来，还是需要创新和发展。”谈到现状和未来，嵇萍胸有成竹。下一步，嵇萍将带领村干部们结合美丽乡村建设和复建普宁寺的契机，将普宁村打造为全域旅游的标杆，同时发展壮大农村电商经济，将普宁村特产品牌打造起来，丰盈村集体收入。

# 2 村干部职业化之争

## 多种声音，多方质疑

事实上，尽管大部分地区的村干部工资有上级政府财政拨款支持，但是有些地区村干部的收入是以村集体经济收入作为主要来源，乡镇政府只是负责考核、审核和适当补贴。市场化是村干部职业化发展的主要诱因之一，这也成为村干部获取合法性权威的重要来源：任期内促进村集体经济获得良好的发展，就可以得到上级政府和民众的广泛支持，即使在社会治理上有所偏差，也可以忽略不计；但如果经济发展出现下滑趋势，则可能被调离甚至剥夺职位。

在全国各地兴起村干部职业化浪潮的时候，许多学者对村干部职业化提出了质疑，大致总结为三类。

支持者认为，村干部职业化有利于提高村干部的执政能力和综合素质。村干部职业化主要包括四个方面：一是报酬工薪化，指村干部的报酬能满足生活需要，能养家；二是岗位公职化，指村干部要坐班，专职从事村务管理；三是管理规范化，指科学的考核机制和激励机制；四是发展持续化，指村干部有上升空间，有养老保障。

反对者认为，村干部职业化的过程实质是村干部作为国家代理人角色强化的过程，村干部顺应了上层，却因此疏离了下层。村干部的准职业化会导致村干部与村民脱节，村干部越来越成为基层政府的“腿”，而不是村民的“头”。村干部首先是村民，是由选举他们的村民赋予他们管理村庄事务的权力，不能因便于基层政府工作，而将村干部变成专职干部，立起一整套考核奖惩的管理办法。何况，中国公务员体系庞大，中国500万村干部若全部职业化，如若全部按照国家公职人员的福利待遇，这无疑是一个庞大的官僚体系和财政支出。

中立者认为，村干部职业化管理可行，但是须有“制约”，因地制宜，要体现动态化，谨防“只进不出”。村民自治是一种新型农村社会管理体制，这种体制决定了村干部的职业化既不应照搬其他企业的职业化管理模式，也不能模仿国家公务员体系。要加强村干部年终考核，未达到考核要求的村，取消其职业化管理资格和村干部相关待遇；对现在未纳入但经过努力达到标准的村，将其逐步纳入职业化管理。这可以保证村干部队伍“为有源头活水来”，始终保持活力迸涌。村干部职业化管理还需要重新设计科学的村干部激励系统，处理好职业化和官僚化的关系、专业化知识与地方性知识的关系，着力建立统一的职业化村干部人才市场。

虽然全国各地对村干部职业化的具体措施和推进程度不尽相同，但是政策改革的主要倾向高度一致。主要表现在几个方面：

一是改善工资待遇，提高村干部收入。比照当地公务员工资水平，实行月薪制或者是年薪制，由县乡财政统筹解决，村干部年收入可以达到两三万元。同时，政府对村干部的医疗保险和养老保险实行部分补贴甚至是全额补贴，以此来解决村干部的后顾之忧。

二是打破村干部的行政村范围限制，实行全乡全县范围内的村干部公推公选和流动任职制度，有的还公开招聘拥有大中专学历的优秀人才担任村干部，此外还打通村干部的晋升渠道，优秀村干部可以提拔到乡镇担任领导岗位。

三是实行脱产化专业化的工作模式，很多地方开始实行严格的“朝九晚五”值班制度，保证村民有事都能够在村委会找到村干部，甚至建立了便民服务厅，同时加强对村干部的职业培训提高其职业化水平，建立起一整套考核奖惩的管理办法。

村干部职业化管理中比较棘手的问题是村委会成员的退出机制。按照村民委员会组织法规定，村民委员会主任、副主任和委员，由村民直接选举产生。任何组织或者个人不得指定、委派或者撤换村民委员会成员。罢免村委会成员，须由本村五分之一以上有选举权的村民或者三分之一以上的村民代表联名提出罢免要求，有登记参加选举的村民过半数投票，并须经投票的村民过半数通过。

放眼全国，一些地方因为法律程序复杂，对责令辞职却拒不辞职的村委会成员“睁一只眼闭一只眼”，最后“不了了之”。对于这个问题，杭州市的做法颇有借鉴意义。杭州市各县区专门制定了村干部管理底线，一旦村干部触犯底线，便要被追责、处罚。

为了让辞职程序有据可依，杭州将村干部“底线”管理与村干部辞职承诺制度结合起来。这个管理办法具有很强的借鉴意义。村“两委”成员在上任之初签订了辞职承诺书，其中列明了各条“底线”，并明确写着“本人如有上述情形之一的，本承诺书即作为辞职申请书”。

余杭区委组织部制定《余杭区村（社区）干部“底线”考核管理项目表》，明确工作作风、工作实绩、队伍建设等7类考核内容，其中细化确定了一年内累计4个月以上不在岗、不配合甚至阻碍中心工作等19条“底线”。

淳安县制定出台《村“两委”干部“触底红线15条”》，将参加非法组织、参与赌博、联片联户走访率不达标等行为纳入“红线”范畴。

桐庐县没有“另起炉灶”，而是在《村级组织运行规则》中对“底线”作出了明确规定。例如，党组织、村民委员会、村经济合作社、村务监督委员会班子成员本人不得参与本村建设项目的招投标；村干部每月在村工作时间不少于20天，全年在村时间不少于三分之二。

拱墅区、富阳区借助“智慧党建”加强对干部的日常监督管理。拱墅区依托党员智能卡平台，对村干部工作情况进行动态记录，系统自动对比每周任务，按完成程度进行“红黄绿”灯提示。

富阳区把村干部日常考评情况同步录入“底线”考核信息化平台，通过区镇村三级联网，让各级组织及时掌握村干部日常表现。

萧山区对村干部进行“季度点评”。乡镇（街道）、村企、党员、村民等各方代表，对村班子建设、作风效能、重点工程推进等内容进行考评，为村干部确定优秀、称职、基本称职、不称职四个等次。一年内季度点评累计三次不称职，年度考核定为不合格，启动辞职程序。

# 时代对村干部的能力要求

我在江苏省的乡村采风，从苏南到苏北，一路向北，和陌生的村民们攀谈，买他们的玉米、西瓜、红薯和特产。他们总问我从哪里来，要到哪里去。我也总是笑着回应一句话，上海的啊，路过你们村，有事想找你们村主任。

我每天说着同样的话，做着同样的事，遇见不同的人。我在乡镇的小餐馆里吃饭，和人们闲聊，从广大村民的嘴里去发掘新农村的逸闻趣事。也会被村民们围住，听他们你一言我一句，说个没完没了，他们把我当成报社的记者，投诉村里那些云里雾里的事。有些村干部们也会跟我说说心里话，不乏以下情绪：

“这只是一份工作，干吗那么当真？”

“多做多错，少做少错，不做不错。”

“做得越多，得罪的村民越多，何必给自己找麻烦。”

他们忘了村支书、村主任这份工作的价值本身是老百姓（选民）赋予的权力，还有期待。我的湖北老家有句俗语：“当官不为民做主，不如回家卖红薯。”用于勉励干部们一心为公，一心为民，造福百姓，有所作为。

我发现，许多基层问题的产生，主要是人与人之间的沟通出了问题。随着移动通信、互联网的发展，人们看似联系紧密了，实际上“村官”与村民之间信任的距离却远了。我们缺乏有效的沟通。

对于一个官员而言，沟通就是你站在老百姓的角度，把政府的意愿通过你的语言和行动，如实地传递给老百姓。然后，老百姓才会相信你。

在基层工作，你说的话，不在于是否有文采，而是老百姓要能懂。

懂了，还要能理解。如何做到有效沟通是基层干部职业化首先要解决的问题。

举个最常见的沟通的例子。

我时常看见，村委会办公楼的长廊里贴满了各种政策文件，甚至村里的电线杆上也是宣传文件，有些村做得更彻底，把重要文件复印出来，挨家挨户跑，每家每户都有一份。一年下来，各种宣传文件打印、复印费用也是好几万元。有的村还走在时代前沿，搞“互联网+”，有了村务 App，大事小事通知都在村务 App 上发布。

杂乱的宣传栏，贴满了大大小小的通知文件，让人眼花缭乱。

这些多样化的沟通形式都很好。但是，你问村民理解了吗？

许多村民会眉头紧锁：“这都是啥？”“广播里又在说啥？”“啥意思？”“我咋不知道这事？”“这是啥时候开始的？”

村干部跑得很累，组织村民开大会宣讲也很积极，以为自己宣传到位了，最后问村民，一问三不知。这到底是哪个环节出了问题？

村干部们觉得挺冤的，村民们觉得村干部们流于形式主义。总之，结果不尽如人意。

我曾认真看过一些政策性文件，都是国家、地方很好的惠农政策、补贴政策、通知等。但是，那些语言对广大村民来讲是生涩的，特别是对留守在中国农村务农的农民来说，他们有相当一部分是老年人。

中国农村老年人的识字率是多少？用智能手机的有多少？懂 App 是啥玩意的占比是多少？

一年下来，能走到村委会定期浏览告示栏的村民有多少？

即便收到文件，能逐字逐句读完、理解文件内容的又有多少？

村里的广播解读文件的语言是“照着念”，还是转化成老百姓能理解的语言？

为什么村民不愿意开大会？是会议内容太枯燥，还是耽误了农忙时间？怎样才能让村民喜欢开会，逢“会”必来？

从村委传达信息，到村民接收信息，这个过程中显然出现了沟通的问题，在沟通的效能上，我们的村干部们恐怕做得还远远不够。

许多村民，特别是 60 岁以上的老农，对国家最新农业政策的信息吸收非常滞后。而当中国广大农村的大部分青壮年都进城学习、务工，留守老人成为当地农村的主流群体时，信息的高效送达显得更加重要了。

甚至，有些地方的村干部们刻意隐瞒一些政策，“麻痹”村民，抑或信息造假，私吞国家拨款的事屡见不鲜。当然，也会有村干部苦不堪言，和我抱怨说，“你来体会下就知道了，说半天他们都不懂。叫他们开会也不来。等到别人家落实政策了，又来找我，问为什么他们家不知道这事。”

在乡村里待久了，我也会觉得与部分村民沟通很困难，这主要是我还没有掌握与农民沟通的语言。所以，我偶尔也会站在村干部的立场上，将心比心思考村干部的难处。但是，当我看到另一个村能克服困难，走上共同致富之路，富了口袋之后，还能富脑袋，我又会转念想，一个村干部，既然选择了这个位置，就要拥有匹配这个位置的能力，如果没有，须努力学习其他村的做法，提升自己的能力，或让位给更适合的人来坐吧。在其位，就要谋其政。

自脱贫攻坚实施以来，村干部扮演着越来越重要的角色，除了沟通能力外，时代对于村干部的素质要求也越发严格。上面千条线，下面一根针。上级政府部署的工作很多，但是身处最前沿的基层村干部这根“针”，要通过穿针引线、承上启下，始终发挥好落实方针政策、共谋百姓福祉的关键作用。

这是一个信息化的智能时代。村干部既要下得了田间地头，还要用得来微信、QQ。通信工具和社交软件的灵活使用，是衡量一个新时代村干部能力的重要标尺，村干部要便捷地完成好繁重的脱贫工作任务，

江苏省常熟市蒋巷村在村干部们的带领下，召开乡村振兴动员大会，现场座无虚席。这个村的村干部们始终走在农村建设的前列。

不仅要“脚踩泥土地”，还要“手持智能机”；要做得来民情走访，更要传得来图片影像。

这是一个服务型时代。部分地区村干部已经改口叫“村务工作者”“村务者”，村里成立了便民服务中心、党群服务中心，越来越强调村干部的服务意识，而不是权力意识。滞后的服务意识只会离民心越来越远。

这是一个任务紧的乡村振兴时代。需要一批“懂农业、爱农村、爱农民”的新时代村干部，全身心投入到精准扶贫、乡村振兴的事业中来，需要“坐得住”的 8 小时工作制，敏锐的市场嗅觉，出色的领导力，加快新农村建设步伐。

这也是一个社区文化迅速发展的时代。新型农村社区理念正在兴起，需要村干部与时俱进，有创新思维。不仅有带民致富的能力、依法办事的能力，还要有科技示范能力，服务村民的能力，以及打造社区文化共同体的能力。

## 村干部职业化：基层治理的对策

推进村干部职业化是近些年基层治理的主要对策之一。

从调研的情况来看，先进村庄、首富村的村干部基本都实现了职业化。他们朝九晚五，甚至每天 24 小时、每周 7 个工作日随时待命。他们有一些人是本村村民，也有外聘专业人员。他们的收入不菲，除了基本工资，还享有年底绩效分红。他们的薪水与劳动付出成正比，有一套严格的考核机制。

江苏省常熟市蒋巷村是全国文明村，是苏南地区的新农村代表。他们拥有一支高度职业化的村干部团队，74 岁的村支书常德盛带领村民发展集体经济实现共同富裕，做了 52 年的村庄带头人。村干部的人均年收入都在 10 万元以上，享有村集体统一分红。这还不算高收入，在苏南地区的部分乡村，负责产业发展的职业化的村干部年收入可达 20 万元，远高于普通村民务工所得。村干部被当作一份体面的职业来认真对待，那是自然不过了。

上海市奉贤区首富村杨王村，这里是中国村庄名片，村支书孙跃明是全国杰出村干部，在他的带领下，集体经济发展水平位居上海村庄前列，村干部早已全部实现了职业化，村干部成员均是村里最精干的青壮年。这里家家户户享有村里统一盖的小别墅，村干部家当然也不例外。村干部有车有房，衣食无忧，便能一心一意投入工作。甚至，在村里当保安都是一份相当体面的工作。大学毕业生没有落实工作的，可以先到村办企业实习、锻炼。村民争相进村企工作，进村委工作更是他们竞相争取的香饽饽。当上村干部后，一门心思谋发展是村干部的共识，绩效考核在这里很早就已实施，怠政的村干部会很快被替换。

上海地区的乡村虽然没有苏南地区那样丰厚的集体企业收入分红，

但是依靠地域优势，光是土地和租房租金，村集体收入都可保持相当长时间的稳定，村干部工资也能趋同于公务员。

在浙江省的乡村，由于浙江省民营经济发达，沿海许多乡村都有好几个民企老板。因村干部的工资水平不高，一般在谋生活的村民是没有心思去竞选的。村民更愿意到附近的工厂务工，到外地做生意，甚至远赴海外淘金。竞选村干部的富人也不在意工资收入的多少，他们更在意村干部这个职位与政府、外界资源的对接。这样更有利于他们的企业发展。由于当选村支书、村主任的多半是村里的富人、企业家，所以他们在治理村庄上也有一套相对有效的管理方法，包括村干部的人员管理上趋于职业化，执行效率相对较强。但是反过来，正因为浙江地区大部分是富人治村，不在乎工资的多少，全心全意为村民服务的职业化也略显缓慢。富人村干部不愿意在村委会坐班，否则他们的企业没有人管理，这违背了他们参选村干部的初衷。

中西部经济欠发达地区的村干部职业化程度则相对薄弱。根据我国《村民委员会组织法》的规定，现行村干部的管理模式是非职业化的，也就是兼职化管理。那么，在现实中，绝大部分村干部也只是把村务管理当作副业来做，主业还是家庭经营，发家致富是其主要追求。所以，平时村民看不到村干部，找不到村干部，很多地方的村级治理只能是勉强维系。

但是，随着城镇化进程加快，在乡村振兴大背景下，农村工作的复杂程度和工作种类增加。村民的土地流转、低保的确认和发放、合作医疗的报销等，有越来越多的事务需要村级来处理，特别是城乡接合部的乡村治理难度很大，所以一些地方不仅设置了村干部的固定办公场所，而且还建了村级办事大厅，负责处理村民的日常事务。所有这些本来是政府的工作，但在现有的制度框架下，政府只是延伸到乡镇一级，村里的事情仍然要村干部来管理。

村干部职业化在这种情况下呼之欲出，大多出现在经济发达地区村庄或者资源密集型村庄，其主要目的是维护村集体经济健康平稳发展。应该说，村集体经济发展是村干部职业化的物质基础。

# 创新村干部管理机制迫在眉睫

2018年中央一号文件《中共中央国务院关于实施乡村振兴战略的意见》，提出了要“健全从优秀村党组织书记中选拔乡镇领导干部、考录乡镇机关公务员、招聘乡镇事业编制人员制度”，村干部可以有三条晋升道路：一是通过选拔成为乡镇领导干部，二是通过考试成为乡镇机关公务员，三是入事业编制。

这就意味着，村干部当得好与坏，不再没有奖励，村干部也可以晋升，国家要提拔村干部了。同时，村干部的薪资待遇也在全国范围内“普调”增长。村庄一把手基本可以保持在年收入两三万元以上的水平。经济富饶地区、沿海发达地区的村干部年收入可达十万元左右，实现专职化管理。

政府制定政策激励村干部的目的与国家乡村振兴战略有关，国家需要一批更有能力的基层队伍助力脱贫攻坚和实现全面小康。长期以来，村干部队伍建设管理存在村干部工资待遇偏低，管理松散，职责不清、人心不稳、动力不足、“在职不在岗”、“在岗不履职”等问题，与新形势新任务新要求不相适应。随着工业化、城镇化、信息化的快速发展和农村人口向城市流动，村干部队伍人才匮乏、青黄不接、能人难选难留、难有作为已经成为新农村建设的突出问题。

有的村干部把主要精力和时间放到经商办企业上，忙于个人生意，无暇顾及村务，甚至干脆将手头工作交给其他班子成员“代理”；有的缺乏农村基层工作经验，面对复杂问题和矛盾，束手无策，既拿不出办法，也想不来对策，工作消极被动，甚至推而不动；有的对上级布置的工作责任心不强，办事拖拉，影响乡镇中心工作的开展；有的在日常工作中团队意识差，造成村班子不团结、不和谐，工作长期打不开局面。

而且，村干部选上容易，下台难，缺乏绩效考核和村民监督。许多地区村干部无作为，只要不犯大错也可以在任期内无忧。甚至，长期以来对村干部虽有考核，但是并没有一套详细的、明确的评价标准，考核内容笼统、考核方法陈旧、考核不规范等问题比较突出，大家“干好干坏一个样”。有的村干部作风不正、漠视村民，违纪违法，出现“小官巨贪”现象。

村干部管理还存在“最后一公里”的问题。各级党组织往往高度重视抓好村支两委班子建设，却忽视了庞大的村民小组长队伍建设，导致了村民小组长的法律地位不清、权力职责不明、工作报酬不高、作用发挥不力，村民小组组织逐渐弱化。村民小组长队伍结构需要进一步整合优化。

**创新村干部管理机制的基础工程是加薪。**村干部工资通常称为“误工补贴”，普遍由地方财政统一拨款，由三部分组成，基本工资、绩效工资和奖金工资。未调整之前，大部分村干部年度工资大约保持在一万元。这便导致在还没有脱贫的乡村，年轻人但凡有点劳动力的，都会外出务工奔生活，因为每年至少能有三五万元打工收入。

而村干部如果政治上“没奔头”，经济上“没甜头”，也就没有几个有能力的年轻人会为了每月两千元的村干部工资竞选村干部，留守在乡村建设家乡。外面的诱惑实在太大：“指望不上富民强村，至少我还年轻，可以在外拼搏一番。”

2018年，各省市在村干部管理上下足了功夫。我考察时发现，陕西省蓝田县、湖北省荆门市大部分村镇的村支书收入已调整到每月2500元左右（此为调整后误工补贴，调整前一般在2000元以下），整体上达到了副乡镇长工资水平，由区县财政兜底。其他非主职干部会低一点（村支书收入的60%~70%）。这个收入在当地属于中等收入水平。

湖北荆门地区的富裕村镇，村干部平均收入在4000~5000元之间，基本趋同或高于村民外出务工所得，有的收入、福利与当地公务员相当，绩效工资、奖金工资占比很重，这与本地经济发展有很强的关系。

杭州余杭地区的村支书收入比较理想，每月 1 万元以上是常态，属于乡村人口的中上等收入，还算体面。

在工作内容上，中西部地区的村干部主要压力是脱贫帮困，带头做产业。沿海发达地区的村干部主要压力是产业升级、美丽乡村建设和社区文化建设。很难说谁的能力更强，谁做的工作更繁重更复杂，谁应该获得更高的薪水，况且每个地区的经济发展和消费水准也不同，需各地政府因地制宜。

从管理方法来看，各地村干部的薪资、福利都上涨了，是件让村干部积极工作的好事，但是仅靠粗放式的涨薪手段来激励是简单的、粗浅的，还需要系统性的管理手段的加持，刺激有能力的村民来竞选村干部，增加干部培训、学习的机会，提高村干部的整体素质水平和服务村民的能力。并且通过整顿、监督和考核，坚决打击村干部“不作为”、违法乱纪的行为，创新“不称职村干部”的退出机制，促使村干部更好地为村民办实事、谋福利。

从干部来源来看，各地开始尝试选举、选派、选聘并举，突出换届集中调整与经常性调整结合，拓宽选拔渠道。在尊重村民自治选举的基础上，乡镇、村委会可以引进、选聘农村致富能手、复员退伍军人、外出务工经商人员等担任村务工作者，对暂时没有合适人选的村，选派乡镇机关干部担任支部书记。同时需注重村干部后备力量的培养。从返乡务工人员、创业带富能手等群体中发现苗子、挖掘能人，在村务监督委员会、理事会和协会任职，让他们提前熟悉村务，保证后继有人。

从年龄构成来看，村干部普遍年龄较大，沿海发达地区呈现年轻化趋势。陕西省蓝田县的村干部年纪五六十岁以上的占比很重，杭州市余杭区的村干部年富力强，“80 后”村干部正在成为主力军，甚至还有年轻女性村支书脱颖而出的情况。

从学历构成、见识来看，在陕西省蓝田县的村干部中具有高中以上学历的都很少。而杭州市余杭区的村干部已有不少拥有大专以上学历。这在蓝田县是不能想象的。未来，大专以上学历的村干部将越来越多。

为什么陕西省蓝田县的村干部“老化”严重，力不从心？

这不是蓝田县村务管理体制的问题，而是源于地域经济和人才稀缺。体制再好，没有人有效执行，也是空谈。部分老干部或许有村民基础，有权威，也有为人民服务的意愿，但是他们并不具有产业带动能力。优良的管理机制要求村干部想干事、敢干事、会干事、勤干事，而不仅仅是“想干事”。让一些六七十岁的老村干部与时俱进、带头致富、8 小时坐班制、使用互联网和微信，这是很难实现的。村庄事务繁杂，又是熟人社会，老的村干部可以辅助办公，沟通邻里关系，继续发挥力量，但是冲锋陷阵、引导产业的事务就要交到年富力强的村干部手上了。

所以，良好的村干部管理机制必须能够吸引有能力的年轻村民加入村干部队伍，力争上游，发挥骨干力量。并且我们看到，上级政府委派进村的驻村干部、包村干部、扶贫工作队等人才力量也充实了乡村干部队伍，给精准扶贫、乡村振兴带来了更多的希望。

目前，村干部岗位专职化、选拔多元化、报酬工薪化、培训专业化、成长持续化、管理规范化为主要内容的专职化管理体系，正在全国广泛兴起。种种迹象表明，村干部向着“村务工作者”的方向演变，农村社会将越来越讲究专业、民主与服务。

# 给武汉大学的“村干部学院”提案

2018 年 5 月，我递交给武汉大学一份“村干部学院”的提案《扶贫先扶智，扶智先扶村干部》。我在提案中提出，武汉大学被中组部列为干部培训基地，希望由继续教育学院牵头，开设“村干部学院”，系统性培训时代需要的基层村干部，助力国家乡村振兴。同时，这份提案也转发给其他我熟识的几所高等院校，值得欣喜的是，有一所院校的乡村干部学院已经在筹备起航。

部分内容如下。

## 一、提案的时代背景和村干部素质问题

2018 年中央一号文件公布（2018 年 1 月 2 日,《中共中央国务院关于实施乡村振兴战略的意见》），全面部署实施乡村振兴战略。国家支持地方高等学校综合利用教育培训资源，灵活设置专业（方向），创新人才培养模式，为乡村振兴培养专业化人才。

乡村振兴需要懂农业、爱农村、爱农民的“三农”工作队伍，一个强有力的领导团队。一支文化水平高、科技素养强的农村干部队伍做观念的先锋和行动的引领，增强农村基层组织的凝聚力，适应当前脱贫攻坚工作和经济社会发展对科技型、知识型、经营型村干部的需求。

村民最期盼的是那些懂技术、懂市场、会转型发展的领路人。治理村庄与治理一家企业是一个道理。在调研中，我发现企业家素养、企业家精神在农村带头人身上同样需要。农村扶贫、致富，好比企业创业，需要当地农业经济和农业生成发展的带头人、农村科技致富的带头人和发展农村先进文化的带头人。我们的高校能为企业输送大批 MBA 高级管理型人才，为何不能为乡村输送“MBA 村干部”？

如今，农村大批能人纷纷走出家门挣活钱，留下的大多是缺乏一技

之长的农户、中老年人和妇女，致使农村干部特别是“领头雁”人选越来越少。

目前，全国总计有500万名包括村党支部书记和村主任在内的“村干部”。总的来说，村干部队伍年龄结构偏大，年轻的后备力量严重不足；从村支“两委”成员知识结构来看，初高中文化程度的村干部比较普遍，小学文化程度的也不占少数，而大专以上文化程度的凤毛麟角。

**村干部队伍还存在以下主要问题：**村干部整体素质和工作水平亟待提高，干事创业的能力和激情不足。有的没有摆脱传统管理理念和工作方式，习惯于家长式发号施令，依法施政能力和处理村民矛盾能力较弱。有的工作方法简单，多凭个人经验办事，不愿意耐心细致做农民工作。有的缺乏改革创新精神，工作统筹能力不强，“大事小事一把抓”，整天忙于琐碎事务，没有充分发挥领导核心作用。有的在实施村民自治和指导管理村组等方面能力不足，服务村民意识不强。

大学生村官计划作为乡村人才振兴的一项国家重要举措，虽然取得了显著成就，但是问题也比较突出。很多大学生村官的专业与农村需求相差较远，专业背景远离农业发展和村民急需。农村地区收入低、生活条件艰苦，很多大学生到了农村多则待三四年，少则停留几个月，“待不住、沉不下来”成为很多大学生村官工作难出成效的重要原因。

那些每天生活、工作在农村，熟悉农村工作的村干部，或许是更能说村民“语言”、更待得住、更接地气的人。新农村建设需要本土化的人才。要振兴乡村，真正解决农村发展不充分、城乡发展不平衡的问题，就必须从人才上狠下工夫，选拔培养一批懂农村、懂农民、懂农业，也懂城乡发展的专业化农村干部，探索借鉴大城市人才引进政策，让有意愿、有能力带动农村发展的专业化人才，安心、专心地在农村生根发芽。

高校有责任发挥教育的力量，把本土化的村干部真正培养成新农村建设的直接推动者、实践者和组织者，成为新农村建设的骨干力量。

## 二、调研感受

过去一年，我走访了全国100多个新农村，认识了许多明星村干部、大学生村干部、企业家村干部、能人村干部。我研究他们，提取他们身上共同的优秀特质，编写出来，助力国家乡村振兴，希望与更多的村干部朋友们分享“治村”经验。有一件迫在眉睫的事，也是我个人之力不能解决的。国家、上层支农政策再好，基层执行没有人才就是空谈。仅靠扶贫、外援、公益的形式，难以支撑整个新农村的健康、持久发展。

从本质上讲，还是要解决基层人才的问题。

像大学生村官这种“输血”的方式，并非最可持续的乡村发展模式，事实上许多毫无村庄治理经验的大学生村官在全国普遍开花，但是问题也接踵而至。许多大学生村官直言不讳地告诉我，他们是采取“弯道晋升”方式选择进乡村，并不是怀有扎根基层的梦想。而且，许多大学生村官都面临“水土不服”的问题，这个数量之庞大，超过一半。

“造血”模式才是建设乡村解决人才问题的根本之道。

这一切的改变，都来自有知识有理想并愿意扎根基层的人才，而对这些本村能人或愿意智力下乡的人才进行“入职”前后，系统性、持久性、实战性的培训是根本的方法。可惜的是，中国有500万名基层村干部（还不包括乡镇一级的政府公职人员以及县市一级与农村打交道的官员），却没有一所正规的村干部大学，或系统性的村干部培训机构，给予基层官员职业化、专业化的教育。各省市均有一套自己的村干部筛选体系和培训体系，但绝大部分的学习都很零散，且收效甚微。

我在大胆设想，除了内部选拔能人经过培训后上岗，让他们的工作事半功倍（若没有能人怎么办?），如果就像培训MBA职业经理人一样培训职业化村干部，然后竞聘到村委当村主任、妇女主任，基层组织改革又会发生什么天翻地覆的变化？村干部里可否有MBA之类的高级职业经理人？

事实上，当我去中国村庄名片——江苏省常熟市蒋巷村调研时，我随访了74岁的老支书、全国人大代表常德盛和他的“村委团队”许多日后发现，这个团队就是“职业经理人”的形式。他们大部分来自“外村”，或者本村的能人。他们在自己的细分管辖领域非常专业。他们有内部的绩效考核和严格的管理制度。这在中国许多传统型村庄是不能想象的。他们的村主任也是外村的，是聘任制。他们的一些治村经验值得推广。

## 三、村干部培训与武汉大学的责任

作为中国最古老的大学之一，武汉大学拥有近百年的悠久历史。它凭借建筑和独具特色的文化风格，被誉为“中国最美的大学校园”，校内26栋早期建筑被列为“全国重点文物保护单位”。

“盖闻经国以自强为本”，“自强之道，以教育人才为先”。

“自强、弘毅、求是、拓新”，武汉大学校训的含义是树立为国家的繁荣昌盛刻苦学习、积极奉献的伟大志向，以坚毅刚强的品格和科学严谨的治学态度，开创新局面，取得新成绩，不断为国家作出新贡献。在这样的新时代，创立“村干部学院”更具深刻意义。

之前，武汉大学已创办了“中国乡村治理研究中心”“县域金融研究中心”等，在基层治理上具有丰富的学术资源和专业的理论指导。

以湖北省为例，湖北省有26209个行政村，武汉市有21个镇，15个乡，1107个社区，2033个行政村，村干部规模庞大。湖北省的“三万计划”如火如荼地进行，数万干部进乡村惠农，成为扶贫的智力大军。但是，他们终究要返城。

各省地急需高素质人才补充到村干部队伍里，原有村干部对地区村民熟悉，只是知识体系急需升级，需改变村干部思维落后、文化水平低的形象标签。从某种意义上，也能更好地理解、配合支农干部们的“扶贫计划”(现在，扶贫人员与村干部的沟通也是一个普遍存在的大问题)。

创办“村干部学院”，可以培养更多具有创新思维、开拓精神的村干部，改变乡村的面貌。为推进“美丽乡村”计划，培养储备人才是当务之急。

## 四、“村干部学院”的目的

培养村民的“智囊团”，把村干部培养成实用型、管理型、创新型、技术型等人才，丰富自身，与时俱进，激发工作斗志，形成推动工作原动力，改进工作方式，提高工作效率，贯彻终身学习理念，发展社会服务和实现基层组织的多元化人才培养。

全国各地村干部的系统性培训缺乏，村干部素质提高缓慢。近几年虽然一直在搞大规模干部培训工作，但培训的大部分是党员领导干部、中青年干部等，对村干部的培训较少，目前对村干部的培训，注重的还是政治理论、国家政策宣讲、业务知识培训，缺乏能力素质的培训。

而提高村干部素质的关键在于加强教育培训。但是由于地方财力有限，不具备进行大规模村组干部培训教育的条件。导致培训人数少，培训内容不丰富，以国家方针政策、农业实用技术为主要的培训内容，忽视了宗旨教育、法律知识、市场经济等知识的培训教育。

另外，村干部自主学习意识差。很多村干部在平时工作生活中，没有意识到学习的重要性，未能充分通过书本、电视、报刊、远程教育平台等渠道获取科技文化知识，没有做到与时俱进地学习新知识，导致工作思路陈旧、工作方法简单。

## 五、开展形式

**1. 基础课程**

党和国家政策，针对不同干部设置不同的业务课程。

**2. 特色系列课程（根据村庄的发展阶段，分类、分级别、分阶段教学）**

**经济学：**宏观、微观经济学，特别是发展集体经济、增加村民收入，走共同富裕的方式方法，以及产业特色课题，比如，乡村旅游如何做？特色乡村如何打造品牌？

**管理学：**组织行为学、人力资源管理学、会计学、投资学等基础课程，用案例的形式，使得基层村干部有基本的管理学认知，知道如何激励团队，如何与人沟通，如何选拔人才，如何处理基础财务问题。对于经济发达、产业化集中的乡村，提高课程难度。

**文化**：了解非物质文化遗产，本土文化，挖掘特色，因地制宜，引导百姓致富。开发特色旅游项目，手工产品；打造乡村品牌文化；建设特色民居、乡村美术馆、书社；等等。

**科学技术**：了解盐碱地、新品种引进、养殖种植、现代化灌溉等系统知识。

**网络知识**：信息化时代怎样营销本地农产品，对接平台，包装。

**法律**：依法行事，知法懂法，为村民普及法律知识。

**心理学**：了解自身，更好地与上级政府、百姓、对内对外的沟通；平衡工作与家庭的关系等。

**哲学**：处理生活与工作关系。

**历史**：古代官员的治理故事（苏东坡治理方法、范仲淹办学）等。

**新闻时事课程**：国家惠农政策、先进案例、美丽乡村建设进程等。

**演讲与口才**：沟通与表达能力。

**写作**：公文写作水平进阶。

**3. 高品质的优秀村干部沙龙、论坛**：扩大人脉圈，分享经验、互通有无，优化学习成果。

**4. 现场教学**：博物馆、名人故居、电影视频教学、参观模范村等。

**5. 组织形式**：武汉大学出师资、设计课程，以及承办各种优秀村干部交流活动，做好资源对接、专家指导，培训经费可以各县乡镇出资申请到武汉大学培训，或国家给予武汉大学拨款支持。

## 六、其他有关政府部门、高校相应的“乡村扶智”举措实例

2014 年，湖南“农民大学生培养计划”，参加学习的学生大多是村干部或是村级后备干部。他们通过学习，提高了带领广大村民致富和组织管理农村党务村务的能力，在解决农村土地流转、环境保护、法律纠纷等矛盾的调解中，政策水平和协调能力都得到较大提高。

国家旅游局办公室发布2017年乡村旅游扶贫重点村村干部培训班的通知，湖北共入选35个村。

针对大学生村官在基层工作使不上力、水土不服的问题，中国农业大学采用了“扶上马、送一程”的个性化做法：实施“1帮1跟进计划”，组织学生党支部与大学生村官所在村党支部进行对接，建立大学生村官互帮团队；校关工委联合老教协、老科协，成立了由26位专家组成的“大学生村官老教授顾问团”，帮助大学生村官解决农村工作中的各种技术难题。

2018年中央组织部加强在岗大学生村官教育培训，注重培养锻炼，引导和鼓励大学生村干部在实施乡村振兴计划、打赢脱贫攻坚战中积极发挥作用。中央组织部会同农业部举办52期大学生村官示范培训班，全年培训5120人，重点向贫困地区和贫困村大学生村官倾斜，其中举办了2期贫困村大学生村官创业富民专题研修“精品”示范班，组织学员带着创业项目参加培训，通过培训完善创业项目；会同中国扶贫开发协会举办贫困村大学生村官培训班，培训5期共1050人。

# 3 村干部职业化路径

## 大学生村干部的职业化之路

在基层久了，我便认识了许多大学生村官。在村干部职业化问题上，大学生村官是主力军。他们不是村民选举选出来的，而是国家通过大学生村官考试选拔出来的，从某种意义上说，他们是将村干部当作一种职业去选择的知识青年。他们具有岗位的流动性，以及职业化的四个特点：报酬工薪化，岗位公职化，管理规范化，发展持续化。

**关键词：聘任制、考核**

大学生村官是聘任制，通过考核、体检、公示，再签合同聘用。全国各地的大学生村官政策相差不大。

以杭州市余杭区为例，镇街与选聘人员签订聘用合同。合同明确了大学生村官的权利、职责和义务，约定续聘、解聘、劝退等条款。任满1个聘期、考核称职的，可按照有关程序续聘；任满2个聘期、未担任村（社区）“两委”委员及以上职务的，原则上不再续聘且不再纳入大学生村官管理；任满2个聘期、担任村（社区）“两委”委员及以上职务的，在下一次村组织换届时落选的，原则上不再纳入大学生村官管理。对于违反工作纪律或重大失责、造成严重影响的应及时解聘。

大学生村官的工作基本都有明确的任务考核。他们到村任职的第一年，一般担任村党组织书记助理或村委会主任助理，重点了解熟悉农村工作，通过整理涉农政策、走访全村农户、完善村情档案、形成调研报告、提出发展建议，并且掌握一门农村实用技术，完成角色转变。

从第二年开始，大学生村官有1次考核优秀或连续3次考核称职的、符合任职条件的，可通过任命的方式成为村（社区）党组织班子成员，在村（社区）组织换届期间，可通过专职专选的方式成为村（社区）“两委”班子成员，并明确分工，承担具体的村（社区）工作，重点做好基层组织建设、远程教育、社会保障、劳动就业、办事代理、计划生育、社会治安综合治理、精神文明建设和带领村民致富等相关工作。

通过任命或专职专选的方式成为村（社区）“两委”班子成员的，不占村（社区）“两委”原核定职数。通过任命担任村（社区）党组织班子成员的大学生村官，在换届时落选的，不再以任命形式担任村（社区）党组织班子成员。各地区组织部还可以有计划地组织大学生村官参加镇街或区直部门集中性工作和到信访、综治、经济等部门锻炼，锻炼时间算作聘期时间。

此外，大学生村官的收入总体上还是不错的，但存在地区差异。

在中西部地区，公务员年收入平均三万至五万元，村干部报酬（误工补贴）才一万元左右，与公务员相差甚远，甚至普通村民进城的务工所得也远远高于村干部报酬。而大学生村官收入两三万元，也往往高于长期从事农村工作的村支书收入，趋同于当地公务员。这也是地方政府可以安排的报酬极限。从这个层面，大学生村官是个不错的职业。但是，相比于大学生到城市发展，显然是不如进城就业。因此，中西部地区的大学生村官职业化之路存在诸多不稳定性。

东部沿海地区则不同，以苏南、上海、浙江为例，因地方财政关系，大学生村官的平均年收入在七八万元，甚至比城市就业环境更理想、更优渥。城乡之间交通方便，进城便捷，其中不乏海归、211 名牌大学的毕业生前来竞争岗位，可见发达地区的大学生村官有相当大的职业吸引力。这也是为何东部发达地区的大学生村官职业化程度更高，稳定性更强。

**关键词：知识青年下乡**

最近打开共青团中央主办的“大学生村官之家”网站，“脱贫攻坚，青春榜样”几个字赫然醒目。教育部也印发通知，要求各地各高校把积极引导毕业生到基层工作提上重要议程，实施“一把手工程”，会同有关部门建立和完善激励大学生到基层干事创业的长效机制，使大学生能够下得去、留得住、干得好、流得动，到国家最需要的地方去建功立业，报效祖国。

这不禁让人想起 20 世纪六七十年代如火如荼的知识青年下乡，并与之形成对比。也难怪时常有人问我，大学生村官计划和知识青年下乡有何不同？

今非昔比，两者截然不同，切勿同日而语。

40 多年前，1700 万知识青年的命运被政治运动所改写。20 世纪五六十年代，“大跃进”的失败，苏联的步步紧逼，公有制下的城市人口积压、就业困难，中国遭遇天灾人祸，内忧外患，上山下乡成为缓解城市压力、精减人口、助力生产的国家建设的重要举措。1968 年，《人民日报》发表了毛泽东“知识青年到农村去”的重要指示，从此，成千上万的知识青年饱含对革命的热情，奔赴到祖国的大江南北，扎根艰苦的农村。

在这条道路上，有青春的荒废，也有生活信心的伤逝，有美好理想的破灭，更有青年一代的奋斗历程，他们在祖国最困难的时期，与当地人民一起，勤劳勇敢，投入到共和国的建设。无论如何，他们对祖国的发展作出了不可磨灭的贡献。

而今，又一批知识青年下乡了。只是这一次，10 多万大学生村官的使命是发展经济，建设社会主义新农村，全面实现小康。其经济意义大于政治意义，大学生村官享有国家诸多政策支持，包括不错的薪水和福利。国家鼓励大学生当村干部的主要目的是依靠大学生的技术条件、素质优势带领村民致富，对于大学生而言，村干部可以培养他们的实践能力、组织能力和管理能力。对于国家而言，大学生村官制度是国家向农村输血的重要途径，以促进农村治理的改善。

但是，这一次青年们的命运完全掌握在自己手中。他们可以自由选择去与留，他们更多的是借助在基层锻炼的机会，实现自己的个人理想。

由于在村任职，生活工作圈子小，许多大学生村官在基层工作一两年就离开进城了。有人想“弯道超车”，考公务员加分。有人想到北上广深的郊区落户，当村干部是不错的路径。有人想摆脱城市的就业压力，选择村干部只是权宜之计。基层成了考试的“加油站”“过渡站”，任职期间就纷纷考取了各级机关和企事业单位。

当然，也不乏有志青年，怀揣着改变家乡、回馈家乡的想法，将自己的知识应用到乡村建设中，带领家乡的村民致富。

**关键词：留住大学生村官**

2017 年是我国全面实施大学生村官计划的第十个年头。自 2008 年 4 月，中共中央组织部、教育部、财政部、人力资源和社会保障部联合印发《关于选聘高校毕业生到村任职工作的意见（试行）》以来，十年光阴已逝。

据中国青年网发布的《2016—2017 年中国大学生村官发展报告》显示，截至 2016 年底，全国在岗大学生村官总数比 2015 年减少 35335 人。2014 年底的统计数据显示，在岗大学生村官人数为 180960 人，因此，2015 年减少的数量为 43062 人。2015 年和 2016 年全年新选聘的大学生村官分别为 21742 人和 20202 人。其中少数民族的学生占比提高了 2.5 个百分点，男生比例 2016 年较 2015 年下降 0.3 个百分点，女生比例有所上升。目前，在岗大学生村官中女生比例高出男生 16.4 个百分点。

为什么女生报考大学生村官的数量远高于男生？

前面我探讨过女性参政能力的问题，从大数据上，女村干部的参政能力确实明显低于男性，这与大学生村官男女比例数据是一个矛盾。其实，女大学生报考大学生村官许多是求一个安稳，还有“弯道超车”，作为进城当公务员的加分项。她们真正长期扎根基层的数量很少，稳定性很差。

如何留住大学生村官在乡村并让他们有作为？

大学生村官均比较年轻，处于职业生涯的困惑期，是困在乡村，还是奋斗在乡村？留住大学生村官，在于留“心”。制度的完善、待遇的提高、基层政府的支持，每一项都是影响村干部去留的因素。大部分大学生村官的专业技能在农村工作实践中很难有效应用，即便所学专业与农相关，在当今的农村大环境中也很难有所作为，村干部职业化将从何谈起？

只有逐步让大学生村官在农村工作感受到存在感、看得到成就感，激发他们的责任感，才能真正使他们以主人翁的心态留下来。各相关部门要在“村干部”在岗创业方面给予更多的支持，使大学生村官真正安下心、扎下根、干得好。为那些致力于留在农村做事的大学生提供更多政策支持。

2018 年两会期间，习近平总书记在参加山东代表团审议时，提到要扎扎实实把乡村振兴战略实施好，推动乡村产业振兴、乡村人才振兴、乡村文化振兴、乡村生态振兴和乡村组织振兴。

其中讲到乡村人才振兴时，总书记强调，要把人力资本开发放在首要位置。让愿意留在乡村、建设家乡的人留得安心，让愿意上山下乡、回报乡村的人更有信心。

如何让大学生村官的职业化道路更有信心，或许是我们各级政府应该长期思考的问题。

# 外援村干部助阵村务管理：一位下乡扶贫青年的日记

在繁华的都市，很多人跟我一样，好奇那些和我们一样的青年为什么要远离生活的舒适区下乡去扶贫？他们在农村做什么？又如何帮助乡村实现精准扶贫？又收获了什么？要知道，下乡扶贫不仅是个人的一项公益行动，也不是心血来潮的社会实践，它是国家发展战略的一部分。它很严肃，它有考核，它有任务，它有使命感。

我踏上了寻找答案的乡村调研之路。我想讲一个下乡女教师的故事。决定写她时，我断断续续跟踪采访了她一年。

**关键词：湖北省“三万”活动、教师下乡**

罗茵，一个时尚、漂亮的都市女生，独生子女，从小在城市长大，比我年长几岁，是我大学的辅导员。2017 年初，她跟我说，她要响应湖北省“三万”活动，下乡去湖北省荆州市江陵县马家寨乡马林村扶贫，时间预计是两年。

“两年？你疯了吗？三十多岁的人了，你现在最重要的是谈个男朋友，结婚生子，让你父亲安心。”几乎所有的朋友都这么劝她。

我委婉地问她，“你去能做什么呢？你压根就没在农村待过啊。”不可否认，我曾怀疑她只是厌倦了日复一日的校园生活，又或是为了逃避情感生活的困惑，到乡下图一个新鲜吧。

“不会可以学啊，入户走访总是会的吧，我可以负责宣传和资料整理，还要监管我们学校每年专项帮扶 10 万元资金的使用情况。”她漫不经心地说道。她在我的母校武汉工商学院带的是传播学类专业的学生，耳濡目染，有宣传工作的基础，我想她做这项工作应该不难。但是，她这样一个出生、成长在都市的青年，能受得住农村生活的清苦和无聊吗？我仍然有些担心。

尽管很多人反对，这个倔强的女生还是毅然决然去了马林村。那番情景有点像20世纪知识青年下乡。只不过，时代不同了，她在马林村的生活条件算得上“优渥”。

“三万”活动是中共湖北省委、省政府开展的以农村发展为主的活动，旨在推动“三农”工作。这项活动早在2012年起就卓有成效，声势浩大，参与人员众多，持续时间长。在湖北，“三万”的影响力无处不在。目前，“三万”活动已开启多轮，万名干部进万村入万户、万名干部进万村挖万塘、万名干部进万村洁万家、万名干部进万村惠万民，成为湖北省农村工作的常态化举措。党的十九大发出打赢脱贫攻坚战的总攻令。湖北省强化了“三万”活动的力度，深入开展脱贫攻坚，确保到2020年我国现行标准下农村贫困人口实现脱贫，贫困县全部摘帽，解决区域性整体贫困，做到脱真贫、真脱贫。

在对湖北省扶贫办的采访中，我了解到中央对2016年度省级党委和政府扶贫成效考核中，湖北省被评为受表彰省份，奖励4亿元。在全国财政扶贫资金绩效考核中，湖北省连续四年被评为A级。同时，湖北省在全国扶贫开发工作会议、全国易地扶贫搬迁工作会等多次会议上作典型发言。全国产业扶贫、光伏扶贫、金融扶贫等多个现场会也相继在湖北省召开。

2017年11月，湖北省扶贫办在接受媒体访问时称，五年来，在“三万”系列活动的推进下，全省共减贫409.3万人，其中，建档立卡贫困人口由2013年底的581万人减少到2016年底的287.5万人，累计减贫293.5万人；贫困村由2013年底的4821个减少到2776个，累计出列贫困村2045个；9.4万户、26.68万贫困人口实施易地扶贫搬迁。产业扶贫方面，全省37个贫困县共224家省级以上重点龙头企业与贫困户建立了帮扶机制，95%以上的贫困村成立了农民专业合作社。①

① 数据来自2017年11月29日，湖北省人民政府门户网站，在线访谈湖北省扶贫办党组成员、副主任项克强。

这些成绩的取得与“三万”活动密不可分。

罗茵所在的武汉工商学院就是“三万”活动的参与单位之一。可以说，湖北省举全省之力在开展下乡扶贫工作。“三万”活动调动了全省各组织、单位下乡扶贫、参与农村建设的积极性。

按照湖北省委统一部署，罗茵所在的武汉工商学院共开展了六轮“三万”活动和“扶贫”工作，每年拨出10万元定向帮扶款用于各驻点村农村基础设施建设，改善农村生产生活条件，落实党中央和湖北省委支农惠农政策。学校自2015年10月成立了脱贫攻坚领导小组，明确校党委书记为脱贫攻坚“第一责任人”，组织部部长为分管领导，从学校各单位选拔抽调教职工组成驻村扶贫工作队，层层落实责任，形成上下统一指挥、协调推进、合力攻坚的扶贫工作格局。

**关键词：扶贫成绩单**

2017年，学校派出罗筱芳、罗茵和王丹佳三位教职工，成立工作组深入荆州市江陵县马林村开展精准扶贫工作。

这一年，三位下乡教师递交了一份满意的扶贫成绩单。

他们在马林村和村干部、其他扶贫人员一起兴建村级公路、涵匝、泵站等基础设施；推动马林村村集体开展冷库申报和建设工作，促进村集体经济发展；工作组还帮助马林村成立了马林农业有限公司，下设三家合作社（恒绿蔬菜合作社、永发西瓜合作社、文昌菊花合作社），带动贫困户脱贫，加强产业扶贫；开展“一对一”帮扶，提供公益性岗位，帮助残疾户何翠芬和赵继峰解决生活困难，开展多项民生工程，让村民真正得实惠。

2017年底回城时，罗茵带给我几本厚厚的扶贫工作日志，里面记录着她在乡下扶贫工作的每一个日常。“希望对你研究下乡青年的生活有用。”

那几本日志，我一字不漏地读完，很像小时候班委会的工作日记，事无巨细，一页页翻过去，马林村变了样。

**罗茵的《扶贫日志》，每一页详细记录着当天的扶贫工作情况。**

2017 年 3 月 20 日，在马林村学习扶贫文件精神，参加村委会议。

2017 年 3 月 22 日，仍然是学习扶贫文件精神，做帮扶责任表。

2017 年 4 月 7 日，马林村村委做迁坟工作，查看新坟地址，协助村委做迁坟名单电子档。

2017 年 4 月 12 日，入户走访 1 组低保贫困户何文勇，家庭人口 4 人，耕地 2.4 亩，住房为危房 60 平方米。贫困原因：自身发展动力不足。

2017 年 4 月 13 日，参观东李村，与村干部交流。这个村的项目、资金引入情况做得较好。有 400 多亩的草皮，水稻、虾等收入 1000 多万元，土地平整已完成，村级道路绿化成规模。这个村委班子团结，有战斗力，高标准制定乡村规划，依法依规实施项目，用好、用足国家政策，广泛发动村民参与扶贫工作。

2017 年 4 月 14 日，与县工作组的同志一起到王新华书记家商讨扶贫工作。主要内容是，结合东李村的经验，商讨马林村的扶贫工作计划。上大棚，特别划拨部分给贫困户种植。

2017 年 4 月 20 日，文化长廊选址确定，设计文化长廊方案。土地流转，与蔬菜公司老板洽谈种植蔬菜大棚计划。参加村委会议，计划公路拓宽2700米，需资金42.8万元；路基拓宽2700米，需资金7.8万元；11千瓦潜水泵，需资金1万元；在村组设路灯，需资金10.7万元；文化长廊，需资金10万元；绿化，需资金30万元；垃圾清运车，需资金6万元；排水站，需资金12万元……共计需要285万。

翻阅这几本工作日志，我发现，罗茵们褪去了都市青年的浮躁、不安与狂妄，很快地进入了角色。他们在实打实地为村民解决贫困问题。难以想象，一个连韭菜和青草都无法分辨的都市女生，能快速地融入乡村生活。

"现在互联网发达，只要我们肯学，一点不难。什么都可以上网搜索。何况，融入到乡村这个环境，学以致用，知识积累得也快。"

他们改变了一个乡村，一个家庭，也不知不觉改变了自己。

在广阔的江汉平原的农村地区，水路交通便利，土地肥沃，一般情况下，农户家庭成员当中，只要不是有重大疾病的，或者是身体有残疾的，或者是孤寡情况的，有劳动能力的人基本生活都可以达到"两不愁，三保障"(稳定实现扶贫对象不愁吃、不愁穿，保障其义务教育、基本医疗和安全住房)。但是，贫困人口仍然存在。

因病致穷，因残致穷，因懒致穷，是这些村子产生贫困人口的几大主要原因。如何帮扶这些困难家庭，提高他们的经济收入和精神文明建设水平，是罗茵的主要工作，也是我最关心的问题。

下乡前，罗茵并没有为国家乡村振兴贡献青春的思想高度，她与20世纪60年代知识青年怀揣激情与梦想有很大区别。但是在学校的下乡扶贫动员会上，她知道那里比高校更需要人才。"高校里有成百上千个罗茵，但有些贫困乡村一个罗茵都没有。""做了十年辅导员，我只想换个环境，让时间、生活更有意义一点。我应该尝试做点别的。"她说。

罗茵不需要我们给她戴上"奉献"的帽子，我们也不用刻意去赞赏她。事实上，当个人追求与社会价值绑定时，工作本身的意义会被放大。

“我们不是奉献，我们是在做好本职工作。学校还是会给我们发薪水。村委会给我们特别照顾，对我们有期待。村民们对我们也很友善。”

她每天都会发微信朋友圈，展示她扶贫工作的日常，在我眼里，那些事琐碎、繁复、平淡，甚至乏味。比如，填写每日扶贫工作日志，整理贫困人口的材料。有段时间，她的主要工作就是“精准填表”，书写、上报材料。她时常会跟我聊天到半夜，谈扶贫工作的欣喜与艰辛。她在那里经历的一切是诸多下乡参加扶贫工作的都市青年的缩影。

这个女生，去之前，完全搞不清楚“村两委”是如何运行的，什么又是土地流转。一年后，我们再见面谈乡土中国，她俨然是一个中国农村问题的半个专家了。

以前，她认为自己除了当大学辅导员，什么也不会干。一年的扶贫工作后，她自信了许多，知道自己还可以尝试完全生疏的工作，并作出成绩。

罗茵的人生随着扶贫工作的开展，也发生了质的变化。学校党委留意到了这位肯吃苦的实干青年教师。2018 年，她被调任到学校校友办，负责校友工作。她不再是一个平凡的辅导员。

命运只会眷顾肯付出的人。

**关键词：下乡动机**

**罗茵为什么下乡去扶贫？**

罗茵，出生在城市，生长在城市，父亲是一名货车司机，“在我小的时候，父亲经常驾驶大货车走南闯北，每次出差回来都给我讲述他在路途上的所见所闻，让我觉得农村是一个很好玩的地方。”她并不像我，出身于农村，对土地有天然的难以割舍的情感。对于中国乡村，她更多的是“陌生”与“好奇”。

“有人说你们动机不纯，奔着弯道晋升才下乡去扶贫的。你怎么看待这个问题？”我问。

“网络喷子很多，我们学校也有质疑的声音。风凉话哪里都有。关键是没有必要逃避这个问题，什么动机不重要，重要的是过程和结果。你会不会踏出这一步，远离优渥的舒适区，报名下基层锻炼，实实在在的通过自己的努力帮助村民们做些改变。事实上，报名下乡的只是少数。若真的明显地有利可图，应该是大多数人报名了吧。”

从工作角度而言，罗茵在高校当辅导员，所带的学生30%~40%都来自农村，尤其湖北农村地区的学生占到全部农村地区学生人数的70%，她希望去了解学生成长的环境，这对于学生管理工作来说有百利而无一害。

“国家对大学生的就业指导中，提倡大学生到基层去就业，为乡村输送高学历人才，出台了一些有利的就业政策，有大学生村官政策，农村教师岗政策，西部扶贫计划等。没有深入就没有了解，不了解何谈感同身受。每到毕业季，对学生做就业指导、讲解这些政策的时候，我在想，如果我不了解基层不了解现代的农村，如何能做好学生的就业指导工作呢？”

罗茵的坦诚让我很感动。

下乡工作不仅丰富了她千篇一律的辅导员生活，也对她的职业生涯有很大的促进作用。

**关键词：判断贫困户的标准、产业扶贫**

我又问她一个敏感的问题，“你们判断贫困户的标准是什么？如何精准识别贫困户？”

“农户年收入低于当地平均水平，通过村干部、驻村扶贫工作组（队）的人员逐户入户走访，根据一家一户提供的数据计算出来，按照程序进行核实、公示，逐级申报，逐级审批，最后确定精准识别贫困户。江陵县2017年8—9月通过网上大数据比对，将2014—2016年的贫困户精准识别，剔除小部分，最终做到“三一致”（网上数据、实际情况统计、填表数据一致）。按照要求，帮扶人每月定点到贫困户家中走访，宣讲扶贫政策，了解贫困户生活、耕作、收入、是否患有疾病等情况，回到工作地点后填写入户走访记录。”

尽管这些下乡青年抑或饱含热情，抑或带有职业梦想，抑或为了调整生活环境，他们带有不同的下乡动机，但是无论动机是什么，能实干、干出结果才是最重要的。有一个问题很关键，这些都市青年中的绝大部分并没有做过产业，他们又如何帮助贫困村进行“产业升级”？

“至少我们有人脉，有高校的专家指导，有相对完善的知识结构。做一行，钻研一行。我们在全村形成了公司+合作社+农户的产业模式，全力发展蔬菜、菊花、西瓜三个支柱产业，成立了马林农业有限公司，下设三家合作社，恒绿蔬菜专业合作社、文昌菊花专业合作社、永发西瓜专业合作社，从而带动农户重点发展蔬菜（包菜、大白菜、萝卜、花菜、莴苣等）、菊花、西瓜三大支柱产业，还有 60 千瓦光伏发电项目，冷库项目。”罗茵说。

据了解，湖北省直驻村工作队在荆州片区一共有 13 个，只有罗茵所在的学校武汉工商学院驻马林村和省文化厅驻星星村是两级工作队在一起工作的。在马林村同时驻村的还有江陵县驻村工作组，是由江陵县食药监局、科技局、供销社三家单位组成，即马林村同时有省（武汉工商学院）、县两级驻村工作队共 7 人在一起驻村工作，相比于其他队 3~4 人的组成结构，马林村的驻村干部是相当“庞大”的。

为了大家在工作上能协同合作，共同发展，2017 年 3 月两级工作队的队长共同商讨，除了入户走访等常规性工作外，还为每位驻村队员分配了不同方向的主要工作，罗茵主要负责宣传和资料整理。

工作组组长将这些人力资源整合起来，众志成城，产业扶贫便不是空话。

“在马林村，你最难忘的一天是哪一天？”我问罗茵。

2017 年 3 月 7 日，罗茵刚下乡没多久，荆州市级精准扶贫工作检查，罗茵坦言当时很慌张，对驻村工作一知半解。“突然来检查，我心里十分忐忑不安。多少年都没这么紧张过。我要干什么？怎么干？从哪里干？还没有一个清晰的思路。”当时她的主要工作还停留在了解各级政府扶贫文件政策，查看村子的基本资料、贫困户资料档案。“就好像家里突然来了访客，但是你家里什么都没有，笨手笨脚的，怎么接待呢？”

应对上级检查，是下乡扶贫的青年们最紧张的工作。“就跟考试一样，怕不合格，怕给自己的团队丢脸，也怕给自己代表的单位丢脸。谁也不敢懈怠。”“接待太多，也很烦。经常有各级领导、社会组织来访，需要接待，有时候搞得人精疲力竭的。”

2017年6月9日，省级脱贫攻坚和驻村帮扶工作交叉检查，此次检查还要“一对一”访谈工作队员，为的是检查队员的扶贫工作情况。有了3月份检查的经验，还有这段时间对扶贫工作的理解，罗茵顺利通过了这次“一对一”检查。“还是很紧张的，政府很严肃地检查我们每个人的工作，真的不得儿戏。”

罗茵（左一）几乎每天都要走访农户，记录下他们的问题和对村庄建设的意见。

**关键词：专业强项、创新**

“在扶贫工作中，如何结合自己的资源优势去创新?”

“我是带广告设计专业的，如何将艺术创作介入美丽乡村建设，让未来的年轻艺术创客进入乡村，使他们在艺术创作实践的同时，知晓社会责任和担当。我觉得我可以努力下。”罗茵说。

2017 年 7 月，高校放暑假了。罗茵任职的武汉工商学院拨发 17000 元专项资金，利用艺术与设计学院的专业特色，组织 17 人的暑期实践小分队文化下乡，深入马林村，配合罗茵们的工作。她带领学生们完成马林村文化长廊中的新二十四孝手绘墙，为村里手绘了一条 120 米的文化长廊，美化了乡村环境。这项创新性工作还受到人民网等中央级主流媒体的广泛报道。

由于马林村常住村民以留守老人居多，项目组确定了“二十四孝”主题，希望借此呼吁村民传孝道、念亲恩。但传统的“二十四孝”中不少故事守旧而迂腐，亟待扬弃。如何创新才能让“二十四孝”既与时俱进，又能引发村民共鸣?学生们经过讨论和入村调研，决定用色彩斑斓的卡通漫画再现村民的日常生活场景；保留书法、楹联等传统的文字艺术表现形式，但采用“教父母学会上网”和“带父母一起旅游”等简洁直白、符合现实需求的内容。

到了起稿、勾线、上底色等现场绘制阶段，又遇到工程壁画与课堂教学、画室创作的差异问题。如何调配户外作画颜料?如何防潮?如何确保大型墙绘的艺术整体性?这些都是罗茵要去协调解决的。最终，亲和有趣、时代感强、尊重乡土的文化长廊受到村民的一致赞扬。在村支书王新华看来，文化长廊俨然是村里的文化风景。

“我们预计是 3 天完成 120 米的手绘墙，这是全部的工作量，但是 7 月天气炎热，暴雨说来就来，因此耽误了不少时间，整个工期延长到 5 天半。气候热工作量大，有时候学生比较疲惫了，有点小脾气，我要给学生做做思想工作，鼓励鼓励他们。”罗茵回忆道。这是武汉工商学院特别结合教育资源优势，开展教育扶贫的一项举措。那几天，她既担任团队管理者，又担任后勤保障，还担任了绘画师的工作。

罗茵说：“人才是农村最稀缺的，大学生们来支援乡村文化建设，各级政府、村民们都当他们是宝贝。”

这种有效利用自身资源精准扶贫的创新性文化活动并没有结束。2017 年 10 月 20 日，罗茵任职的武汉工商学院校党委书记陈伟给马林村的村民们带来了一场主题为“弘扬孝道文化，构建和谐社会”的道德文化讲座。陈书记从“何为孝”“孝的故事”“孝的内涵”“孝的历史作用”四个方面进行了阐述，深刻地讲述了孝道文化的重要性。讲座结束后陈书记现场为村民挥毫书写“孝在乡党人歙佩，孝在家中大小欢”，为县扶贫办题字“不忘初心　牢记使命　决胜小康”。

同时，学校工会、团委分别与留守儿童结对成“爱心母女（子）”或者“爱心姐妹（兄弟）”进行帮扶，给孩子们添置文具，送去学习基金。

**罗茵所在单位的领导武汉工商学院校党委书记陈伟（左四）亲自带队来看望下乡扶贫的职工，并给村里的孩子们送来“学习基金”。**

**关键词：沟通、同理心**

在乡村调研期间，与村民沟通存在障碍是乡村干部们向我反馈的普遍问题。我请教罗茵，“比如到村民家里宣讲致富方法，国家法律法规，惠农政策，十九大精神，你是否有沟通难点、障碍？”

“村民的受教育程度有限，特别是年纪大的农民，如果完全给他们念十九大报告中的关于农村发展、精准扶贫方面的要点，那完全是达不到宣传效果的。”

“那你怎么做？”

“我们在网络中收集各地十九大宣讲团的讲义，将一些与扶贫政策相关的要点编辑成通俗易懂的文字，制作成小册子，发放到农户手中。有时候会让农户家中上学的小孩宣读，我们对一些词做简单的解说，结合目前村子正在进行的工作举例说明。比如什么叫整村推进，我们就跟农户说，目前在做的村级道路拓宽硬化工程、沟渠清淤、道路路灯亮化、土地平整等都是整村推进的内容。道路拓宽了，路灯亮了，大伙儿开车走路也方便了，沟渠清淤拓宽了，明年3月水稻撒秧灌溉后，有些地势高点的地不缺水了。”

“有不配合工作的农户吗？”

“有，当然会有。比如，有些农户会说，道路拓宽怎么没有我们组？我们会慢慢解释，这个工程是全村都要进行的，一组一组逐步进行，有一个时间的过程。我感受到有时候与村民打交道和做学生思想工作的原理是一样的，不但要有亲和力、同理心，更要有耐心。要静心地去倾听他们的诉求，引导他们去理解政策，在政策范围内根据贫困户的情况制定适合的扶贫方案，协助贫困户申请相关资源。对于贫困户提出的一些不合理不符合政策的要求还要耐心地解释，做通工作。”

# “企业家村干部”刘强东：京东掀起企业下乡运动

2016年11月10日，刘强东亲自领衔京东“马拉松明星直播秀”，在直播中，他烹饪了美食大盘鸡和来自波士顿的大龙虾，获得500万个赞。而来自武邑县的“扶贫跑步鸡”第二天就被一抢而空。

京东的“跑步鸡”火了很长一段时间。这是京东旗下金融、生鲜等部门的扶贫项目，实现了产、养、销的闭环。在这个闭环内，贫困户只需要养好鸡，京东负责收购和销售。

京东的“跑步鸡”扶贫项目，确实是惠及百姓的，只要稍微用点心，算笔账，就不会赔钱。据了解，在武邑县，212个贫困村，12803个贫困户，“跑步鸡”是贫困户参与度最高的项目，约10%的贫困户参与。以每户养殖100只鸡来算，半年的纯利润5300~6300元，每年可以增收一万元以上。对真正想赚钱的贫困户来说，无异于雪中送炭。京东还送农民鸡苗，组织农民学习养殖技术，扶贫先扶“智”。

在“扶贫跑步鸡”这个项目中，京东有效利用平台资源精准扶贫，名利双收。它赚了多少钱，我们不知道，但是京东的名望越来越高了，无形的品牌价值越来越大了。刘强东也成为老家宿迁的荣誉村主任，迈向精准扶贫的步伐越来越坚实。

我还留意到京东的另一个下乡工程，里面有京东的农村市场战略布局。这个战略解决了数万农民的就业问题。

2014年11月20日，全国第一个京东帮服务店（第三方合作模式）在河北省赵县开业，它承载着京东家电“渠道下沉”的希望，也是中国家电行业真正到村里去的第一个整合模式。此后，京东深入到直接触及4~6级农村市场。

几年过去，由京东编著的《京东下乡经营学》这本书中显示，

2014年到2016年仅两年时间，通过一县一店授权认证体系的建设，京东帮服务店在全国布局已经超过1700个县，覆盖超45万个行政村，建立了全国农村最大的家电零售服务网络，包括远在西藏阿里地区的噶尔县、林芝市的墨脱县，均能送货上门，而且全国统一价，不因配送路途遥远而额外收费和加价，同时安装、退换货一条龙服务，解决了农村消费者网购家电的痛点。

与此同时，京东县级服务中心（京东自营）也在迅猛发展，从2015年1月第一家服务中心开业到2016年底，1700多家京东县级服务中心覆盖全国31省、市、自治区，约30万名推广员活跃在覆盖27000余个乡镇的28万个行政村。它不仅是一个配送站，也承担着包括家电、母婴、手机、服务等商品的输出，同时，负责招募、管理当地的“乡村推广员”，电商培训、技术传授、营销推广等多种功能。另一方面，它也是京东精准扶贫、“金融下乡”、“农产品进城”的纽带。

这在中国家电行业、电商行业，无异于是一次“地震”。

2017年，京东家电计划在全国开设专卖店10000家以上，实现“一镇一店”和“一县多店”，让京东家电的毛细血管遍布乡村市场。

为什么京东要掀起企业下乡运动？刘强东的用意是什么？

媒体上对刘强东的背景介绍已经相当具体，我不做描述，他出生在江苏宿迁农村，乡土情结固然是一种根深蒂固的情怀。但是，作为一名企业家，仅情怀是不足以支撑企业发展的。

刘强东做的事，从企业行为上讲，主要是商业布局的考虑，是利国利民又利己的事。当企业的社会责任与盈利捆绑在一起的时候，这种商业模式才是最有魅力的。

党的十九大提出乡村振兴战略。精准扶贫是必须打赢的攻坚战。仅靠政府力量扶贫是远远不够的，越来越多的社会组织和企业加入到了下乡扶贫的大军，京东是先行军。

从国家扶贫攻坚战的角度，乡村振兴、精准扶贫是国家发展战略的一场马拉松，也是必须赢的一场马拉松。我们每一个社会成员都是这个赛道上的一员。国家全面深化农村改革，加快推进农业现代化，深入推进农业供给侧结构性调整，企业作为市场经济的重要主体，在农业经济升级转型、新农村建设中发挥着举足轻重的作用。

从社会责任角度，企业下乡义不容辞，若能发挥自身的资源优势，找到自己最擅长的扶贫方式，带动企业自身的发展，那便是名利双收。京东“互联网+”精准扶贫模式，通过与贫困县精准对接，斥巨资建设贫困县自营物流配送体系和自建仓配一体冷链网络，定向提供培训支持，提升贫困户技能，增强贫困户致富本领。

2017 年 4 月 10 日，京东创始人刘强东在微头条宣布：“未来五年，京东将在全国开设超过一百万家京东便利店，其中一半在农村，每个村都有，这些小店不是传统小店的翻牌，而是京东线下版本的创新综合体。”京东在农村电商领域全面布局。同时，京东的电商扶贫战略，包括产业扶贫、用工扶贫、创业扶贫和金融扶贫四大策略。京东已经在实际扶贫工作中摸索出“培训、金融、农资、安全、运输、销售、品牌、招工”八个环节的帮扶体系。

希望像刘强东一样有情怀的“企业家村官”越来越多，国家乡村振兴指日可待。

**附：**

英国学者欧利文·谢尔顿提出“企业社会责任理论”，该理论主张把企业的社会责任与企业经营者满足社会需要的责任联系起来，被称为**“利益攸关方理论”**。

日本、韩国的“一企一村运动”就是在这个理论基础上产生的。

其实，企业下乡参与扶贫建设并不是我国开先河，在国外已有非常成熟的先例，这里我整理出来供国内企业参考。

## 日本“一企一村运动”[1]

近年来，日本社会“企业社会责任”意识盛行，“只考虑追求利润而不实践企业的社会责任，将无法得到利益攸关方信赖，也将无望实现持久发展”成为大多数企业的共识。

“一企一村运动”是日本企业在国内开展“企业社会责任”活动的一种形式，即通过都、道、府、县等地方政府牵线搭桥，让一家企业和一个村结成姊妹关系，进行交流、互助。

该活动是由静冈县于2006年带头开展。静冈县与日本各地一样，因产业萎缩、人口减少和老龄化因素，面临的“三农”问题日趋严重，当地政府希望通过这一活动促使更多人参与农村建设、振兴农业。

为号召农村和企业参加这一运动，静冈县通过研讨会、讲座等各种形式积极向社会进行宣传，并利用网站、媒体等发布参与信息。该县政府还对运动提供支援，把企业、农业组织与其他团体组织起来，设立“企业家交流俱乐部”等。

活动的内容也很丰富多样，如开展整修农田、锄草、播种和收割等支农活动；组织学生进行农业实习、种地体验、农村情况调查等；帮助推进农业第六次产业化，支援农产品加工与销售等；组织农村和农业观光；招募农田经营者；提供科学方法和思路帮助村民创收，推广茶树的无农药栽培、用当地水果制作果醋并实现商品化、利用IT技术进行甜玉米栽培试验等。

## 韩国“一社一村”支农运动[2]

面对农村的新问题，韩国正在探索新的解决途径。“一社一村”支农运动就是其中最具代表性的一个。“一社一村”，就是一家企业自愿与一个村庄建立“姊妹关系”，对其进行“一帮一”的支援。三星集团是

① 张可喜、王星桥:《乡村振兴，国外也推企业下乡》，半月谈，2018年第6期。
② 徐宝康:《韩国农村看不出城乡差别》,《环球时报》，2015年11月9日第19版。

"一社一村"运动的带头企业之一。三星所属30家公司已与195个村庄建立了"姊妹关系"。三星创始人李建熙说:"企业是树木,社会是土壤,土壤不健康,树木必消亡。"

三星集团下属的三星康宁精密玻璃公司积极参与了这项运动,并与两个村庄建立了互助关系。社长李锡宰告诉记者,企业支农不只是提供资金和物资,"除了给他们'鱼',更重要的是教他们'渔'——'捕鱼'的方法。"

喜安村原来以种植玉米、葡萄为主,村民生活水平长期难以提高。三星康宁精密玻璃公司与该村结成"姊妹关系"后,社长亲自带队帮助农民播种、收割,还建起了"村文化会馆"。根据喜安村的特点,公司聘请韩国农业研究所的专家帮助农民改良玉米品种;玉米丰收后,又帮他们寻找销售渠道。公司还建起葡萄加工厂,直接收购村里产的葡萄。喜安村去年农副产品销售额猛增至1亿韩元。

大油米村是三星康宁精密玻璃公司的另一个姊妹村,由于它地处山区,农业生产条件十分恶劣,公司与村民协商后,决定走"农村体验观光"的致富路子。公司向村里提供了一辆小型旅游车和8台最新式的电脑,帮助村里建起了"农村会馆"和网站。随后,村里推出了"农村生活体验游""生态环境游"等项目,游客到此既能采摘山菜、野果,还能下河抓鱼、熬鱼汤。

**意大利的农业联合会①**

意大利有农业企业联合会和工业企业联合会。意大利是农业大国,粮食产量在欧洲处于领先地位,农企协会在意大利农业现代化过程中发挥了巨大作用。农企协会收取会费,提供各类服务,其中包括政治事务、税收事务、雇佣事务、技术培训、设备购置、法律援助、价格协调等。农企协会也发挥着类似工会的作用,为农民争取合法权益。

---

① 张可喜、王星桥:《乡村振兴,国外也推企业下乡》,半月谈,2018年第6期。

这里有许多名酒品牌，许多农民生产同一品牌产品。比如经典基安蒂这一品牌就有6个镇的数百家农户企业生产，他们种植同样的葡萄、采用同样的加工技术，又都需要把自己的产品销售出去，因此，他们成立了自己的专业协会，以便共同协调立场、定价和出口等，不至于产生恶性竞争。

**德国名企在乡村**①

德国人偏爱农村小镇，百强企业中有97家总部在乡村。“穷乡僻壤”有企业，是德国城镇发展生生不息的根本。

德国的11个大都市圈，分布在东南西北各地，各有特色支柱经济，解决了70%人口的就业。仅国人熟悉的就有西部的鲁尔、西北的汉堡、东部的德累斯顿、中部的汉诺威，更不用提南部，以生产宝马和奔驰出名的慕尼黑和斯图加特。目前，德国城镇人口占总人口约96%，七成城镇人口，生活在2000~10000人的小型城镇里。

而且，许多德国大企业，不喜欢在大城市里扎堆，依然扎根在其出生地。比如大名鼎鼎的贝塔斯曼集团，总部一直设在一个名为居特斯洛的小镇。全球化工巨头“巴斯夫”的总部，在路德维希港，大众、奥迪、欧宝的总部，分别在世人不熟悉的沃尔斯堡、因戈尔施塔特和吕瑟尔斯海姆。德国排名前100名的大企业，只有3个将总部放在首都柏林。

德国的产业均衡分布，让小城镇有了产业支撑，也让小镇和周边居民不离乡土，就能拥有稳定的工作和经济来源。在德国，大中城市和小城镇均衡发展，形成了独特的梯级带动模式。就拿总人口约1100万的鲁尔工业区来说，区域内既有科隆、多德蒙德等5个人口在50万以上的大城市，也有波恩、波鸿等22个人口介于10万至50万的中小城市，

---

① 叶兴庆、程郁、于晓华：《产业副合发展推动村庄更新——德国乡村振兴经验启示》，资源导刊，2018年第12期。

还有小镇和乡村。同时，德国的社会保障体系，没有城乡差别，保障了劳动力在不同地区的自由流动。

从历史上看，德意志土地上，曾经大小城邦林立，城镇化均衡发展，有其历史基础。“二战”后德国重建时，城镇化曾走过一段“摊大饼”的弯路，后来又回归发展中小城镇的思路，提倡“小即是美”。

完备的交通、电信、排污等公共基础设施，让小城镇生活舒适方便。在德国，品牌连锁超市遍布小城镇，快捷的公交，让小镇居民轻松到附近小城市或工业区上班。

德国“穷乡僻壤”有企业的模式，值得中国每一位农业工作者探索和借鉴。它的实质，是乡村能因地制宜发展产业，留住乡村人。

在西欧许多国家，正因为不过分追求城市化，所以那里的工厂、学校周围就是农田，从工厂望出去就是绿色的果园、牧场和农田，那里的农村经济追求的也不是所谓土地产出率，政府确定的农业政策是生态化的景观农业，要求搞多样化的可持续的循环农业。这样，人和自然就和谐共生。

# 五大新型职业化村干部的诞生案例

何为新型职业化村干部？

“新”一直是与“旧”对立的。新是探索，是破局，也是希望。

旧式的村干部从选拔过程、人员素质、管理方式上都存在诸多问题。选任方式不科学，优秀人才难聚集。选不到合适的村干部，也是“矮子里拔高个子”，滥竽充数。村级干部总体上年龄偏大、文化偏低，有的村干部一当就是几十年，不是他能力强，有号召力，而是村民习惯了“大家族治村”“老好人治村”。

旧式村干部还体现在部分村级干部的思想观念落后、眼界不开阔，甚至相当封闭。因大部分乡村的村集体经济落后，所以村级干部的经济待遇比较低，缺乏保障，出路不畅通也是共性问题。他们政治上的发展空间小，村干部岗位缺乏“吸引力”，村级干部干事创业的内在动力没得到有效激发，相当一部分的农村优秀人才根本不愿意当“村干部”。此外，村务管理也十分滞后，部分村“两委”主要干部决策不民主，在一些村级重大决策中“一言堂”。有些村委会决策重大村务，既不召开村民会议，又不召开村民代表会议，只是由几个村干部说了算。部分村财务管理混乱，甚至有腐败现象；等等。

我们总在说，巩固党的执政之基，维持国家稳定的根本在农村。8亿农民的稳定就是中国的稳定，8亿农民实现小康，才是中国实现小康。所以，乡村振兴自然而然需要提升到国家战略高度。那么，首要的战略执行者就是基层500万村干部。村干部的工作现状前面已经讲过，如何改变村干部的现状，加强村干部队伍建设，全国各地也在探索与实践中。

如今，我们发现各省市均有一套建立健全村级干部队伍选拔培养、教育培训、激励保障、管理监督的四项机制，在指导路线上推进了村级干部队伍建设。那么，接下来的重要任务就是各项机制的有效执行。这个过程中，新型村干部如雨后春笋般诞生，大致可以归纳为五种类型：富人治村、名企高管或企业家治村、大学生村官治村、本土能人治村，以及外聘职业村干部治村。

以下收集的几个案例，从某种程度上说明了我们基层组织改革的创新型实践成果，洋女婿变成洋村干部，在我国数千年乡村治理的历程中，是从未有过的；富人治村、能人治村成为现代乡村治理的主流趋势，改变了传统乡村生活里大家族掌舵乡村的局面。

他们的成功意味着农村天地大有可为。

## 富人治村：洋女婿变成洋村干部

走进浙江省宁波市宁海县梅林街道河洪村，整洁的石子路曲径通幽，葱郁的百年香樟木直插云霄，古色古香的老房子与部分现代建筑相映成趣，清澈见底的凫溪从村前奔腾而过。

“看得见山，望得到水，记得住乡愁”，这是河洪村当前的写照，更是“洋村干部”丁一牧追求的目标。

### “洋女婿”变身“洋村干部”，为古老的村庄注入新鲜的血液

丁一牧是法国人，高大的个头，戴着眼镜，样子斯斯文文。1963年出生的他，还是一位宁海的洋女婿，来宁海已经有16年了。

丁一牧在美国获得MBA学位，之后便进入金融业，在强手林立的美国证券交易所、英国伦敦证券交易所等，他赚到了第一桶金。之后，他就辞去工作，花两年时间环游世界。后来，丁一牧跟着妻子回到宁海创业，办了一家文具家电企业。目前，他旗下的两家企业年产值约为1亿元人民币。

2016年2月28日，丁一牧受聘宁海河洪村，正式加入了河洪村的村领导班子，担任村主任助理。一个小山村聘请一位外国友人担任村主

任助理，一起建设乡村，这在浙江省乃至全国都是一件稀罕事儿。

这位曾经玩转华尔街、担任过数家公司总裁、现拥有过亿产值企业的国际人才，为乡村治理注入了新鲜的血液。他带来的不仅是一时的轰动，更是村庄长远发展的新理念、新思路、新做法。面对村庄的规划，他从自己走过的近百个国家里寻找样本，给河洪村的发展注入国际元素；为了保护村里的古居，他借鉴他的家乡法国的做法，建议出台一条村规：对于古居，不动外墙，但可在内部套建新房或装修，以此来延续村庄的历史；他还计划在村里开发“洋家乐”，以接待喜爱中国乡村生活的外国人。虽然语言不通，但这位“洋助理”和村民相处融洽，2016 年 4 月，他联系宁波市侨联，邀请宁波爱尔光明眼科医院的志愿医生，到村庄为老人们做眼睛检查，并为患白内障的老人免费做手术，现已成功 10 余例，得到了村民的一致好评。2016 年重阳节，他个人出资 5 万元，请全村 200 余位 60 岁以上老人吃饭，并赠送每人一份小礼物。2017 年 1 月，他出资 5 万余元，在村中修建了一座村民亭，供村民休憩玩乐。

（原载于《人民日报海外版》2017 年 2 月 23 日第 3 版）

## 名企高管、企业家返乡当“第一书记”

### 中国核建集团原总会计师刘满堂的驻村故事

2015 年 4 月，中组部印发通知，决定对党组织软弱涣散村和建档立卡贫困村选派第一书记，帮助这些村子建强基层组织、推动精准扶贫、强化为民办事服务、提升治理水平。多数单位都是选派中青年干部任职，临近退休的央企高管刘满堂却主动请缨当村干部，而且要求一驻 3 年。他为啥要去？去了以后做了什么？

秦巴山深处李家台村，三面被汉江环绕，一面靠着大山。村里 368 户，1168 人，过惯了靠山吃山、靠水吃水的日子。虽说这几年村里男丁大都出去打工了，村里还是有近三分之一的贫困户。致富，是个挺远的梦。

刘满堂来了。来之前，他是中国核工业建设集团的党组成员、总会计师。2015年，被组织任命为陕西旬阳县李家台村第一书记后，他辞去原有职务，申请驻村3年。

“很多人问我为什么会作出这个选择。”刘满堂说，“我在农村生、农村长，农村养育了我，农民的淳朴让我知道感恩，我得回报他们。这是我在心里藏了几十年的心愿。”

### “中国的现代化没有农民是不可能的”

59岁的刘满堂，工作阅历颇为丰富。2011年，他由政府机关调至中国核建集团工作。2015年中组部发出号召后，刘满堂觉得自己既有农村工作的经历，又掌握一定的农业科技，符合选派条件，于是主动请缨到贫困山村任职。这一举动曾被媒体评价：在中央选派的这一批书记中，刘满堂级别之高、阅历之深，堪称央企唯一。

李家台村是陕西省扶贫重点村，村里主要以传统种植业、养殖业和劳务输出为主，山大人稀，基础设施处于缺路、缺水、缺电的“三缺”状态，属于典型的“水在河里流，人在山上愁”。

“除了还愿的因素，来这里还有一个原因。”刘满堂坦言，这么多年的工作和探索，他一直很关注农村改革，“中国的现代化没有农民是不可能的，实现两个一百年目标离不开农村。”

到村后，刘满堂婉拒县里安排的住房，在村里租了民房，购置了简单的家具，便一头扎进工作中。到村第二天，他便在村干部的带领下扑下身子走家串户“认亲戚”。

短短三四天，刘满堂就走访了30余户人家，第一书记眼中的贫困也渐渐具体起来：贫困就是支付高昂癌症手术费后落下残疾的老李家，是没有水到汉江里取直排水喝的老大爷……望着村民渴盼的眼神，刘满堂顿感重任在肩：“决不能让村民守着金山、银山饿肚子。”对全村贫困户精准识别后，他与村“两委”一班人对91户贫困户逐户制定了详细的脱贫措施。

与村民同吃同住同劳动，处处为村民衣食住行考虑……很快，刘满堂完成了角色的转变，他的真心和细心，老百姓看在眼里，记在心里。如今，刘满堂已是村民眼中正儿八经的“村里人”。

**“关键在实干，出十个主意，也不如一个行动”**

几番思虑，几番交流，李家台村脱贫致富的规划渐渐在刘满堂脑中清晰：人水、人路、人地分离需统筹规划，土地闲置可集中流转，因病、因学、因残等各种困难群体可分类施策、对症下药……

作为第一书记，刘满堂给自己规定了三项原则：指导不领导、帮带不包办、帮忙不添乱，“关键在实干，出十个主意，也不如一个行动。”

李家台村 8 个组有 7 个都在半山腰上，“看着一拃远，走路要半天”，吃水、出行一直是当地村民生产、生活的两大难题。刘满堂摸清情况后，募集资金 150 多万元，先期启动村民饮水工程和通组路建设。

截至记者截稿前，李家台村 3 条宽 6 米，总长十几公里通村路的路基已经开挖到位，正在联系硬化事宜；总长 5 公里的村民饮水项目也已完工，267 户村民吃上县城居民一样的自来水。

针对当地工业化和城镇化条件不足问题，刘满堂借助中核集团公司资源实施劳务扶贫和教育扶贫，为旬阳免学费培养学生 140 多名并帮助就业，为李家台村 22 名贫困大学生捐款十多万元。

就李家台的实际情况而言，扶贫目标今年可以完成，比国家规定时间提前了 3 年，而刘满堂并不满足于此，“扶贫可以有时限，致富却是个长期过程”。日后，刘满堂还想在县里办一流的教育，搞“知识扶贫”。

这么多年，刘满堂一直都在关注农村改革的问题，东部发达地区的劳动密集型产业正在向人工成本低的中西部转移，李家台村也可以承接这样的产业。李家台村坐落在汉江河畔，是重要水源地，发展什么工业既能致富又涵养水源，一直是当地发展的一个难题。“发展家庭作坊式的来料加工产业既能提高村民收入，又不会造成环境污染，刘家台村就适合这样的工业项目。”刘满堂说。

“但是，这种转移一定不能是简单地从东部搬到西部，西部地区有自身的人文、生态特征，规律一定要遵守，环境一定要护好。”刘满堂说，下个月，他又要南下浙江、广东，寻找适合的发展项目。

经济学出身的刘满堂，还总爱把经济的观念灌输给村民，“村民守着自己的那点儿地想致富太难了，一定要发展产业，一、二、三产业都要有，还要可持续。”

这一年，刘满堂常到县农贸市场“晃悠”，经过比对以及搜索信息，他发现了油用牡丹是个宝贝，花籽榨油营养价值很高。了解到在山东菏泽、河南洛阳等地已小有规模，且收益不错，刘满堂立即去考察。他问那里的村民：“陕西适合种吗?”“你们陕西是原产地，我们这儿的才是‘移民’。”刘满堂一听乐了，回村就开始推广种植油用牡丹。

“有人问：你这个级别、这把年纪，还到村里来干什么？其实，能让一个村脱贫，做多少都不算多。一年时间太短，看不到什么，我申请了3年，希望能有些成果。”刘满堂信心满满。

（原载于《人民日报》2016年8月30日第17版）

## 大学生村官治村

### 大学生村官看中国：农村治理，让“书生气”走开

改变，需要把每一步都走得很稳。多一些对农村的了解，多一些与村民的相处，多一些转型的耐心，才能获得村民的信任，带领村民一起去改变。

作为从贵州农村走出来的农学院学生，3年前经学校推荐，我来到天津武清一个以蔬菜种植为主的村庄，以为可以很快帮大家“做点儿事”。来了之后才发现，融入、了解的过程必不可少，哪怕有好的想法、对路的项目，也不能操之过急。

我所在的天津市武清区下伍旗镇北八百户村，“两委”班子成员都

是上岁数的人，取得他们的信任，不是自然而然的事。我是通过宣传最新政策，组织远程教育，甚至帮村民修理自行车、电器，解决生活中的小问题等，来接近和了解他们。过了磨合期，说话才慢慢有人听、有人信了。

农村的带头人，不是指出路子的人，而是闯出路子的人。我们村之前都是采用单一的传统种植方式，坐等小贩收购，风险高、收益低。我经过一番考察，又到母校天津农学院请教专家，决定引进高端蔬菜黄秋葵，计划走特色高经济效益农产品这条路。

然而，村民对这样的转型缺少知识和经验，也就没有思想准备。要说服他们，就要充分考虑他们承担风险的能力。项目适不适合，风险控制尤为关键。第一年，我自掏腰包实验种植，找了一个离村子稍微远点的地方，怕影响村民对新品种的信心和接受度。结果，因为管理不当和市场认知度较低，未能打开销路。我很快重新定位，明确走高端路线，设计成礼品装，终于获得了初步成功。经验成熟之后再向村民推广，每亩收益达到两万余元。接下来引进蓝莓时，村民基本没什么抵触情绪，现已推广种植面积达200余亩，亩收益达到6万余元。

最快的改变，不是一步到位，而是每一步都走得很稳。农村许多地方的确需要引入新的发展模式，进行产业升级或改造，但转型的方向和过程不能太跳跃，最好从可以触类旁通的项目开始做起。比如，村民都是种蔬菜的，若想一下子转行去做贸易或者技术方面的工作，村民不懂其中的道理和规则，容易走入死胡同。成功引入新品种后，再成立村民专业合作社，对农产品实行统一种植、统一管理、统一销售，再成立科技型中小企业，从种植安全绿色的农产品起步，到生产具有土壤修复功能的有机肥，一步一步，才能让村集体经济壮大。

改造农村面貌、提升发展位势，发展路径是否切合实际，是第一位的。农村需要人才，更需要能带出队伍的人才。农村需要有知识、有文化和甘于奉献的年轻人，但改造资源匮乏的农村，不能书生气、过于理想化。多一些对农村的了解，多一些与村民的相处，多一些转型的耐心，才能获得村民的信任，带领村民一起去改变。有了更多这样的领路人，农村才不会错过现代化的列车。

（原载于《人民日报》2015 年 10 月 27 日第五版，
作者为天津市武清区下伍旗镇北八百户村党支部副书记）

## 本土能人治村

### 能人请回乡　全村致富忙

“侯支书既有经济头脑，又有责任意识，还会做农民工作。他一回村，我们就看到了希望！”湖南省湘潭县茶恩寺镇茶花村党总支副书记、村主任侯进来说。

“侯支书”名叫侯建荣，此前经营一家建筑公司，每年收入有好几十万。今年村两委换届前，侯进来和镇党委干部找到他，希望他能回来带领家乡人民脱贫致富。

茶花村位于湘潭南部，位置偏僻、交通不便。在乡亲们的期盼中，侯建荣回到家乡。4 月，侯建荣被选为茶花村党总支书记。“村里有钱，扶贫才有力量，必须增加村集体收入。”侯建荣带领村民发展光伏发电产业，谋划建设茶叶基地，把分散的乡亲串联起来，组建供销惠农服务合作社……

“村看村、户看户，村民看干部、干部看支书。”湘潭市委书记曹炯芳说，“选一个好村支书，就能改变一个村。”今年的村（社区）两委换届选举，湘潭市广泛动员在外工作的“经济能人”回村担任党支部书记。这个以村支书为主体的“领头雁”工程，让一批政治素养好、带富能力强、工作水平高的优秀党员脱颖而出，成为农村发展的带头人。

除了对村（社区）党支部书记进行培训外，湘潭市还将村（社区）主任也列入培训计划。全市近 2000 名新任职的村（社区）两委主要负责人接受培训。培训内容包括基层党建实务、创新社会治理、美丽乡村建设、规范村级事务管理、村级综合服务平台建设等18门课程。为开阔学员视野，培训还特别开设了实地教学课程。

“原以为自己干得不错，但和年轻学员一交流，就发现自己冲劲没他们足，发展集体经济的势头没他们强。要转变发展思路！”韶山市银田镇银田村党总支副书记、村主任颜昌为感触很深。

基层服务阵地是基层党组织服务村民的重要平台。针对基层办公场所破旧狭小、服务设施不够完善等问题，去年起，湘潭市开展基层服务阵地提质改造专项行动，并明确了全市村级组织活动场所建设“七有五统一”标准。湘潭国家高新区双马街道法华村村民殷正明高兴地说，“村部条件好了，我们办事情更便利，业余活动也更加丰富多彩了！”

“筑牢基层党建堡垒，既要抓住思想政治建设这个根本，以政治功能引领服务功能，又要坚定人民立场，不断提升服务能力，实现暖人心、聚人心、稳人心。”曹炯芳说。

（原载于《人民日报》2017年11月22日第11版）

## 招聘职业村干部治村

### 选育“乡村白领”　打造“职业村干部”

高纬是一名空军退役士官，有着十年的党龄、七年的军旅生涯。他在塔集镇公示栏内看到全县村居干部招考简章后，第一时间就报了名。

从今年起，江苏省金湖县面向本地户籍的大学生、退役士官、公安辅警，实施百名“乡村白领”选育工程，拟用3年时间统一公开招考150名“村干部”，为村居干部队伍输送新鲜“血液”。

岗位统一考，任职有竞争。

村居干部为啥要全县统一公开招考？金湖县在调查中发现，受市场经济和城镇化影响，大批素质高、有能力、会管理的青壮年人员长期外出务工经商，少数村居后备干部还是面临“人选难、选人难”的问题。

今年4月，金湖县面向本地户籍的大学生、退役士官、公安辅警

“三类人员”统一公开招考村居干部，既优化了现有的村居干部队伍结构，也避免了镇村自行招录村居干部时容易发生的不够公开透明的问题，把好了村居干部队伍“入口关”。

为了确保招考公平公正公开，笔试试卷、面试题本均委托第三方独立命题，考试当日由命题方密封送至考场，面试考官一律由县外具有面试考官资格的相关专家组成，并邀请县纪委、县人社局全程监督指导。经过笔试、面试、考察（政审）、体检、公示等一系列规范程序，该县从440名报名考生中，招录了54名村居干部，从7月起，分别与报考乡镇签订试用协议，试用期满后由镇党委组织考核，考核合格后签订正式劳动合同，要求最低服务期限不低于5年。

“我之所以报考村居干部，不仅因为这里是生我养我的地方，更是因为我觉得可以凭借自己坚韧不拔、敢于拼搏的军人作风和创业多年的实践经验，带领村里的父老乡亲共同致富。”高纬坚毅果敢的军人作风一览无遗。

前锋镇派出所辅警梁广兵从所长办公室走出来后，长长地松了口气，多年来的心愿终于要实现了。虽然在镇里做辅警，但是他有着一颗“不安分”的心，总想着要干事创业，所以这次全县公开招考村居干部，他毫不犹豫地报了名。

该县县委书记张志勇说：“村居干部是农村发展经济的‘领头雁’，我们在保障村居干部一定经济待遇的同时，积极鼓励他们带头富、带领富。”为消除他们干事创业的后顾之忧，该县在全市率先出台了《关于提高全县村居干部待遇实施意见》，将村居书记基本报酬、绩效报酬分别提高至本县上年度村民人均纯收入的2倍和1~1.5倍，其他村居干部按一定比例折算。同时按照个人缴费、集体补助、政府补贴相结合的原则，为所有符合条件的在职村居干部办理企业职工养老保险。该县还印发了《关于加快发展村集体经济的意见》，鼓励村居干部发挥头雁作用，以辐射带动困难村民共同致富，实现村居干部队伍“带头创家业、带领干事业”。

“村居干部不仅有一份可观的工作报酬，还能享受村民创业致富的各项政策，我相信在这广阔的农村大舞台上，一定能够干出一番事业。”知道被录用后，梁广兵准备“大展拳脚”。

村居干部招到了，怎么培养、如何使用？县委组织部对新招录人员实行统一培训，按照“干什么学什么、缺什么补什么”的原则，采取涉农部门领导专题授、乡镇党委书记上台讲、优秀村居书记现身说、外出观摩现场学等方式，拟对54名新招录人员进行岗前集中培训3个月，再根据个人综合素质、专业特长、能力水平等不同因素，分别安排到县镇信访接待、招商帮办、征地安置等热点难点岗位挂职锻炼1个月，确保选得准、留得住、用得好，着力打造一支能力强、素质高的“乡村白领”。

“很多人觉得村居干部又苦又累，地位不高，是‘泥腿子’，其实这是误解。‘心有多大，舞台就有多大’，只要工作努力、尽心尽职，我认为在村居干部的岗位上一样能作出成绩，有着宽广的发展前景。”银涂镇大学生邹求知对自己即将踏上的“村干部”之路信心满满。

“大学生文化水平高，退役士官纪律性好，公安辅警熟悉民情，从他们中间招考优秀人才赴村居工作，就是要形成‘鲶鱼效应’，激发村居干部干事创业的热情。”该县县委书记张志勇说，“我县还将实施‘村干部定制’工程，委托省内农业类职业技术学院定向培养一批村居干部，让村居干部从‘飞鸽牌’成为‘永久牌’，为农村基层组织建设注入‘源头活水’。”

据悉，2016年金湖县共有11名优秀村居书记进入镇领导班子，1名村居书记当选市委候补委员。(姜海舟　戴　岱　戴周香)

（来源：2017年8月21日，江苏先锋网，
主办单位：中共江苏省委组织部）

# 4 新型城镇化路径下的村干部与农民

## 现代农民半工半耕的计生模式与朴素理想

我接触最多的农民是湖北老家荆门地区的大家族成员，从他们身上，我看到了中国农民的变化和朴素理想。现如今，他们几乎都是半工半耕的计生方式，包括我年轻的表嫂、弟媳，也纷纷于农忙时在家帮工，闲适时进城务工，或者到附近的商家打工。

中国农村青壮年留守在乡村种地的日渐减少，只因外出打工的收入远高于种地所得，村民种地的收入微薄，一亩田能挣一千元算是不错的收成，碰上自然灾害一年收益几乎为零。沿海一带，例如杭州郊区的村民已经普遍不种地，土地流转给大的农业公司规模化种植，或给企业发展地区经济。村民基本是住在农村，工作在城市或附近的工厂。

但是，大部分中国农民并没有像上海、杭州、广州农民有这样的地域优势，所以，半工半耕的计生模式仍是当代中国农民的主要收入方式。矛盾的是，城市生活的不稳定性、不安全感使得他们并不肯放弃农田，也不能完全融入城市。靠这种半工半耕的计生方式，湖北荆门地区农民的每户年收入平均在五万元左右，生活奔小康。在我的湖北老家，虽集体经济薄弱，但是家家户户盖上小洋楼，每个村子都有几辆私家车出入。

家务事、孩子由60岁左右的老人们操持。在农业机械化的当代中国，老人农业是一大特质。即便青壮年不在家，湖北农村的农业平日靠老人们维持。农业机械化让年迈的老人种地成为可能。只要还能走路，他们在生命的最后一刻，都还劳作在土地上。

这在当今农村，是司空见惯的事。

像我小姨夫一样的中坚农民、家庭农场主，是当今中国农业发展的主力军。他从未想过离开乡村去都市生活。从交通闭塞、相对偏远的村里搬到公路边，盖上一栋小洋楼，他就知足了。

虽然我百思不得其解，“公路边有什么好住的？晚上睡觉车来车往，太吵，灰尘也多。”

“交通方便啊，村里经济条件稍微好点的人家，都会搬到公路边来建新房，如今村委会也建在这里，更方便了。以后，我和你小姨年纪大了下不了地，弄块菜园子，开一个小商铺，还可以做沿途车辆的小生意。”小姨夫憧憬说。

灰尘、喧嚷意味着经济繁荣，也意味着村民富裕。朴素的农民思想是这样认为的。小姨夫这一生离不开土地。他这样一个留守在农村、视土地为生命的村民，如今，已经不多见了。在壮丁纷纷进城务工，劳动力短缺的农村，每家有个红白喜事，也都会找他帮忙。他几乎没有空闲的时候。但是，这些“兼职”，使他有了除农业种地外的丰厚收入，有了十分体面的生活。

农民表哥们的朴素理想是搬到乡镇、县城，买房置业。我二表哥家是典型。二表哥的父亲，也就是我二舅，以前是乡镇棉纺厂的干部，因公殉职。二表哥、表姐和二舅妈相依为命。他的学习成绩虽然优异，但因为家里没有男人，到了16岁就顶替了我二舅的公职去了纺织厂上班，但好景不长，几年后，纺织厂效益不好，他便辞职外出务工。

赚了钱后，他在镇上买房置业、娶妻生子。如今，他的独生女儿已经在县城里上高中。他的妻子没有随他到大都市务工，而是在镇上的超市上班，方便照顾他们的女儿。我记得，多年前，他们家在镇上买房时，很让家族里的人羡慕。不明所以的村里人认为我二表哥是“公家人”。20 世纪 90 年代末期，“公家人”在湖北农村还是很吃香的阶层代名词。

到乡镇上买房置业，从某种意义上满足了村民对“公家人”身份的幻想。至少他们的下一代，是在小镇上长大的孩子。

家乡人总是羡慕集镇上的人。集镇上的人总是羡慕县城里的人。县城里的人总是羡慕北京、上海的人。他们无形中划分了身份等级。即便在北京、上海蜗居，也是城里人，都是高于农村人一等的。若是谁家的子女移民到海外，人们也分不清是亚洲、欧洲、美洲哪个国家，认为那是相当有出息的。

三表哥也以在乡镇、县城里买一套房子为目标。他家有一套乡村小别墅，还有几十亩良田，但是他起早摸黑做生意，目的是让他的儿子拥有更好的教育，将来能到县城里念高中。他说，在县城创办一家企业，买一套房子，将户口迁往县城，是支持孩子上县城重点高中最好的途径。

中国的“70 后”“80 后”农民在外务工长了见识后，考虑很长远。一切为了下一代。他和三表嫂已经不种地，只有偶尔农忙时，他们才会回家乡帮忙耕种。在农业机械化的时代，家里的老人多半也是花钱请人干活。

“关键是有钱都请不到人。”三表哥抱怨说。因为农忙时，各家各户都很“缺人”。所以他偶尔会在农忙时返乡帮助年迈的父母。

其实，三表哥儿时学习成绩很好，但是因为家庭经济原因，只念完了初中。直到现在，将近 40 岁的三表哥跟我聊起过往时，还会脱口而出几段《出师表》，炫耀他初中时的语文成绩是多么优异。

他说，“我的儿子一定要上大学，只要他想读，老子拼命供他读。”

近半个世纪以来，中国农民的朴素理想不过是梦寐以求进入城市、融入城市。城市意味着更美好的生活。他们进入城市的途径无非四种，考学、当兵、务工、经商。城市一边渴求广大农民的加入，给城市建设充血，一边又毫不留情地拒绝农民的融入。我的农民工亲人们，每年都会游走在城市和乡村两边。他们在农忙时回到家乡，在农闲时进入城市。但是，他们很难与城市融合。

不过，我的父亲、堂叔、大舅等人，就是很早融入城市的农民，他们俨然已是都市人。我大舅是军人，靠参军实现了城市梦想。他的孩子们就是在城里长大的孩子，压根就不认识豌豆苗、黄豆苗。我的父亲、堂叔则是年轻时进城务工，爱闯荡，如今有了自己的事业。

他们靠拼搏实现了小家庭从农村到城市的迁徙，并带动了大家族到城里务工、学习、生活。我的许多亲戚都是父亲、叔叔们带进城里的。

我很感激我的父亲带着我一路迁徙。从乡村到城乡接合部，到县城，再到现代化大都市，我见证了一个农民家族的迁徙。他们在半工半耕中，完成了自己的朴素理想和家族使命。但是，他们从未放弃故乡的土地，也从未打算将自己的户口迁往城市，这一点与“80后”“90后”农民有本质的区别。

他们热爱故土，他们的身份仍然是农民，他们在城市闯荡数十年，却希望老年生活能落叶归根。

# 新型农村社区工作难点：从“楼”的社区到“人”的社区

何为“社区”？

尽管我生活在繁华的都市，这里社区林立，城市的细胞就是一个又一个的社区，但是未下乡调研之前，我从未关注过什么是“社区”。真正研究它，反而是从农村开始有了解。

农村社区是农村社会服务管理的基本单元。

我常在一些城郊村委会办公场所看到鲜红的“中国社区”标识，这个标识很精美，由图案与文字组成，以汉字“区”、挽手的人和中国

2012年04月17日，国家民政部正式公布“中国社区”标识，标识由图案与文字组合而成。

结作为基本造型元素，整体色彩以中国红为主色调，体现了鲜明的中国特色，寓意吉祥。“中国社区”标识是城乡社区的共同象征。

通过这个标识，我开始留意到“中国社区”建设其实已悄然走进广大乡村。入驻新型农村社区的人是村民，也是市民。严格意义上说，“他们是住在农村的市民”。

那些城乡接合部的村庄，拆迁后的村庄，远郊整体规划后的村庄，有的已成功向新型农村社区转变，整齐划一的小洋房和配套设施，规范的社区管理和服务体制，管理有序，服务完善。

不过，有的社区虽然高楼林立，却是烂尾楼、空心社区，根本没有多少村民愿意入住。例如，2012 年末，河南省官方宣传称，全省建成及在建的新型农村社区共 3250 个。因规模普遍巨大，民间俗称为“万人村”。2016 年末，新华社又公布了一串数字：河南省有 1366 个新型农村社区停建，直接损失 600 多亿元。涉嫌违法违规占地，如何解决是整改难点。当村民们听说还要花大价钱才能入住新社区时，沉重的经济负担阻碍了他们参与新农村社区建设的热情。

还有的社区干部正在为村民的文化生活而烦恼，乡愁没了，村民的凝聚力差了，社区氛围显得沉闷。社区里的楼是空的，建得再壮观也只是形式。社区作为一个生活共同体，是村民之间的精神文化纽带，强调归属感、认同感。近几年，浙江省推行社区精神文化家园建设，修建公共活动空间，组织居民文化娱乐活动，就是为了打造村民、市民们的精神文化共同体。

从“楼”的形式主义社区到“人”的精神纽带社区，我们还有很长一段路要走。

当然，许多人有疑问：为什么要建设新型农村社区？农村社区与城市社区有何不同？与新农村建设有何差异？村干部的职责还一样吗？

第一，要理解“社区”的概念与意义。

最早提出“社区”概念的是德国社会学家斐迪南·滕尼斯

(1855—1936 年)。他认为,“社区”是通过家人、邻里和朋友关系建立起的人群组合，它的基础是“本质意志”。本质意志表现为意向、习惯、回忆，它与生命过程密不可分。在这里手段和目的是统一的，靠本质意志建立的人群组合即“社区”，是有机的整体。20 世纪 30 年代，以著名社会学家费孝通为首的一群燕京大学社会学系的学生，在翻译滕尼斯的著作《共同体与社会》(又译:《社区与社会》) 时，从英文 Community 翻译得来“社区”。可以说，费孝通和燕京大学的学生们在滕尼斯原意的基础上首创出中文“社区”一词。

一般来讲，社区是以一定地域为基础而形成的具有共同意识和利益的社会群体。社区共同体是我们常说的概念，包括三种类型，从最初的血缘共同体，发展为地缘共同体，最后是精神共同体。而从具体表现来看，就是亲属、邻里和友谊。

新型农村社区，既有别于传统的行政村，又不同于城市社区。新型农村社区是通过对一个或多个村庄合并，统一规划，统一建设，组建成规划科学、功能齐全、环境优美、管理完善的新社区，能够改善村民原有的居住环境，使村民与城市居民享有同等的基本生活条件和公共服务。

无论是城市社区，还是新型农村社区，打造精神共同体都是社区的最高追求，为了集约土地资源、规模化生产、提升公共服务功能、方便村民生活，建设目标基本要做到“四化”：居住集中化、环境生态化、管理社区化、设施城镇化。

100 年过去了，滕尼斯的“社区”概念已被广泛应用，中国社区建设也被提升到了国家战略高度。新型农村社区进展如何，如何建社区，如何用农地，如何安置村民生产生活，迁出村民的承包地、宅基地如何有偿退出，如何促进农用地的规模化、集约化经营，如何让村民真正成为“住在农村的市民”，这些都是地方政府和村干部们深思的复杂问题。

第二，新型农村社区建设是国家新农村建设的一项重要举措和制度安排。如果说新农村建设是一个宏观工程，那么新型农村社区建设就是其中一个微观办法或一种有效途径。

大部分农村地区，公共服务资源短缺，资源更多地向县城集中，或向少数试点乡镇、先进村倾斜，大量农村被边缘化、空心化，很难享受到均等的公共服务。统一规划、集中化管理的新型农村社区建设显得十分重要。

党的十七大强调把城乡社区建设成为“居民自治、管理有序、服务完善、文明祥和的生活共同体”。新型农村社区建设过程中不是造几栋楼那么简单，而是突出“社区理念”，强调用社会生活共同体的理念来推进农村建设，借鉴城市社区建设的经验，推进农村社会发展。

与城市社区不同的是现阶段农村社区仍然突出村民自治，村干部是村民代表大会选出来的，基本上是本村人。同时，强调基层社会组织也参与到治理农村，重视农村经济合作组织、社工团体等基层社会组织的培育、发展与管理。

同时，农村社区和城市社区一样突出管理职能。农村社区是社会的最基层单位，是村民生活的主要场所，满足村（居）民多样化需求的基础平台，也是各种矛盾的交汇点，是村干部社会管理的基础环节。农村社区的稳定关系到整个社会的和谐稳定，社会管理的任务十分繁重，尤其是城乡接合部社区更为复杂。

第三，新型农村社区建设需以节约土地、改善村民住房和公共服务为核心，使得村民向新型社区聚集，产业向现代园区聚集，土地向规模经营聚集。同时，确保土地集中生产后，村民的利益最大化。

换句话说，政府统一规划，节约土地资源，提高农村土地生产效率，实现集约化经营为主导，以村民自愿为原则，提高村民生活水平为目标，让村民主动购房建房，交出原来的旧宅用于复耕。实现社区化之后，村民又不远离土地，在确保收入增长的同时，又能集中享受城市化的生活环境。

比如说“天下第一村”华西村，“上海首富村”杨王村，“中国农民的天堂”蒋巷村，这些村庄属于典型的工业带动型村庄，早年实现了原始资本积累，村庄建设已依靠强有力的村集体经济自发转型为现代化的新型农村社区。村民对物质文化和精神文化的美好向往趋同于城市。村民集中居住在风格一致的小别墅，别墅由村集体统一修建，土地统一规划，村民是村民，更享有城市居民没有的公共服务和福利待遇，让城市人十分羡慕。

再比如，陕西省新型农村社区的典型：白村新型社区建设的经验很有推广价值，也是陕西省土地增减挂钩试点建设项目。白村社区原有四个村，村庄占地 1900 亩，另复耕砖场废弃地 200 亩，合计 2100 亩，规划用地 600 亩，安置 6000 人，节约土地 1500 亩，用于争取省市土地指标增减挂钩政策，让土地改革的成果惠及农村老百姓，村民从此在村里

华西村已经不是传统意义上的乡村，它看起来更像一个小县城。这里早已转型为新型农村社区。

的现代农业园区专职工作，有了较高的稳定收入。600亩安置区则按照“以人为本、生态文明、适度超前”的理念进行规划设计，建筑突出“唐风·唐韵·唐文化”特色，体现关中民居风貌，以关中小院和多层为主，配以小高层的多种建筑形式，充分满足社区居民不同层次的结构需求，在传统文化上做现代化创新。社区建设还突出资源节约和环境保护，规划整合了周边四个村的拆迁建设工作，总投资5.2亿元，容纳1700多户共6000人，配套建设敬老院、幼儿园、绿化、道路、给排水管网等。2016年全村社会总产值达1.2亿元，实现村民人均纯收入16500元。

《山东省新型城镇化规划（2014—2020年）》显示，因地制宜确定社区建设模式，完善社区配套，加快产业发展，2020年将建成6000个农村新型社区，其中2000个达到条件的纳入城镇化管理。

全国范围内的新型农村社区建设，势不可挡。

第四，我国新型农村社区建设还处于探索阶段，仍会出现一些亟待解决的矛盾和困难，这对村干部的综合能力是一个考验。比如项目投入资金来源、如何合理规划、如何完善配套设施、处理村民矛盾等。

我曾看过一篇新闻报道，在重庆某地，2011年4个行政村撤村并居后，建立了一个农村社区，户籍居民有8000多人。《半月谈》记者在这个社区采访时发现，这里出现了城乡福利、公共财政投入“两不管”的问题：因为不再是行政村，就得不到国家对农村道路、水窖、农网改造、农田灌溉等资金投入；又由于不是城市社区，也得不到城市道路清洁、园林绿化、路灯建设等资金投入。如果在农村社区建设之前不考虑周全，遗留问题就足够村干部头疼了，可见农村社区的地位十分尴尬。重庆的这种情况，在全国还是比较常见。

总的来讲，新型农村社区建设大致可划分为以下四类村庄，各种类型的处理方式不同：

位于城镇建设规划区内的新农村社区建设，要着力破除城乡二元结构，构建城乡一体的统筹发展体制，在户籍管理、社会保障、公共服务、宅基地管理等方面实现城乡一体，使村民真正成为城市社区的居民，过上“城市生活”。

对位置较偏远或者深石山区、地质灾害威胁区、煤矿塌陷区、矿区等不宜居住的地方以及扶贫搬迁的村庄，要重点借助相关政策和重大项目建设机遇，实施整体搬迁，就近建设新型农村社区。

在村庄布局散、规模小、建设乱、配套少、环境差、功能弱的广大农村中，选择基础设施完善、交通方便、生产生活便利的中心村，按照“规划先行、政策引导、村民自愿、多元投入”的原则实施村民集中居住，这是目前新农村社区建设的主要模式。

至于以旅游景点为中心，依托旅游服务产业，更有必要建立新型农村社区。

•

第五，新型农村社区应该是便民的，作为公共文化空间的社区便民服务中心（党群服务中心）必不可少，为居民服务的人更不能少。如何做好社区基本的公共服务是村干部们的工作重点。

浙江省农村社区建设起步较早，特色示范建设是该省推进农村社区建设的一大亮点。不过目前仍有建设水平参差不齐、建设体系缺乏系统规范等问题，导致部分农村社区基础设施利用率不高，自治能力差。为解决农村社区建设难题，早在2009年，浙江省江山市已组织专门人员成立课题组，对农村社区建设进行调研，先后出台农村社区建设指导及考核标准，将建设内容量化为42项具体指标，在全省范围内推广。

2018年5月，在浙江省农村社区建设推进会上，相关人员称今后5年浙江省将逐步明确农村社区为示范型、完善型和提升型三种。经过5年左右的努力，全省农村社区将逐步明确“类型”，为浙江农村基层治理和实施乡村振兴战略奠定基础。

截至2017年12月31日，浙江省共有社区居民委员会3581个，村民委员会27458个。全省3万多个村社累计建成1.9万个社区服务中

浙江省新型农村社区便民服务中心将于2020年实现全覆盖，服务广大农民。

心，平均面积550平方米，2020年将实现基础公共服务全覆盖。持续发力农村社区环境整治，打造了一批“动漫乡村”、“色彩小镇”和“田园社区”。配套建成2.3万个社区居家养老照料中心、1.8万个农村社区卫生站、2.5万个农家书屋、2.6万个文化广场，提升村民生活品质。

按照浙江省委办公厅的文件要求，各农村社区需建立一个以综合性社区服务中心为主体、专项设施相配套、室内外设施相结合的农村社区服务设施体系，逐步提高农村社区服务中心建设标准和人均拥有面积，新建的社区服务中心面积原则上应按照平原地区建筑面积不少于500平方米，山区、半山区和海岛地区不少于400平方米的标准配备。

文件还要求加强资源整合利用，统筹推进农村文化礼堂、社区卫生服务站、居家养老服务照料中心、社区多功能体育运动场等设施建设，避免资源闲置、浪费。重点做好农村社区扶贫、社会救助、社会福利、社区养老、扶残助残等服务。健全农村留守儿童、留守妇女、留守老人关爱服务体系，建立“三留守”人员“一人一档”，积极发挥青年志愿组织和妇女互助组织作用，提高对“三留守”人员的服务能力和服务水平。广泛开展村民议事会、村民理事会、民主恳谈会、决策听证会等形式多样的农村社区协商。搭建社区共建理事会、乡贤参事会等平台，引导外出发展人员和退休回乡人员参与农村社区建设。

创新社区、社会组织、社会工作“三社联动”机制，通过购买服务、直接资助、公益创投和提供场地等方式，积极培育服务性、公益性和互助性社区社会组织，到 2020 年，每个农村社区将建成 5 个以上社区社会组织。

同时，加强社区工作者队伍建设，研究出台加强专职社区工作者队伍建设的指导意见，指导各地完善专职社区工作者职业发展、选聘招录、服务规范、教育培训、管理考核、薪酬结构、激励保障等制度体系。强化社区专职工作者教育培训，加快推进专职社区工作者向专业社会工作者转化。

以上，我们看到的是比城市社区建设更加细致、具体、全面的要求。同时，浙江省还密切关注中国社区发展的未来趋势，并在村社治理中作出尝试。

第六，从传统乡村到农村社区，乡村治理方式被打破，社工文化兴起。未来，中国农村社区将向“社区+”发展模式持续嬗变、城乡社区基本公共服务趋于均衡、社区兴起“微治理”、“微改造”、土地确权和城乡人口流动继续推动农村社区变迁、社区社会责任理念深入人心。

我国传统农村一直是自然形成的互助合作的居民社区。随着农村人口流动和城镇化速度加快，传统农村的互助合作机制逐渐被打破，留下一块空白。农村社区社会组织建设正是以一种新的志愿服务，填补上空白，提升农村的社会治理水平。

近期国家民政部发布的《民政部关于大力培育发展社区社会组织的

意见》还提出，力争到2020年，实现城市社区平均拥有不少于10个社区社会组织，农村社区平均拥有不少于5个社区社会组织。

在浙江省的许多农村社区便民服务中心，都设置有专门的社会组织工作室或办公室，比如妇女之家、社区志愿者、舞蹈、书法、篮球等各类协会组织。他们在农村社区的治理上发挥着越来越重要的作用，主要体现在文化娱乐、公共服务、邻里关系协调、互帮互助、农忙突击、帮教服务、科技服务、心理疏导等方面。

作为创新农村社会治理的一种重要形式，农村社区社会组织建设令人期待。它与传统的以亲情为纽带的互助合作不完全相同。这些社会组织不仅在功能上大大拓展了原来的血缘互助，也给农村精神文明建设和社会建设带来新的气象，甚至与国际社区的社工文化接轨。

农村社区便民服务中心是创新农村社会治理的一种重要形式。

第七，农村社区建设复杂程度远高于传统乡村建设，对村干部的综合素质提出了更高的要求。

随着农村社区建设，基层民主建设进程也在不断推进，对村干部的要求也越来越高。在保持“自治”的基础上，村民需求呈现多元化、精细化、个性化、复杂化的趋势，村民对乡村两级组织的所盼所愿不单单是致富增收，还涉及住房、出行、就医、教育、养老，以及生活环境、文化活动等诸多方面。以往，村干部“管”的意识根深蒂固，“服务”“被监督”的意识薄弱，跟不上村民需求变化。这就需要村干部改工作方式方法，延伸工作触角，提高服务水平，满足村民日益增长的服务需求。

每个农村社区需配备 1~2 名具有大专以上学历的干部，才能适应现代化管理的需要。否则，仅仅协调村民集体搬迁这件事就举步维艰，活跃村民文化生活更无从谈起。其次，建立农村社区的村庄，任务繁重，村干部的工作压力很大，工作时间也会从轮流值班制变成一天 8 小时，甚至更多的工作时间。这就要求村干部及时调整，协调好家庭与工作之间的关系。村干部非职业化地区，还要协调好主业与副业（村干部）之间的关系。

# 农民：衡量文明的尺度

我游历乡野，反复在问，当今中国，最良善的民风在哪里？

它不在繁华的城市，而是在中国乡村。

作为一个创作者，我极其反感那些把中国农民丑化的文字。我是农民的女儿，我眼里的故乡、乡村的亲人、街坊邻居，他们依然生活在熟人或半熟人社会里，大多人善良、重道德、有礼数。

都市人穿着西装上班，农民不能穿着西装去种地。“都市文化人”定义了“何为文明”，但不一定适用于农民群体。农民的裤腿上有泥巴，衣着俗套不体面，有人便说他们没素质，不文明，这是万万不妥的。与土地打交道的农民，穿成城里人的模样岂不可笑？难道妇人们要穿着连衣裙和高跟鞋去刨花生？城里受过高等教育的姑娘们到了乡村看见小麦大叫“好多韭菜啊”，看见骡子和马也是傻傻分不清楚，是不是农民也可以说城里人很愚笨呢？说农民愚昧，平均文化水平低，封建迷信。确有其事。但是，谁又说都市城里人不迷信呢？做生意的大老板也没有几个不信风水、不拜关公的。

若谁说农民没人文精神，没独立思想，我也不能接受。在我的故乡钟祥，就有一个独特的文化现象。种田的、做工的、养鱼的、放鸭的，还有收废品的，他们都尝试着在文学殿堂里一展抱负，这堪称钟祥一道奇特的文化景观。热爱文学与艺术的人不分贵贱，也没有职业限定。

家乡的很多农民白天挥汗如雨，夜里铺纸握管，挑灯写作。难能可贵的是，他们在追求大多数都市人不会选择的文学道路和嗤之以鼻的文学梦想。小小钟祥，有市级以上作协会员 400 多人，省级以上会员 40 多人，其中出身农民和工人的作家超过 2/3。著名诗人余秀华老师就是一个典型的农民诗人。

著名农民诗人余秀华旧居已成为村里的文化景点，她的新居就在距离此地不远的新农村社区。

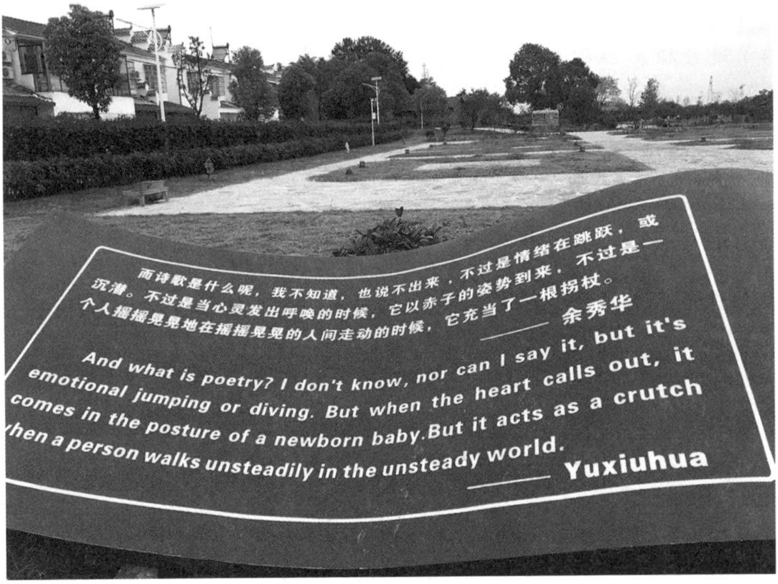


余秀华是村民的骄傲，村庄广场上展示着她的名言。

在钟祥，相传为鲧治水时所筑的兰台是一个象征之地，文风昌盛，与源自屈原、宋玉的兰台遗风相连。所以，别一刀切说农民没文化，他们只是因出身不同，选择了土地、选择了成为农民。21 世纪，乡村教育的普及，互联网资讯的发达，自我学习渠道增强，有文化的农民越来越多。

再说说文明社会的犯罪率，理论上，人口越密集，犯罪率越高。总听城里人说农民工容易犯罪。这种说法是极端的。农民工进城，产生大量流动人口，与城里人“同城不同等待遇”的歧视性政策，贫富差别大，滋生了“相对剥夺感”，或“相对贫困感”。警民关系的紧张和社会的对立情绪，又会引起仇恨心理，从而形成犯罪。

据国家统计局 2009 年统计，全国流动人口 2.11 亿人，农村流动人口是流动人口的主体，从 2010 年的统计看，全国外出打工的农民总量达 1.53 亿人，占到流动人口总数的 70%以上。如此大规模的人口从农村流入城市，从一个城市流动到另一个城市可谓“史无前例”。从社会学的角度分析，流动人口迅速增长实际上是中国城市化迅速发展、庞大的农村人口向城市迁移的表现。中国城市化率与犯罪率的变化关系的曲线，两者的起伏极为相似，用皮尔逊 R 系数对 1992—2006 年中国都市化水平与犯罪率相关系数分析，呈 0.9 的正相关，说明中国的城市化率与犯罪率的变化关系密切。

以大城市北京为例，1994 年北京的流动人口达 112 万人，流动人口犯罪占全市犯罪总人口的 44%，2006 年流动人口上升至 383.4 万人，当年上半年，北京市公安局抓获的各类流动人口违法犯罪者 17538 人，占全部抓获违法犯罪分子总数的 72%。①

流动人口是犯罪的主要群体，于是，城市人便认为农民工是城市犯

① 数据信息来自人民网。

罪的主要群体，从而更加歧视农民。实际上，自古以来，流民、流动人口都是犯罪、社会动乱的主要群体。这不是农民的错，这是社会性问题。如果把一座城迁移到另一座城，人们背井离乡，开始新征程，A 城的人口成了 B 城的流民，同样也可能引起犯罪。

还有留守儿童滋生犯罪的问题。广州大学发展研究院“新生代农民工罪犯”课题组的研究报告指出：“有犯罪记录的新生代农民工中，80%在幼年时期被留守家乡无人看管，犯罪原因主要为成长环境不良、家庭教育缺失。”

这也并不是农民单方面的错。没有哪个农民愿意背井离乡，远离妻儿去外地谋生活。但是，中国人口基数大，耕地面积有限，人均拥有土地不到一亩。农民要脱离贫困，靠种地致富太难。随着工业化、城市化进程，大部分农民只能被迫选择“半耕半工”的生活，依靠外出务工，或做生意所得谋取更高的收入。

在近几年的社会发展中，中国都市中产阶级成为消费主力军，但是在国民素养表现中，并没有成为最文明的阶层。主要还是城市人际关系复杂、淡薄，城市房价居高不下，工作、生活压力大，导致城市人普遍表现出自私的一面，过于功利化，且普遍患有焦虑症。

相比之下，中国 8 亿多农民的表现更加文明一些。若不是这一年走了一百多个乡村调研，恐怕我并不认识真正的中国，也不敢定下这样的结论。

仅认识 5 亿都市人，我们只对中国认识了三分之一。再认识 8 亿多农民，才算了解中国。

若问当今中国礼教在何方？我会说，看中国乡村。

何为文明？

文明是人类社会的进步状态和理性社会体系，是人与人、人与万物之间的相互尊重。文明不是修建高楼大厦，不是一味追求 GDP，不是拥有多少核武器，也不是你拥有多少知识，不是衣冠楚楚，而是一颗想帮助弱者，不侵犯他人的良善之心。

关于一个国家的文明，胡适先生曾说，只需要考察三件事：第一看他们怎样待小孩子；第二看他们怎样待女人；第三看他们怎样利用闲暇时间。换句话说，一个社会文明的尺度，取决于对弱者的态度。包括对妇女、对儿童、对动物、对弱势群体的态度。无论从哪个维度考量中国农民，他们的表现都不比城里人差。

知识和文明是一对孪生姐妹，知识是基础，文明是方向。一个人学富五车，满腹经纶，但若不去造福人类，而是自私自利，抑或对社会产生危害，他不是文明人。反之，一个人即便没有课本上的“知识”，没有高学历，但是有良善之心和自我约束能力，懂礼仪，知廉耻，他就是文明人。这种为人处世的“知识”更加宝贵。

现代的中国农民“60后”“70后”大部分都接受过初等教育，“80后”“90后”农民大部分都接受过中等以上的教育。即便没上过大学，

**中国现代农民都十分重视孩子们的教育，传统文化复兴活动在沿海发达地区的乡村受到家长和孩子们的普遍欢迎。**

也上过技校、高职、高专。农村家庭越来越重视教育。上过大学的返乡创业青年一批又一批，已不再是新闻。他们用所学知识发展新农业，支持家乡的新农村建设。随着移动互联网的普及，他们与城市青年接受信息的端口几乎无异。知识面也在不断扩展。出生在互联网时代的“00后”农民崛起后，更是不容小觑。

这些知识型农民是中国未来农业的主力军。中国农民的定义即将被颠覆。现代农民，已经不是余华笔下的许三观，贾平凹笔下的霸槽，莫言笔下的乡村女医生“姑姑”，更不是鲁迅笔下的闰土，赵树理笔下的小二黑。

现代农民需要新生代作家新的解读，与时俱进的记录。

文明不是繁冗礼节，但是不能没有礼节。中华传统文化目前最兴盛的地区还是在农村，根在农村。有人说，中国的农村在死亡。我并不认可这个观点，准确的说法是“涅槃重生”。未来，高度发达的新型农村社区文化将成为都市人的奢侈品。

在许多新型农村社区，人们开始复兴中华传统习俗，树立文化自信。

随着市场经济的快速发展，大部分国人已忘了自己的老祖宗是谁。近些年，浙江省许多农村在“富了口袋”后，开始寻根问祖，兴起“乡贤文化”，保护物质和非物质文化遗产，修建文化礼堂，提倡村风村训，家风家训，复兴宗祠祠堂。逢年过节，祭奠先祖的仪式感越来越强。这是传统文化在中国乡村的回归与传承。

在我看来，这也是中华文明在中国农民群体中的传承。一个忘记根的民族，是没有希望的。

# 城市文化“压迫”乡土价值观

乡村给浮躁的都市不断输送着“清新的空气”。但另一方面，农民也是中国人精神危机的主要人口。城市文化“压迫”乡土价值观，“精神赤字”是许多村庄的现状。城市文化通过各种“压迫式”的方式，以“短、平、快”途径，不断向乡村社会灌输文化理念与精神。

我们看见占据各大卫视黄金频道的电视剧、娱乐节目多为都市题材。互联网、智能手机媒体的快速普及，让青壮年农民接触到更多的城市文化，甚至无缝连接。逢年过节大量返乡的务工青壮年农民，也给中国乡村带去了城市的生活方式。

这些都潜移默化地改变着传统乡村社会的价值理念与存在状况。

一般而言，物质文化的发展，总是领先于精神文化的进步，于是在物质文化逐渐趋于主导的情况下，乡村文化价值理念的滞后，与物质的高速发展之间，势必会产生一定的冲突和摩擦。传统乡村文化价值中的“邻里互助”“崇德尚义”等价值理念，受到了前所未有的挑战，“一切向钱看”“拜金主义”“利益至上”等思想正在兴起。

物质极大丰富后，人们的心灵开始无助和彷徨，人的阶级之分越来越明显，我们要警醒。正如马克斯·韦伯所言：“现代文明的全部成就，源于外在技术层面的工具理性和内在精神层面的价值理性的紧张对立，以功效为趋向的工具理性的发达，必然损毁价值理性的人文理想。”

随着市场经济的渗透，“村庄共同体”被打破，村庄“熟人社会”逐渐成了“陌生人社会”和“半陌生人社会”，“利益原则”在乡村社会关系中逐渐高于“道德原则”。农民，难以逃脱被市场经济城市化“感染”的命运，出现自然、人文环境的全方位“撕裂”，尤其是在体制转变、结构调整、社会变革的转型期，表现尤为突出。

当“一切向钱看”或者“一切用钱来衡量”成为人所信奉和坚持

的价值准则时，农民原有的生活方式、思维方式、居住状态、人际关系，甚至语言习惯都在潜移默化地发生变化，他们已经越来越无法在农村社会找到家园感、依赖感及生存价值。这也导致乡村社会逐渐陷入紊乱无序状态，不利于和谐农村的构建。

现在广大农村的文化活动偏少，农民的文化生活枯燥，精神生活空虚。农村文化队伍力量薄弱，绝大多数乡镇的文化生活没有生机。随着机械化的发展，大量劳动力被机器所取代，农民务农的时间缩短了，产生了大量闲暇时光。“闲得发慌，不打麻将，干吗?”是我在乡村调研时，常听到的一句话。

由于农村文化生活贫乏，闲暇时，村民除了看电视，最主要的消遣活动是串门、打牌、打麻将、聚众喝酒、跳跳广场舞。“不良文化”乘虚而入，在农村有了一定的市场。

久而久之，就形成“财务盈余、精神赤字”的群体现象。

# 5 裂变中的农民思想

## 中国村庄秩序变化中的农民心态

若问,“中国有多少个村?”

得到的答案千差万别。有人说 270 万个，村镇户籍总人口 9.58 亿。有人说 75 万个，全国每年减少 7000 多个村民委员会。

为何这个问题难回答?

主要是因为一方面中国每天都有古村落消亡，新的村庄形成，2000—2010 年中国村落数量消失了 90 万个，相当于每天消失 300 个自然村落；另一方面关于村庄的概念易被混淆。

为此先要弄清两个定义：自然村和行政村。

自然村，就是传统意义上的村落，由农民自发长时间聚居在某地形成。而行政村是中国行政区划体系中最基层的一级，设有村民委员会或村公所等权力机构。在许多地方，行政村与自然村是重叠的；也有一些地方，一个行政村包括几个到几十个自然村；在个别的地方，一个自然村划分为一个以上的行政村。

在自然村内，农民建立熟人社会，由熟悉到信任，一起建立默认的行为准则、道德规范、村规族法约束村里的人，以及应对外面的世界。

对于中国村庄类型的研究，一般认为，中国乡村有很强的地域特色，按地域可划分为东部、南部、中部、西部、北部乡村。这里重点介绍中部村庄。

中国的村庄数以万计，但是除了按地域划分，“华中乡土派”代表人物贺雪峰教授认为可以根据宗族文化，划为分裂型、分散型和团结型三大类。分裂型主要体现在北方农村，一个村庄由多个小宗族构成；分散型村庄主要集中在长江三角洲、中部地区，一个村庄内部高度原子化，农民以户为单位行动，即便亲兄弟分家后，也是缺乏责任连带关系；团结型村庄主要是在南方，一个村庄由一个大宗族构成，非常团结。

### 中部农民普遍缺乏历史感

湖北省荆门地区的村庄原子化程度很高，宗族文化并不突出，家族祠堂稀有，家乡的亲人们缺乏延续性的祖先认同。我的父亲也搞不清楚祖上三代的事，据说我家是从沿海一带移民到荆门。到我这一辈，就更无法查证。当然，这也是中国中部地区村庄结构的普遍特点：农民缺乏历史感。

以前，血缘关系、姻亲关系、乡里乡亲是人际关系的主要构成。现在，农民的朋友圈子越来越广泛。同学、朋友、生意伙伴、志同道合者在人情关系中的比重逐渐加大。由于交友范围越来越广泛，宗亲关系反而疏远了。

即便是亲戚间，也是选择性来往。社交的程度取决于人们在生产经营活动中相互之间协作的紧密度和利益原则，紧密度不高的，没有利益相连的，哪怕是邻居，也有不来往的。

农村亲疏关系的改变，趋于理性化发展。传统的族规家法、儒家道德约束力逐渐在逝去。

这类村庄难以形成内生性的规范与秩序，家训比村训重要。我生活的村子没有村训，各个家庭的家长制定自家的规矩，也根据自身的意愿和偏好构建社会关系，搭建人脉圈。

小时候，我家吃饭、说话是有规矩的。老人不上桌，谁也不能上桌。现在，这些礼数还在，但是没有以前严格。年长的亲戚们时常为谁坐正席而礼貌性推让，年轻一代就随意很多。

### 公共事务难以实现

在福建、浙江沿海一带，村里需要返修、新盖祠堂，修建公共设施，全村村民齐心协力捐赠，有钱出钱，有力出力，这很常见。但是在荆门，公共事务让村干部们十分头疼。我父亲健在时，提议给村里修一条辅路，过程十分波折，村里没有财政拨款，村民们不愿意自掏腰包集资，都指望有钱人出资。村干部声称村民思想工作难做，村民也不搭理村干部们，最后还是我父亲自掏腰包修了路。

在荆门，每个村庄都有严格的自然边界，但是在同一个自然边界内，利益共同体的机制被打破，或者已荡然无存。1978 年前，是中国农村集体经济时期，生产队统一分配任务，大家集体意识比较高，很好推动公共事务。但是，随后实行家庭联产承包责任制后，由于荆门地区农村的原子化程度本身非常高，村民难以形成全村的利益共同体。特别是在公共事务上，“事不关己”是村民的普遍心态。处理一件事情，一个村 100 户，村干部要与 100 户沟通，这导致村庄治理有难度，村干部难当，村干部与村民的关系很难融洽。

### 人情债

小时候，每家每户的红白喜事，全村都要去随礼、帮厨。现在，人情债太重，随礼额度越来越大，人们生怕遇上红白喜事。却又争相通过红白喜事把送出去的钱“挣回来”。没有喜事，那就创造喜事。比如张三家新买了部廉价的私家车，也要操办宴席，宴请宾客，买了什么车不重要，重点是买了车，可以通过摆酒席收礼金。

### 家庭本位　活在当下

在农村的熟人社会里，街坊邻居相互帮助依然很平常，不过为了鸡毛蒜皮的事，争吵也很常见。荆门人以“家庭”利益为最高原则。“家庭本位”是人们的思维逻辑和家计生产方式的主导因素。村民普遍不关心村庄的未来，“活在当下”是大部分人的观点。

现在，荆门大部分的青壮年都出去经商、求学、务工。但是，这里的农业机械化程度比较高，到了收获季节，村民们以花钱雇人收割庄稼为主，很少看到一个大家族、街坊邻居们在一起干活的场景。

荆门农民致富有很强的“示范效应”。例如有一个镇叫石牌镇，有人做豆腐发家致富后，先是亲朋好友一起做豆腐，然后整个镇一半的青壮年村民都出去做豆腐生意了。有的村子一大半的人都举家在外做豆腐。现在，提到石牌，荆门人就想到有名的“石牌豆腐”。再比如旧口镇，有人做建筑加固生意发了家，于是整个家族都出去做建筑加固，然后带动整个镇，几乎每个村都有人在外做建筑加固生意，足迹遍布全国各地。

荆门人勤劳，肯拼搏，外出做生意的多，使用外地车牌的人固然很多，村里停放的外地车牌的私家车多半还是属于本村人的。逢年过节，路上跑的外地车牌的私家车，车主大都是本地人。

荆门人舍得花钱，活在当下。逢年过节，商场里的品牌服饰、金银首饰采购者多半是农民工。荆门的农民，特别是年轻人，非常看重服饰品牌，展示个人形象。几乎每个男孩都有一套耐克运动装，一双耐克鞋。农村的小孩，也几乎都有滑板车、变形金刚玩具等。

村村更是必备智能网络，智能手机已十分普及，多数追逐潮流的年轻人用 iPhone 手机，老年人也配有老人手机，村民足不出户就能网购。

### 谁来种地？

我的姨夫给我算了笔账。他曾是农业能手，这几年因务农赚钱难，也减少了耕种田地，出门做木工活。

一亩地收小麦 880 斤，每斤 1.02 元，共计收入 897 元。

基本支出：秸秆还田、犁地 120 元，播种 25 元，种子 50 元，施肥 110 元，浇地用水 78 元，除草剂 30 元，追肥 105 元，打农药 45 元，浇地二水 63 元，收割 70 元。10 趟往返运输油费 200 元。共计支出 896 元。

8 个月下来，收入为 1 元。就算靠泥腿子走路，不计路费，每亩地也只能赚 200 元。

到了下季度，种玉米，收入情况更糟糕。一亩地收成 800 斤，一斤湿玉米 0.7 元，共计收入 560 元。

基本支出：犁地 50 元，玉米种子一袋 40 元，一亩地需要三袋种子 120 元，播种机器最低 80 元，打农药一次最低 30 元，施肥 150 元，除草 20 元，再打农药一次 30 元，打封闭药 25 元，再打一遍除草剂 20 元，再追肥（尿素）一次 30 元，收割最低 80 元一亩（一般 100 元），粉碎秸秆，最低 100 元一亩。共计支出 735 元。

下一季，亏损 175 元。

“农民现在很难靠种地发家致富。”我姨夫感叹说。

这也难怪农民宁愿把土地流转、出租，外出务工，选择“半工半耕”的家计模式。那么，还有谁在农村种地呢？

大多数家庭是留守老人在种地。在农村，老人们的职责是照顾不能带进城的孙辈，接送孩子上下学，还有就是种地。“老人农业”已不是稀罕事，这是中国农村的普遍现状。在荆门，现有的机械化水平下，一对 55 岁至 70 岁的老人夫妇可以相对轻松地种地 20~30 亩。同时，“老人农业”确保了外出务工子女无后顾之忧。“家有三亩地”是子女们外出务工、进城失败后的退路。

在农村种地还有另一类人——“家庭农场主”。例如我的小学老师离休后，承包了几百亩土地种粮食和蔬菜。他是名副其实的“中坚农民”“农业能手”，又称规模化经营的“家庭农场主”。一个家庭农场的经营规模大概保持在 100 亩土地。那些外出务工的农民将土地租给他们，确保自己的土地有产值，不荒废，同时也能获得一定的租金收入。

未来的中国农业，家庭农场主将发挥举足轻重的作用。

## 包容性强

荆门地区，一个村庄住着一千多个村民，每个组设有小组组长，管理着六七十户人家。在荆门，张姓、王姓、李姓，许多姓同在一个村庄小组里，共同构成一个村落的文化。并非像福建一带，一个村由一到两个姓氏构成。村里有村委会，负责日常村务。老百姓有事就找村委会，有病先找村医，“家庭医生”开始在乡村普及。村委会的组织架构很完善，大部分村都建有“党群服务中心”，村庄诊所往往建设在“党群服务中心”，与村委会为邻。

原子化程度高，但包容性强，是荆门地区村庄的特点。

## 以致富、考学为荣

荆门水土肥沃，人杰地灵，家家户户盖小洋楼的村庄居多。老百姓勤劳，会做生意，也肯吃苦，纷纷以致富为荣，以贫穷为耻。农民的日子已奔小康。我问过当地银行，每逢春节，在外经商、务工的农民们回荆门，去银行存钱，一个小县城几天的流水就是好几亿。

当然，人们的攀比氛围很重，买车、盖楼，哪家子女考入好大学。荆门龙泉中学是全省重点高中。每一年，考入清华、北大、华科、武大等名校的学生数不胜数。荆门的孩子，上学的目标很早就定向龙泉中学。为了子女的教育，进城买房的农民也越来越多。在孩子的教育这件事上，荆门人非常舍得付出。

## 分家模式

如今，荆门的老人不再是家庭的权威，他们往往担心养老问题。儿女长大后，要分家，这意味着儿女要当家做主了。老夫妇若育有两个儿子，等到儿子成年分家后，夫妇俩还要决定，谁归老大养，谁归老二养。也有的老人经济实力强，老两口则单独出去过日子，或者几个儿子轮流赡养父母。分家模式形成了“各过日子”的独立状态。分家过程中，体现了一个家庭在权力、财务上的再分配，基于比较理性的认知和判断，不会受太多个人情感因素影响。

### 老人缺乏安全感

大部分的荆门老人没有安全感。他们丧失赚钱的能力后，如果不能照顾孙子孙女，在家烧饭、种菜，被后辈“嫌弃”的可能性很大。所以，老家许多 70 多岁的老人还在地里劳作。小姨所在的村里，有位老人常年与儿女不和，被儿子赶出门，在村口的小广场上搭了个棚，过了好几年。

### 缺乏父与子的伦理制约

青春期的男孩们打群架，在村里也是司空见惯的，一组打二组的，二组再还击一组的。打出感情后，几个组的男孩们联盟，出去打别村的。没有大人去拦着。我父亲母亲说，一辈又一辈，男人们都是这样“打”出来的。

其实，家长根本拦不住，村里叛逆期的青少年拿出棍棒打老爹的，每个小组都能揪出一个。

在这里，父代和子代之间缺乏厚重的伦理制约。

# 移动互联网时代的中国“80后”“90后”新生代农民

我一直纳闷，颜值时代怎么来的？自古以来，爱美之心，人皆有之。如今的人们将对“颜值”的追求印上了时代的烙印。

人与人要比颜值。化妆品、健身、自拍美图手机成了“刚需”，男人女人都要进美容院，微整形火成了暴利产业。

狗与狗要比颜值。进宠物店，洗一次澡50—80元，再做个美容，就要好几百元。狗狗衣服、健身食品、光泽毛发的零食等“提升颜值”衍生品也大受欢迎。狗狗奢侈品服装销量也十分可观。

产品与产品比颜值。iPhone手机赢得了全世界时尚潮流人士的追捧，重设计的快时尚ZARA服装品牌也成为世界时装杀手。

瓜与瓜，果与果也要比颜值。甜不甜是其次，首先要漂亮。消费者的购物心理普遍是颜值佳、味道也差不到哪里去。

老人们常说的“中看不中用”逐渐被“中看，即是中用”替代。

农产品也摆不脱“颜值定价”的命运。按照市场标准，我母亲在后院、阳台上种的黄瓜、辣椒是肯定卖不出去的，至少进不了蔬菜超市。因为卖相太丑，颜值太低。可我们知道，小时候我们吃的无农药的蔬果，都是奇形怪状、大小不一的。它们很丑，但是很有营养。

我们生活在移动互联网时代。这个时代有三拼，农民朋友们一定要记住：“颜值不行拼人品，人品不行拼情怀”，颜值居首。

在移动互联网时代背景下，人们的社交圈不断扩大，颜值的重要性越来越被重视。“看脸”不再停留局限于娱乐圈，招聘广告中“形象气质佳”不再是空谈，“以貌取人”有成为常态潮流的趋势。所以，有些都市里的农民工下班后，会在洗手间换了干净、体面的衣服乘地铁和公交车。

我的工作室装修，不管是泥工、木工，还是电工，他们每天都会带一套干净衣服来上班，到了下班的时间，都会齐刷刷到洗手间换衣服。他们跟我说："怕挤地铁被人嫌弃，也怕妨碍别人。"几年前，他们随父辈们进城时，是没有这种意识的。

说不清这是颜值时代的功劳，还是在城市待久了，文明出行意识增强的缘故。更重要的一个原因是，这批年轻的工人都是"80后""90后"。他们的文化修养要高于父辈，他们也是在互联网文化中长大的群体，用的都是智能手机，苹果手机也是他们追捧的对象。他们注重"颜值"是肯定的，"工作有尊严，穿着要体面"。

"80后""90后"作为中国消费大军中的新生代，正逐渐成为中国消费主力军。根据阿里研究院和BCG联合报告显示，2020年新生代人口占比29.5%，同时贡献53%的消费。而相较上一代（"50后""60后""70后"），新生代生活在中国经济快速增长的年代，消费能力与意愿显著高于上一代，根据阿里研究院和BCG联合预测，新生代消费力将以平均14%的幅度增长，为上一代消费力增速的2倍。

新生代消费力增长与互联网快速发展并行，赋予了新生代追逐个性潮流、生活品质、关注颜值的特性。在社交网络不断发展的当下，通过自拍、P图、晒照收获"称赞"也逐渐成为新生代一个重要特征。

生活在都市里的"80后""90后"农民工群体，也成为新时代消费力不可忽视的贡献者。据一份"80后""90后"农民工状况调查报告显示，"80后""90后"新生代农民工已经占到农民工的70%以上，逐渐成为主力军。他们常年在外，背井离乡，游离在城市和农村之间，渴望在城市找到归属感，与"城里人"接轨。除了住房条件比较差以外，他们的吃穿行用，基本和城里人相似。

新生代农民工与以往的农民工相比，他们文化程度与个人追求都比较高，进城打工的目的不再是解决温饱问题。他们既要面包，又要文化娱乐活动。既要赚钱，又要考虑自身的发展。他们希望快速地融入城市生活，接受都市人的观念，在城市买房置业，而不是回到乡村。

我的堂弟和他的伙伴们是我长期跟进的考察目标。小伙子们长年累月在城市务工、做生意，他们喜欢穿品牌服饰，闲暇时会打牌、玩游戏打发时间。他们希望能在城里站稳脚跟，他们的子女未来能在城市接受更好的教育。他们普遍不愿意生二胎，更多的时间用来享受生活，提高生活品质。最近一则新闻是，有一个“80 后”的农民将一台拖拉机改装为房车，要穿越中国，带着媳妇去三亚看海。这是中国新生代农民工对美好生活的向往。

日常工作中，新生代农民工与城市青年一样，同样习惯于用互联网+手机的方式，将复杂的事情变得简单。我观察过给我工作室装修的工人生活。他们有记工、记账的习惯，父辈都是记在纸质本子上，新生代农民工却习惯于在手机上记工、记账、算账，并使用 QQ、微信等通信工具与同事、客户、老板联络，他们每天会发送现场照片或视频给我查看装修现场的情况，去市场采购物料，也会通过视频的方式供我做决策，这样的方式对他们来说更加方便省心。

当他们脱下工装换上干净的服装，与城里的都市青年无异，你看不出他们就是刚才一身油漆渍或木料渣的农民工。作为蓝领阶层，他们的收入十分可观，往往高于都市工薪阶层。农民工的工时费用很贵，木工在杭州市场的价格每天 300~500 元不等，高级技工日均 1000 元左右，丝毫不少于城里的白领阶层。

## 农民怎么看社会主义核心价值观

当我们发现社会始终强调效率问题时，伴随而来的却是“人的意义感”丧失，以及各社会阶层“精神赤字”现象。当我们一味强调发展乡村经济，伴随而来的，会不会是对乡村物质和非物质文化遗产的忽视，传统文化的消失，以及农民的精神危机？

中国政府和学者们从未规避这个问题，一直在研究和寻找解决办法。我并不想深究造成社会各阶层“精神赤字”的深层次原因。这里，我想强调在新农村建设中，如何使得广大农民规避“精神赤字”现象，抑或解决精神危机问题。

农民并不是没有精神需求，我在调研期间发现江浙沿海一带，有些村子一个村就建有两三座教堂及教民聚会点。一旦有人组织某项运动比赛，或儿童书法班，村里人迅速聚集围观。村民对信仰、对文化生活、对精神层次的提升有强烈的需求。他们缺少的只是组织者、引导者、平台和通路。

党的十八大从国家、社会、公民三个层面，倡导“富强、民主、文明、和谐，自由、平等、公正、法治，爱国、敬业、诚信、友善”24字社会主义核心价值观，为中国精神注入了新能量。此后，举国上下，各级政府精神文明战线，牢牢抓住“培育、践行社会主义核心价值观”这一基础工程、铸魂工程，在全社会弘扬真善美、传播正能量，为民族文明进步和国家发展壮大不断积蓄“最持久、最深沉的力量”。

从2012年起，“中国梦”长卷舒展，近14亿中国人朝着民族复兴的方向起航。我在乡村调研期间看到，湖北、江浙沿海地区各村落，几乎村村都贴有社会主义核心价值观的24字标语。但是，有几个村委和村民能理解这24个字，并践行这24个字？即便是村支书、村主任，也未必理解这24个字。

社会主义核心价值观。

事实上，在乡村跟风贴大字的现象十分普遍。“他们村贴，我们村也要贴。”

其次，一级压一级，生搬硬套完成上级任务。“上级要求贴，我们就得贴。不贴思想有问题。”

再次，没有形式，哪来内容？读书百遍，其义自现。那么，贴、贴、贴，“农民看它一百遍，价值观自然转变”。

我问过每一个接触过的村支书，如何在本村践行社会主义核心价值观？

大部分人都没有自己的观点，甚至问到乡镇、区政府一级的党委组织部，也是形式大于内容，做表面文章的多。“等着上级政府下达任务，完成就是。上级怎么说，我们怎么做。”“做得多，错的多，万一走偏了怎么办？”一个村委班子就三年任期，村里杂事琐事也多，所以无为而治、被动干活、不动脑筋主动思考问题的村干部居多。

我也问了一些全国各地接触的村民，您知道墙上的字是什么意思吗？绝大部分村民并不关心墙上的大字是几号字体，用什么颜色，什么材质，他们说“贴得好，不如干得好”。

干部们热衷迎合上级的各种党建工作“展示形式”，村民关心的是“你们怎么落地？跟我们有什么关系？我们有什么实惠？”

不怪村民漠不关心、背后骂干部，只怪我们的落地方式还是走在“一级应付一级”的形式主义的路线上。

中国农民当然爱国。爱国是社会主义核心价值观的核心。这是所有农民，乃至中国人都一致认同的价值观。

他们看央视《新闻联播》和本地新闻，关注南海和钓鱼岛问题。

他们关注奥运健儿的夺金数量，在电视机前为祖国呐喊，也讨论中国足球的命运。

江浙一带的许多新型农村社区都成立了“巾帼志愿者”“和大姐”“和大妈”组织，这些农村妇女们自发为乡村建设做志愿者服务，包括邻里互助、清理公共垃圾、文艺演出、帮助老人等。

他们许多人的梦想是去北京，第一站是去天安门，愿望是看升国旗，歌声响起，他们唱起庄严的国歌。

他们同样认为，中国领土神圣不可侵犯。“一切与中国为敌的，都是敌人。”“真打起来，老子第一个上战场。”这是许多村民跟我说的话。

他们当然友善、敬业。中国农民是全中国乃至世界上最勤劳的群体。他们比任何一个群体都敬业。哪怕再脏再累的活，都会尽心尽力做完。

他们当然也向往和谐社会，“家庭和睦，邻里互助，老有所养，病有所医，有住房，有保障”是他们共同的向往。

所以，社会主义核心价值观的 24 个字是广大农民骨子里认同的。但是如何本土化、亲民化地落实到村民们的日常生活中？这并不是贴几个大字、建几个党建工作展馆就能解决的。

在乡村，我也经常遇见乡镇干部跟我感叹说，“在乡村搞精神文明建设比物质文明建设难太多”，“跟基层村干部和村民谈文化建设的重要性，大多数时候是对牛弹琴。但是，好在每个地区都有那么一两个走在前列的典型，让人欣慰。那是我们的曙光。”

中国农民需要精神给养。社会主义核心价值观如何以接地气的方式，渗透到村民群体的日常工作和生活中？这是实打实干的核心问题，绝不是流于形式，空喊口号。

党的十九大报告深刻论述了精神文明建设问题，明确指出要“推动社会主义精神文明和物质文明协调发展”，赋予了新时代精神文明建设工作新遵循、新任务。报告也明确指出，要“加强思想道德建设。人民有信仰，国家有力量，民族有希望。要提高人民思想觉悟、道德水准、文明素养，提高全社会文明程度”，“没有高度的文化自信，没有文化的繁荣兴盛，就没有中华民族伟大复兴”。

同时，我们看到党的十九大报告特别指出，“农业、农村、农民问题是关系国计民生的根本性问题，必须始终把解决好‘三农’问题作为全党工作重中之重”。而解决好这个问题的关键，就是要深刻认识到农村精神文明建设在实施乡村振兴战略中的重要地位，多措并举，让美丽乡村的精神文明建设火起来。

可见，党和政府，以及社会各界对中国人精神文明建设的重视程度，特别是对 8 亿多农民+农民工的精神文明建设的重视程度。

从国家治理角度，中国精神文明建设、文化建设是政府工作的重点，而农村精神文明建设又是重中之重。

从商业上讲，中国精神文明建设的红利期即将到来。乡村文体活动项目的兴盛就是一个印证。活动策划师、舞蹈教练、足球教练、规划师、设计师等开始纷纷下沉到乡村，寻找商机和职业机会。

从践行层面，社会主义核心价值观要走基层化，必须生活化，进入老百姓的生活。和我们的生活联系起来，在生活中间有一个“生活的价值观”。和我们的习俗联系起来，习俗是老百姓生活的“宪法”。

浙江省三门县有一个流传了 700 年的民俗盛宴叫“祭冬”，在冬至

**新农村建设中，家风建设如火如荼。在江浙沪地区的乡村，“家训”“村训”宣传十分常见。**

当天，通过隆重的仪式和严格的礼俗制度来向传统致敬。“祭冬”由祭天、拜祖、祝寿、老人宴等仪式和与之相伴的民俗文化、饮食文化组成，以亭旁镇杨家村祭冬规模最大，程序最完整，传承最完好。到了这一天，全村的老老少少四点钟起床，就像虔诚的教徒做祷告那样，进行精神的洗礼，人们从仪式中学会尊重生命，尊重自然，保护绿水青山，尊重祖先，尊老爱幼，尊重劳动，尊重创造。这就是社会主义核心价值观“本土化”的体现。

我们的价值观要想有用，就必须与我们的传统文化生活紧密结合起来。不要说教，越说教越没人听，要转化成本土语言，与当地民俗挂钩，才是最亲近的呈现方式。

此外，家风正则民风淳，民风淳则社稷安。习近平总书记曾多次指出，要重视家庭建设，注重家庭、注重家教、注重家风，紧密结合培育和弘扬社会主义核心价值观，发扬中华民族传统家庭美德。①

湖北省武穴市干仕村，民风纯正，文化底蕴深厚，其陶瓷文化、红色文化、佛教文化及教育文化相互融合，相互影响。早在大革命时期，这里便是武穴市最早建立苏维埃政权的地区之一，干仕村为中国革命、为共和国的诞生贡献出了 34 位英雄儿女。

翻开数百年干仕历史，昔有武将干瑞巨，官居二品，文有儒林郎官封布政司干嘉恢，文林郎干焕章；当代名人有南征北战师长干炎林、中纪委原副书记干以胜、中国人民解放军第二炮兵部队少将干敏等。古往今来，每一位干仕人严格遵守家风家训，村风村训，现在村里每年都会定期组织青少年，进行村风村训、家风家训的教育。正是优良的乡村传统，才使这个村子人才辈出，声名远扬，家风传承，影响深远，为我中华作出了卓越的贡献。

---

① 人民网，2015 年 2 月 19 日，《习近平：注重家庭注重家教注重家风》。

# 现代农民的话语权

谈“话语权”这个问题，也离不开探讨“文明”的意义。话语权，字面意思是控制舆论的权力，是一种影响社会发展的能力。话语权一般是掌握在媒体控制者的手里，掌握在拥有经济权的人手里。很显然，农民和都市人相比，话语权上弱了许多。中国农民从古到今，一直都在话语权的最低端。

我们生活的这个时代正在改写历史，中国农民正在拥有话语权。

我想起最近发生的一件事，交警的话引起了我对农民话语权的重新定义与思考。在这之前，我一直认为，自诩为文明的都市人，其中的许多人傲慢与偏见，在对农民和农民工身上表现得淋漓尽致。都市人掌握着社会的话语权，长期以来，用自己狭隘的所见所闻去勾勒中国农民。

直到有一天，在杭州，我的车与一辆农妇的电动车相撞。本是一个非常小的交通事故，却给我带来一些困扰。我没想到，农民的话语权是因为“弱者地位”而被利用。

当时，电动车和车主均无碍，我的车被撞了很大一个口子。众人皆对电动车主表示同情，因为开电动车的是一位农妇，她在现场一个劲地哭，十分委屈，我羞愧不已，承担了全部责任。她的车没有保险，我担心她会受伤，带她做了全身检查，没有任何受伤的迹象。农妇看见围观者、交警都偏向她，又见我是一个年轻的女性，于是便开始胡搅蛮缠，还要敲诈我一大笔钱，包括十万元的精神损失费。交警赶紧制止。事后很长一段时间，这位农妇的丈夫、亲戚还打电话骚扰我，索赔匪夷所思的巨额损失费，他们不懂法，也不考虑走法律诉讼程序，公正地去解决问题。

我的礼貌、退让，交警和旁观者的同情，换来的不是农妇的友好，抑或感激，而是变本加厉。

交警们告诉我，一般情况下，遇到这种司空见惯的交通事故，他们都会建议双方和解，并情理上“同情弱者”。所谓的弱者，包括受伤、受损失较多的一方，经济基础、社会地位较弱的一方，特别是骑三轮车、电动车的农民工。因为处理城市里的这类事故，大部分农民工不会赔钱，车主也很怕纠缠，浪费时间，就自认倒霉。但是，若遇见故意碰瓷、敲诈的情况，就另当别论。该惩治的还是要严肃惩治。

很不幸，我遇见了一个靠同情短暂性赢得话语权，实质是再一次损害了农民工形象的农妇。

中国农民的话语权，不是靠都市人主动给，而是靠农民工朋友自己争取，自己拿。拿得有底气，拿得有分量，拿得理所当然。

一直以来，我为农民工发声，但是并不代表我要用同情的眼光去看待他们。他们需要的是社会的尊重与平等，这便是文明的国度所向往的。

罗素说，文明是自由和契约构建的秩序。自由是相对的自由，有节制的自由，不是肆无忌惮、天下任我行的自由。契约也不是死规矩、生硬的制度。而是以自律为基础，人类制定的相互约束的、共同监督的制度。

所以，当我们没有正确理解文明的定义时，我们能认识真实的中国和中国农民吗？

农民往往与穷困画上等号，穷困又往往与野蛮画上等号。经济穷困等于精神穷困，资源贫乏等于文明素质贫乏，这个荒谬的公式长期以来被国人接受。直到我们发现，世界上幸福指数最高的国家是尼泊尔，才幡然醒悟，“哦，有钱并不等于内心富足，也不等于文明”。

另外，当代掌握文学、舆论话语权的“50后”“60后”“70后”，他们大部分是从乡村走出来的，他们的童年、少年、青年记忆占据了大部分人生，他们采编、书写农村里最熟悉的故事当然是本能。但是，“80后”“90后”“00后”印象里的农村已经与他们大相径庭。

换句话说，乡土文学在走下坡路。时代需要乡土文学最“新”最“强”的声音。而“80后”“90后”作家中，能写出优秀乡土文学的人太少，大部分作家、媒体人都专注于都市问题，以至于关于农村话题的话语权主动性失衡。国人对农村、农民的印象还是停留在“50后”“60后”“70后”的作品里，并不断被“回顾”，被“怀旧”，被“强化”。乡村题材的优秀电影和电视剧更是罕见。

长期以来，中国农民的形象被刻画、被书写、被广而告之，不是农民自己干的，是高知们干的，给了中国农民太多定义：面朝黄土背朝天的人、弱势群体、乡土人群、教育平均程度最低的人、观念落后封建迷信的人……

哪一个才是最真实的中国农民？恐怕都不是。

新时代的我们曲解了8亿多农民，我也难逃其责。

农民工在都市赢得尊严，拥有话语权，才会凸显中国的文明程度。这种尊严最直接的体现是平等。权利的平等和机会的平等。曾几何时，包括现在，“农民”依然是带有贬义的口吻，“农民工”在某些都市人的眼里成了“没文化、没素质、粗鲁、粗俗、肮脏、老土、贫穷”的代名词。由于身份的现实差异，他们在政治、经济、文化、社会地位、心理等方面都处于劣势。

平等的标志，不是冷漠，瞧不起，更不是同情，非要给予弱者特殊权利。比如，给予农民工子女同样的入学条件，一视同仁。但是，不能说只有一个名额的情况下，我就要给农民工子女。

伴随着中国改革步伐成长起来的农民工数量有3亿之多，他们已成为中国产业工人和现代化建设力量的重要组成部分。他们背井离乡，做着城市里最苦最累最脏的活，建筑工、维修工、清洁工、送货工、搬运工……塑造出一个美丽干净现代化的城市。毫不夸张地说，中国城市的每一栋高楼大厦，每一条宽阔整洁的马路，每一处赏心悦目的风景，都融有农民工的汗水。没有了他们，日新月异的城市面貌无异于痴人说梦。

他们需要的是有更多“获得感”的生活，而不是没有“尊严感”的生存，更不是靠同情去博得权益。这样他们才会有实实在在的“话语权”。就像美国的农民、管道工人、建筑工人、技术工人实际上是“高收入”人群。他们白天可以穿着制服工作，晚上可以穿着西装去高级餐厅吃饭。他们中不乏受过大学教育者，他们懂得为自己的合法利益维权，他们只是选择了不同的生活方式和职业。

很长一段时间，中国农民工被城市视作外来人，不能与城里人一样平等地享有各种服务和资源，如公租房和子女教育等。

“我想有个家，一个不需要多大的地方。”在城市里有一个相对稳定的住所是很多农民工的梦想。如今，中国政府正不断推动和加强面向中低收入人群的保障房建设。在越来越多的城市，农民工被纳入了公共租赁住房供应范围。

# 6 产业之后，村干部如何治村？

## 新农村建设中的非物质文化遗产保护问题

我去浙江省的一个村庄采风，给村主任当顾问，帮村里建设新的村民书屋和文化长廊。我问村委会主任，村里有什么文化遗址或文化符号吗？

村委会主任回答说，桥算不算？

我说，算。于是，我去寻找桥。江南水乡，村村有桥，不是稀罕事。但等我找到时，它早已成为“危桥”，抑或换了新装，俨然已改姓“现代化”。久远的之前是什么样子，只能从老人们的描述中得知了。

我颇为遗憾。

有一个朴实的中年男子调侃说，桥算什么？我们村还有口宋代的古井哦。

我眼前一亮，问他，在哪里？

他挥挥手说，早没了。前几年搞房地产开发，移民搬迁，古井被填了。

我又去往另一个村寻找卫家班皮影戏，除了一个鲜有人参观的展览馆，村干部也感慨地说传承是个问题，找不到表演皮影戏的师傅了。唯一会皮影戏的老师傅已经年迈，最近身体不适，在家静养。

……

浙江省非物质文化遗产——卫家班皮影戏。

这样的经历数不胜数。村民和村干部们鲜有人认识到“乡村文化”的价值和意义。

我开着车忐忑不安地去往浙江的山区，开了几千公里，从一个村到另一个村。那里远离喧嚣，古村落被破坏的应该相对少些吧。

我在天台县找到一个已经开发、搬迁的古民居张思村。古村落保存完好，老百姓在古民居外建立了新农村，一幅欣欣向荣的画面。我继续往前走，赶往诸暨十里坪村和天台县皇都村。听说他们也想搞乡村旅游开发，将非物质文化遗产变成产业。我要赶在他们动工前，看看那里原有的风貌。

### 何为非物质文化遗产？

佛教以传灯比喻传授佛法，因为佛教认为佛法能像明灯一样照亮世界，指引迷途，而以法传人，如灯火相传，辗转不熄。非物质文化遗产（以下简称“非遗”）作为一个民族的精神创造，如同佛法，如同明灯。

保护与传承“非遗”，可以在复杂变换的国际社会与转型时代中，增强文化认同，重建老百姓的精神家园。

2003 年，联合国教科文组织第 32 届大会通过《保护非物质文化遗产公约》，旨在保护以传统、口头表述、节庆礼仪、手工技能、音乐、舞蹈等为代表的非物质文化遗产。

2006 年，《保护非物质文化遗产公约》生效。

2011 年，《中华人民共和国非物质文化遗产法》颁布，我国的“非遗”法律法规体系得到了进一步完善，规划编制进一步加强，保护方式与实践得到进一步深化，与此同时我国民众对“非遗”的自觉认知与欣赏意识也得到进一步提升。

那么，“非遗”在中国农村如何生存与传承呢？村干部作为一村之主，担当着重要角色。

**村干部如何复兴戏曲“西路乱弹”？**

十里坪村是我印象深刻的一个村庄。2014 年，十里坪村被命名为浙江省“戏曲村”，《人民日报》海外版、中央电视台中文国际频道专门报道；利用传统曲牌新创编的《采香榧》《西施姑娘在故里》等剧目在中央电视台戏曲频道播出。

沿着一条清澈的溪流，十里坪村迤逦多姿的风光徐徐展现。四座形态各异、年代不同的古桥亭亭于溪流之上，分别是普济桥（明末清初建造）、太平桥（乾隆年间建造）、块木桥（咸丰年间建造）、卓溪桥（光绪年间建造），他们默默地矗立着，见证了时代的变迁与十里坪的发展，承载着各个年代的回忆与人们对美好生活的向往。

十里坪村现有卓氏家庙、朱村老台门四檐齐等清代古建筑 4 处，其中卓氏家庙始建于乾隆三十五年（1770 年），咸丰辛亥年（1851 年）

重修，2012 年美丽乡村建设修缮。卓氏家庙占地 800 平方米，格局和梁架结构遵循明代旧制，一进为接客厅，二进为戏台，三进为香火厅，整座建筑大气开放，结构简洁，装饰雕刻朴实，反映了左溪卓氏豪爽率直而又朴实宽厚的处世传统。

村庄依水而建、群山环抱，远远看去，一条清澈的名叫“左溪”的小河贯穿全村，郁郁葱葱的有机茶基地、竹林给村子带来生机与活力。“美丽乡村建设”让村子在保持原有古建筑群和古风特色的基础之上，完成各路段立面改造、绿化工程、围墙与庭院改造工程、景观工程、茶文化广场、卓氏家庙修缮工程，令村庄焕然一新的同时，加强文化生活在村中的活跃度。

**修葺后的卓氏家庙现在是村民聚集地，古老的戏台得以再次发挥作用。**

除了古桥、古建筑，令十里坪名声大噪的是国家级非物质文化遗产“西路乱弹”，这是一种地方戏曲。据村干部介绍，西路乱弹诞生于明末清初，经过清代快速发展，历经沧桑，太平天国运动等动荡以后，急剧衰败，此后相当长的时间，坊间只是一些老艺人组织半职业剧团，忙时务农，闲时演戏。从兴盛到沉寂，再到复苏，古老的戏曲在十里坪得到了传承，焕发了新生。2011 年，十里坪村重组了西路乱弹艺术团，“诸暨西路乱弹传承基地”正式挂牌，此后，这一朵戏曲奇葩落地开花。

我在村里采访了部分村民，了解到“和大姐”“和大哥”是十里坪村的一个特殊群体。他们是村委会组织的志愿者，负责维护村庄的干净、整洁，解决邻里之间的纷争，还担任西路乱弹巡演中的后勤。总之，村里哪里需要，他们往哪里去。

王美华是十里坪村的“和大姐”队长，也是掌管十里坪村文化礼堂大门钥匙的人。她带我参观了西路乱弹的服装乐器展馆，向我介绍了西路乱弹。“西路乱弹”戏曲已有300多年历史，2004年，诸暨文化部门为落实文化强市战略组织普查小组，认真挖掘和整理“西路乱弹”的历史、传统曲牌、剧目传承现状等资料。刚刚担任十里坪村村党支部书记的卓任翔，在发展村级经济同时，重视精神文明发展。他看到本村村民喜欢戏剧，就组织村民组成了小规模的绍剧演艺组，于是他们忙时务农，闲时演戏。经过几年发展后，十里坪村戏剧演艺组除了在本村演出外，开始奔走全省各地演出。

2010年年底，十里坪村投资20多万元把演艺组升级为业余剧团，

笔者在卓氏家庙采访“和大姐”队长王美华（左一），她也是“西路乱弹”艺术团的成员。

由一名主要干部担任团长，演员和乐手超过40人，包括老中青三代人，义务参加培训与演出。这个业余剧团的商业演出与升级，意味着卓任翔不仅将其作为十里坪村精神文明建设内容，而且使之成为十里坪村文化产业。但是卓任翔肯定没有想到，他的这番努力使十里坪村成为西路乱弹传承基地。

2011年6月，“诸暨西路乱弹”名列第三批国家级非物质文化遗产保护名录。由于十里坪村戏曲氛围村民基础好，同年9月，诸暨市文化部门选定东和乡十里坪村为西路乱弹传承基地，下拨专项经费，邀请蒋桂凤、陈祖明两位西路乱弹省级传承人作为指导老师，与此同时十里坪村创立更加专业的西路乱弹业余剧团，他们开始了近三个月的正规夜间排练传统剧目《散潼关》。村干部们负责后勤和剧务，担任舞台监督，调控音响。社会各界对此积极支持，文化馆相关专家数十次到村指导。12月9日晚，《散潼关》盛装亮相，这台戏意义深远，因为这标志着西路乱弹重生。

“西路乱弹”艺术团在卓氏家庙为本村村民演出。

2013 年 1 月，十里坪村的村支书卓任翔喜获 2013 年度浙江新农村建设优秀带头人“金牛奖”。十里坪村西路乱弹艺术团受邀参加在杭州市举行的年度评选表彰活动，展演了大会串《梨园竞辉绽芬芳》，让观众们领略了西路乱弹的独特魅力。

目前，西路乱弹传承基地十里坪村还与东和乡小学开展合作，对一、二年级学生教授西路乱弹，传承这项独特的民间遗产。授课两周一次，每次两小时。授课老师除了两位年轻的代表性传承人，还有西路乱弹艺术团里表演经验丰富的农民们，他们不仅自己学，还教别人学，自觉担起传承职责。学生们摆“丁字步”、歌唱诸暨市非遗中心新编的小学生西路乱弹课本《照得山沟满希望》，演唱结合，学得不亦乐乎。

为做好文化与旅游结合的文章，诸暨市非遗保护中心趁势而为，指导十里坪村的村干部们把西路乱弹传承基地作为整个村里旅游线上的主要亮点，提高其文化内涵和特色，通过资金支持、专业辅导相结合，为传承基地的人才培养、剧目创新提供支撑。

### 村干部讲述“皇都南拳”的前世今生

中国古代武术素有“南拳北腿”之分，而在南拳中，“皇都南拳”既有技击性，又兼具戏剧观赏性，可谓是独树一帜，它源自浙江省台州市天台县白鹤镇皇都村，有村民 500 多户，1500 多人。

我去皇都村之前颇为兴奋，脑子里幻想的画面是电影《叶问》中的场景。清晨起床，竹林环绕，晨曦晕染东方，我在拳声中醒来，这是一个怎样武侠的世界？

事实往往不如想象。

村里会拳术、勤练拳术的男子并不多。从村庄外表看，这仅仅是浙江省的一个普通村落。但是，当我在村里的自行车修理铺偶遇了一个人时，我的皇都村之行出现了戏剧性的逆转。他促使我决定留下来研究皇都南拳的发展。

他是“皇都南拳”传承人之一——陈远岳。老先生 1930 年出生，

**皇都南拳传承人之一：陈远岳老先生，今年 88 岁，他向笔者展示了他擅长的“凳花”。**

今年 88 岁，性格开朗，身体矫健，动作敏捷，每天骑自行车数公里来回溜达，还为我展示了他擅长的“凳花”。

《陈氏宗谱》里记载：“皇都”村名始于宋代，有位内阁大学士巽卿赏识此地位于台西大平原中心，纵横十里，阡陌相连，从鹧鸪山发脉，至平原北面，骤然隆起，酷似卧龙，遂定基兴工，建三台三幢，雕梁画栋，富丽堂皇，人咸嘉为“皇都”。

这是考察皇都村来历仅有的资料，也有村民口若悬河地跟我说，传言明朝开国皇帝朱元璋的母亲生产前经过此地，在这里避难休养，此后这里被赐名“皇都”。这只是民间传说，无从考证。但是，皇都村的闻名不是因其名字来历，而是因这个村传承悠久的“皇都南拳”。

元朝末年，为反抗元朝反动统治，皇都村精于拳术器械的祖先陈庚（另称“陈赓”）向村民传播武术，因此皇都村武名远扬，元朝政府派兵镇压。陈庚避居绍兴岳父家中，村里的人们却在暗地里苦练不辍。

明朝建立后，皇都村习武之风再次兴盛，出现了“家家习武，人人会武”的景象。因此皇都南拳起源于格斗，后来又吸收了当地民间生产与生活工具，如板凳、扁担等，具有浓郁的乡土气息，同时为了节日庆典、生儿满月、结婚庆典的热闹，还在拳术练习时伴随锣鼓、彩旗，特别是加上狮子表演动作，因此皇都南拳也被称为“皇都狮子拳”。

现在流传的皇都南拳共有 21 种套路，包含徒手拳和武械拳两大类，极具地方特色和乡土气息，尤其是“凳花”与“扁担”。“凳花”的武械就是平常农家的四尺长凳，而“扁担”的武械也就是农家干活常用的扁担，它是从“长棒”演化而来，因为是干活的农具，耍起来别有味道。

现年 63 岁的皇都村村委会主任陈新江，常回忆起年幼时，那段拜师学武的有趣经历。“我 7 岁时，跟着师父陈绍钱学拳，清晨 5 点起床，与师兄弟几个把师父家的水缸挑满水，堆高柴火，再排起凳子，坐下安静等待。师父起床后，洗把脸，还要抽根长烟斗，这才慢悠悠地开始教拳。”陈新江习武两年，学了小金刚、雪山等拳法。他与师父感情深厚，每年过年，都会送一只大猪蹄到师父家里，这一习惯一直延续到老人去世。

皇都村村民大都姓陈，村里的“陈氏宗祠”始建于清乾隆年间，在其三开间中堂上悬挂着一块匾额“追远堂”，提醒子孙不要忘记祖先创下的功德，而皇都南拳也就是代代相传的一份功德。

1980 年以后，皇都村的年轻人逐渐离开了家乡，外出闯荡，留守村里的，多是老人与孩子。当年热衷习武的少年们，为生活奔波，逐渐将拳法淡忘了。皇都村的年轻人大量外出，加之习武风气式微，孩子们都去上文化课补习班了，皇都南拳一度青黄不接。

“祖宗留下来的东西，可不能毁在我们这代人手上。”村干部们有了共识。

2001 年冬天，20 多位 20 世纪 40 年代开始习武的老拳师聚集在陈氏宗祠商量着要恢复皇都南拳，并且使之得以传承。老人们经过半年一招一招地回忆、比画、争执，恢复了大洪拳、小洪拳、五虎桩、凳花、

陈氏宗祠，如今，这样的祠堂已经不多见了。

扁担等 10 多个极具地方特色的拳术。拳师陈绍魁还整理出长达万字的《皇都南拳历史沿革》。

2002 年春节，“皇都南拳”又重新出现在人们的视线中，只是打拳的人大都是满头银发。

2002 年夏天，老拳师们以老人协会组织为名，在陈氏宗祠前墙张贴告示：“为了培养南拳新生人才，继承祖上拳路遗产，加以发扬光大，振兴皇都，不管男女老少，量力而行，均可自愿报名参加学习。”文下落款“皇都业余拳术学习班”。招收 5 周岁以上的孩子，义务教拳，随后，竟然有 86 个孩子报名学拳。一时间，古老的陈氏宗祠里响起阵阵稚声嫩气的打拳声。

2005 年，陈统龙当选为村支书，当时皇都村人心涣散，村中基础建设落后。为改变现状，他尝试以振兴“皇都南拳”作为支点来撬动村民们建设家乡的热情。以他为首的村干部自掏腰包购置拳术器械、表演服装，组织表演队。村里每逢喜事，都有拳师舞狮，表演拳法助兴。

皇都南拳逐渐得以振兴。

2007 年 12 月，皇都南拳表演获得台州市基层文化俱乐部优秀团队比赛金奖，载誉而归的拳师们第二天集体在陈氏祠堂前合影，以此留念告慰祖先。

在陈氏宗祠练习皇都南拳的孩子们。

2009 年 6 月，皇都南拳被列入浙江省第三批非物质文化遗产保护项目，同时要在皇都村选出一个传承人代表，在村两委的主持下选定 1932 年出生的陈汝梅，他在传承和发扬皇都南拳上立下了汗马功劳，他的代表拳术是双刀拳、西川拳。

在第四届台州市村民文化节上，年仅 7 岁穿着红肚兜的皇都村孩子陈永健，打起拳来虎虎生威，一招一式，有板有眼，一个独脚亮翅，场下掌声雷动。

2012 年 4 月，中央电视台摄影组来皇都拍摄皇都南拳，使皇都村走向全国。

2013 年 9 月，白鹤镇鹤楼小学与皇都村两委达成共识，将鹤楼小学设为皇都南拳教学基地，由皇都村派老拳师利用课外时间对武术爱好学生义务传授拳术。现在皇都南拳教学基地扩展到附近贺龙小学、白鹤中心小学。

2014 年，台州市首届村歌创作演唱大赛在皇都村文化礼堂举办，皇都村组建了一支 30 人的队伍参加，年长的 85 岁，年少的才 5 岁。表演中，村民将引以为傲的皇都南拳融入其中，一举赢得表演、创作的双金奖。

2017 年 8 月，“财富商贸城杯”第二届中国台州国际武术节在台州市路桥区隆重举行，来自美国、克罗地亚、日本、韩国、法国、巴西、泰国、瑞典、中国香港、中国台湾等国家和地区及境内 13 个省（市）的 148 个代表队参赛。天台县白鹤镇皇都村派出皇都南拳代表队参加，获得 14 枚金牌、3 枚银牌的好成绩。

现在皇都村村委编撰了 3 万多字的《皇都南拳史话》，网上开辟了“皇都网络文化俱乐部”，并且投资上百万元修缮皇都陈氏宗祠，在其中建立了皇都南拳纪念馆，开设实物展陈区，展陈皇都南拳祖师图像、练武器材等具有历史意义的实物。

难能可贵的是，现在的皇都村依然保持较为完整的古戏台、陈氏宗祠及广场，是几百年来传承“皇都南拳”的公共空间，是一个可以观赏的非遗传承地。皇都村的村干部们跟我说，他们希望“皇都南拳”传承环境能由传统走向现代化，为此，打造了一个一体多元、文武双修的综合性文化圈。2009 年 2 月，皇都村投资 80 多万元建成占地面积 5 亩多，建筑面积 500 平方米的文化宫，内设有南拳陈列室、多功能播放厅、舞蹈室、图书室等 10 间文化功能室。

作为公共与文化空间的宗祠及戏台，“皇都南拳”的传承和发扬，是村庄族人对祖先的一份敬仰，一份虔诚。“皇都南拳”是在皇都村流传的民间拳术，它体现了当地百姓的健身理念与生活情操。它的传承包含了百姓对于拳术的喜爱和对祖先的崇敬。为研究民间的民族信仰，提供了不可多得的第一手资料。

六百多年的传承，也充分说明了皇都南拳的生命力所在，它已经成为皇都村的传承品牌。

当然，近几年村干部们也有了新的困惑。

传承皇都南拳，即便村委会出资，也收效甚微，目前只是极少数人在参与练拳。

拳师们愿意晚上下班来教学，让孩子们锻炼身体，但是小孩子学习任务紧，只能周末来学拳。年轻人学拳的更少，大多都纷纷出去务工赚钱，村里 1528 人，而常年在村里的不到 500 人，暑假的时候，留在村里的小孩子只有五六个。村干部们十分担心皇都南拳得不到继承。

这是一个缺少大师级人物的时代，年纪大的戏剧家、拳师相继去世，村里热爱戏剧、南拳的人，如果靠教戏剧、南拳营生，收入微薄。

离开皇都村、十里坪村时，我随机问一些青少年，你们会唱戏吗？你们会打拳吗？他们大部分都摇摇头。

（此文写于 2018 年年底）

# 农家书屋与农民之间的“最后一公里”

在物质生活水平达到小康之后，精神文明小康自然成为政府工作的重中之重。农民对丰富多彩的精神文化生活有内在的渴求。求知、求美、求健康、求欢乐、求参与、求自我价值的实现，成为广大农民的共同需求。

但是，现在农村文化活动的质量普遍不高。农作之余，农民多数的消遣是看电视、上网、打麻将、玩扑克、走亲访友、赶集逛街，还有跳广场舞。

广场舞在农村的盛行，是中国农村文化的一次里程碑式的胜利。至少，部分农村妇女不再打麻将，跳广场舞既锻炼了身体，又提升了自信。如果说广场舞的盛行是农民自发推动的，那么农家书屋的普及则由官方推动。

知识改变命运。

农家书屋是国家为促进乡村文化建设给农民打造的一项“民心工程”。2007 年 3 月，国家新闻出版总署会同中央文明办、国家发展改革委、科技部、民政部、财政部、农业部、国家人口计生委联合发出了《关于印发〈农家书屋工程实施意见〉的通知》，开始在全国范围内实施“农家书屋”工程。目前，农家书屋已覆盖全国的大部分行政村。但是，农家书屋的“最后一公里”问题一直没有得到很好的解决。

**农民到底会不会走进农家书屋借阅书籍呢？**

答案并不乐观。

相比于广场舞的热闹，农家书屋显得非常冷清。

各个村的农家书屋、党群活动中心作为村庄的主要文化阵地，是我常走访的地方。但在调研中，90% 以上的农家书屋运行情况都不是很好。书屋门紧锁，书屋被搁置、荒废，书的种类千篇一律。书屋的开放时间是白天，但农民基本上都在外劳作。有的村，农家书屋就是个废旧的仓库。甚至，我在采访中发现许多村民并不知道农家书屋的存在。

冷清的农家书屋。

农家书屋冷清的原因主要有以下几点：它不是农民喜欢的空间，开放时间不是农民的闲暇时间，也不是农民选择阅读的方式。

2017 年底，就农家书屋的现状，我联系上了浙江省图书馆馆长褚树青。这位新上任的馆长，对农家书屋的建设颇有见地。浙江省将作出一系列改革性的措施激活农家书屋，解决农家书屋“最后一公里”的问题，助力“书香浙江”的建设，其中一项举措就是将农家书屋纳入到乡村文化礼堂的整体规划中。

“每个村一旦面临上级检查的时候，说自己什么都有了，村村通、开放式、固定式和千册图书馆等，甚至还有人做了万册图书馆。可是，最后我们一调研，没有人去，说明效果是不理想的。村干部在执行时总是先完成任务，喜欢运动式的推进。有很多现实的问题亟待解决。”他坦诚地说。他对我的调研结果并不意外。

在谈到农家书屋的改进办法时，他有一个观念，我很认同。“推进总分馆体系的融合，乡村各个集聚空间的跨界融合，多重监制下的融合，社会力量的广泛参与，共同来打造农村文化，设置公共文化事业。这是迫在眉睫的。否则，建一个‘死’一个。”

“能具体阐述下您的观点吗？应该如何做？”我问道。

“其一，在设计和功能上下点功夫，一定要让老百姓愿意去，哪怕吹空调，能待得住，闻闻书香也是好的。总比无事可做强。让他们在这个氛围里慢慢尝试阅读。文化建设是一个长期工程，急不来。其二，在农村建设农家书屋是必要的，但是不同的村应该有不同的规划。经济发达农村与不发达农村之间的规划是不同的，不发达农村大多都是一些老人和留守儿童，发达农村的外来务工人员很多，他们每天晚上没事干，阅读需求肯定不一样，这是不同的实际。我们现在的农村书屋设计只有一个标准，比如一千册图书，一百张碟片，一千张报纸，面积固定。这个现状要改变。其三，农村搞农家书屋，缺乏管理人员，使用空间也过于单一，一定要符合阅读空间发展的规律。公共文化服务不等于必须是公共的，民间也能办。比如说农村超市，是农民集中的一个场所。那么，它可以既是营业超市，又可以管理农家书屋。政府给予一些补贴和支持，效果比单一的农家书屋要好很多。慢慢地，超市就会变成村里的一个信息中心，一个文化中心。”

褚馆长的观点很前沿。事实上，国内有些大胆的村庄已经开始创新和实践。

福建省晋江市安海镇，有一个美丽的乡村叫曾埭村，在村里随处可见精美的3D彩绘，各种创意彩绘扮靓了这个小村庄。它的农家书屋也有文创元素，琳琅满目的书籍及各类文创摆件、挂饰等，整齐地摆放在书架上。在这个不足200平方米的书屋内，还设置了烘焙体验区、咖啡吧台和由老物件组成的特色小景。我们完全想不到，不久前，这里只是一间无人使用的破石头房。这个农家书屋还为村里四点半下课的学生提供代管服务。

在浙江，越来越多的民营书店进驻农村。特别是在“书香中国”建设的大背景下，浙江农村书店和民宿的发展，给乡村旅游带来了巨大的经济力量和形象利益。

例如，南京先锋书店将目光放远，走入乡村，找寻新的身份。南京先锋书店的第十一家分店，设立在浙江杭州桐庐县莪山乡戴家山村，名为“云夕图书馆”。“云夕图书馆”的建成受到了文艺青年们的追捧。“云夕图书馆”结合畲族村独特的自然风景和人文景观，以及先锋书店的文化传播理念，成为当地农民和外来读者公共生活的纽带，也成为当地文化和创意产业的焦点。

过去一年，我在浙江省新农村试点乡村文化工程中，也参与策划一些文化下乡活动，提出了“美学下乡、人文下乡、科技下乡”的理念，希望更多的策划师、设计师、创意工作者，将理念下沉到乡村，助力新农村建设。广阔农村，大有可为。在农家书屋、社区书屋的设计和建设上，我们也做了一些大胆尝试和示范性工程。

比如，2017年，我为杭州市东莲村主导设计的“书画东莲”项目，使得这个村获得“浙江省书香村庄”荣誉称号。该村的农家书屋建成时，是全杭州的乡村里最现代、最美的村民书屋之一。许多乡镇的文创干部们来东莲村取经。在书籍的选择上，我们走进村庄做了广泛调研，从老百姓的需求出发定制书单。同时，联合村委会为村民们策划、举办了“村民书画展”“摄影展”“亲子阅读”“书画名家进东莲”“我们的村晚”等活动，丰富了农民的文化生活。如今，这些活动在东莲村已经成为常态。

笔者组织的亲子阅读、育儿教育公益讲座走进农家书屋。

笔者组织的书法家下乡活动走进农家书屋。

2018 年暑假，我的团队又建议村委在东莲村的农家书屋定期举办书画培训班，由村委会出资，培育乡村孩子们的书法、绘画。同时招募村里放假回来的大学生志愿者在农家书屋集中辅导孩子们，特别是留守儿童的暑假作业。

这个村的农家书屋，已不再是村里的负担，而变成村里的亮点。

杭州市余杭区图书馆也是我长期调研的单位之一，他们历来重视农村文化扶持工作。为进一步推进公共文化服务“最后一公里”，自 2006 年开始，每年开展“相约你我他，文化进万家”万册图书下乡活动，此项活动是余杭区持续多年精心打造的文化惠民活动品牌，被列入余杭区为民办实事工程，是余杭区加快构建现代公共文化服务体系，全面推进新农村文化建设，繁荣文化事业的重要内容。

2017 年，在区财政的支持下，共计投入资金 70.8 万元，为全区 23 个农村文化礼堂、183 个农家书屋赠送图书 4 万余册。区图书馆工作人员精心挑选内容新颖、实用性强、适合农村读者需求的新书，内容涵盖政治理论、技术、医药保健、生活百科、少儿等，满足了村民对阅读文化生活的需要。区图书馆采用物流配送，将图书直接送到老百姓的家门口。2018 年，投入经费 86.6 万元，并继续开展“万册图书下乡活动”，以更好地满足农民对阅读的需求。

余杭区图书馆不仅在文献资源上对镇（街道）、村（社区）进行扶持，同时将优质文化资源进行输送，邀请省市区故事家、专家学者走进镇（街道）分馆、乡村文化礼堂（农家书屋），开展“美丽洲”故事会、市民素质大讲堂等活动，受到基层群众的热烈欢迎。

# 乡村美学观与农民的审美需求

在父亲眼里，最美的景致在高丰村，那是他的老家，也是我出生的地方。他身在遥远的都市，牵挂的却是老家。父亲日渐年迈时，总念叨着，有一天要搬回湖北老家去住，回老家探亲的次数也越来越多。甚至有时候，他一个人开七八个小时的车就回老家了。母亲总是担心他的出行是否安全。最终，家里人同意在老家修葺老宅，建一栋小别墅。然而，房子还没建好，父亲却过世了。我们为了完成父亲的心愿，接着建房子。或许有一天，我也会回老家小住吧。

我的老家在湖北荆门。那里人杰地灵，自然环境优美。老家所在的小村落里有 50 多户人家。我曾在小说《我在海拔 5700 遇见你》中描述过这个美丽的地方。“2013 年的春天，父亲在池塘里播下藕种。夏天时，池塘里的水质已经很清澈，水灵灵的荷花像高丰村待嫁的姑娘，接天莲叶无穷碧，映日荷花别样红，娇艳欲滴，却又争相开放。我的两个小侄子兴奋地在池塘里扑腾扑腾地学会了游泳。”

当然，这是我的期许。小说里的父亲希望落叶归根，回到乡村盖一幢小洋楼，承包丫姑山的一块荒地，选择在家乡慢慢老去。

现实生活里的父亲，也希望如此。他在世时倔强地要回老家，还用退休金给村里修了两条路。两年前我同意了父亲回乡养老。毕竟落叶归根，是每个离乡之人割舍不下的情结。

老家，是他向往的地方，也是我向往的地方。故乡静谧、淳朴、自然……

老家祖宅旁边是鱼塘，正如我在小说里描述的那样：“荷塘月色，杨柳岸，小鱼小虾，意趣盎然。暑假里，我和小伙伴们经常手持长竹棍摘荷花、莲蓬，在雨天到来时沿着鱼塘追着蜻蜓跑，脚丫子沾满了泥土。”

只是如今，现实生活中的鱼塘却成了垃圾坑，臭气熏天。

### 建房子引起的思考

如果父亲选择在村里养老，意味着我们要建新房子。

该如何建？找谁设计？找谁建？还要建得满意，显得别致，住得舒心。这是我们对养老住宅的基本要求。但是那一年，我们建房子的过程颇为曲折。在城市里很容易解决的问题，在乡村却困难重重。曾一时想过“算了吧”“将就住吧”，却仍有一丝不甘。

我想很多返乡的都市人都遇到过跟我一样的问题。他们受过高等教育，对美学有独到的品位，对乡村传统文化既尊重又渴望改变。于是，就出现了供给不平衡的问题。因为我们找不到将设计图纸付诸实践的人！有点纸上谈兵，无可奈何。

首先，去哪里找设计师？房子要设计成什么样子？我们不在老家，找谁帮我们把关？

父亲说：“找二叔吧！”

我说：“政府可以管这事吗？浙江有的新农村就是由政府统一设计民居，可漂亮了。”

父亲说：“村里修路都费劲，我们这不是沿海发达地区的新农村，这事得我们自己干。找二叔。”

当然，父亲说的是实情。当地政府还在琢磨经济建设，无暇顾及乡村建筑的美学问题。指望当地政府为老百姓统一规划、设计民居可能还要等些时日，目前沿线公路的景观民居能考虑设计统一，已是相当不容易了。

我二叔是方圆百里有名的工匠，他从 15 岁开始学习建房子，如今已经快 40 年了。二叔听说父亲要回老家盖房子，兴高采烈，憧憬着兄弟们老了能在一起打麻将、钓鱼，颐养天年。

但是，矛盾很快出现了。我刚提到“设计师”这个词，就被二叔的大嗓门打断。“村里人建房子要什么设计师，矫情什么？哪里有什么设计师，我没有听说哪户人家建房子要找设计师的，城里人就是想法多。交给二叔吧，放一百个心！”二叔斩钉截铁、信心满满地说。

原本我对二叔有信心，但听完二叔这番鄙夷的话，开始着急了起来。因为乡村里建的房子都是一个模样的小洋楼。

“我们想盖一栋乡村四合院式的房子，带着复古的格调。”

二叔却坚决反对：“你家周围都是几层的小洋楼，把你家看低了不是？现在谁会特意建老式房子？不伦不类，再说我上哪里给你找师傅，找材料啊？”

在我二叔和村民们的眼里，传统美学观属于“落后的审美”。他的说法也有道理。我们要考虑村落建筑的整体和谐，以及是否有匠人和建筑材料。

但是，我和父亲也不能接受千篇一律的小洋楼。明明花了钱，可以修建称心的住宅，为什么要盖与村里其他人家一样的住宅？方圆几十里的民居都是四四方方、混凝土墙面、搭配七八十年代的白色牡丹花瓷砖，生硬的建筑线条，毫无设计感可言，审美也显得单调乏味。

走在村里，我都有了“房盲症”。房子的外观几乎一模一样，且缺乏标识，我时常走错门、闹笑话。

后来，我和父亲商议，我们找城里的设计师朋友出一套设计图纸，让二叔来执行。一家人总算达成共识。只有二叔摇了摇头，说，“我尽力而为，但是，我劝你们不要有太多期待。”

随后，尴尬的事发生了。

**有了设计图纸，该从哪里采购建筑材料？**

我家的房子建造需要专门的建材，而在方圆百里的建材市场要么没货，要么造价很高。最初我是设想让城里的朋友们帮忙，材料供应应该不是难事。可是，事与愿违，我们要的材料太少，厂家不是拒单，就是不送货。整个过程就是三个字“太麻烦”。二叔怨声载道，我和父亲也是精疲力竭，开始妥协，按照二叔的建议改成“方便实施的方案”。

## 匠人难找

工费是其次，寻找到合适的匠人太难。因为没有人知道怎么修建。折腾了半天，那一摞设计图最终成了废纸，不见了踪影。据二叔说，附近村里的匠人要么年纪大，要么出去务工。老匠人们年轻时学到的技能，几十年里几乎没有变化，也不如以前那样熟练了。

“湖北现代乡村的建筑美学落后于浙江 15 年。”这是父亲气愤的感慨，我也有同感。

杭州郊区新农村民居。

## 室内装修普遍单一

在村庄里，邻里间串门，会发现乡村家庭内部的装修很雷同。墙面 99%白色。客厅里挂的几乎都是全家福、祖国大好河山风景图、国家领导人画像，或者明星海报，旁边是孩子们在学校获得的获奖证书，贴的是识字图。家具是一张八仙桌、几把椅子、一个电视柜和一台电视机。

家中条件好的，二楼客厅放有沙发，卧室里只有床和衣柜。新婚夫妇的家可能好一点，除了有齐全的家具，还多个梳妆台。

这种布局非常实用，却与传统的审美、现代的审美都相差甚远。

房屋建筑样式的外在转变，实际上是人们思维的内在改变。中国乡村房屋与建筑逐渐沦为美学的荒漠。不是人们没钱买，而是不知道买什么。

我有些怀念精湛的古民居，和奶奶陈旧的百宝箱，还有家门口消失的那口古井。

村子里有老人的几户人家，家具虽然陈旧，但是有传统美学的影子，主要还是老人们舍不得丢。恰恰那些舍不得丢的物件、木床、器皿、陶瓷、水壶、家具，在我眼里成了稀罕宝贝。

我个人认为，或许在鉴赏和重新设计传统家用物件、使其具备新功能等方面，考验着新一代设计工作者的实力。

### 现代美学在乡村的普及情况

继续拿房子举例，建新房是乡村父辈们的心愿，其主要目的是为儿子娶媳妇。但是，农民们的现代美学观普遍落后，没人告诉他们应该如何设计，室内如何装修，家具如何搭配。

我在县城的家装市场走了一圈。现代化家具、灯饰大同小异，俗不可耐，华而不实。销售员跟我说，“像您这样的客户很少见。我们进了货也卖不动。装修房子的都是四五十岁的叔叔阿姨，他们喜欢这样的款式。小年轻们都在外面打工，没人操心这摊事。”

因此，我们会看到村庄的小洋楼里，一些家具不合时宜地堆砌在房屋的角落，造成“乱堆”的视觉冲击。

他们知道房子、车子、衣服是在展示自己的“面子”，却不知道如何选择更有质量的“里子”。所以，在审美观念上，他们与“80后”“90后”“00后”的子女们也产生很大的分歧。

随着新农村建设越来越好，我们的文盲少了，但美盲却还有很多，文化建设任重而道远。但是，谁来扫盲呢?

**美学下乡的紧迫性**

最近两年，我去了100多个乡村采风、调研，考察了新农村的民居现状和美学程度。我把这些感受整理成文，希望引起共鸣，让“美学”下乡是很紧迫的，这是农民对美好生活的向往。我不是乡村美学专家，写不出理论性的文字，但作为一个青年作家，需要写下这些，让更多人认识到中国乡村美学的现状和问题。

人们关注城镇化建设，但往往忽视了美学在乡村建设上的实际运用，乡村美学建设者意识不够，能力不足，力不从心。

在党的十八大提出建设“美丽中国”背景下，各地建设“美丽乡村”的计划也在如火如荼地展开。与此同时，很多传统的乡村文化、传统美学却面临着新农村建设的挑战。

不仅是民居的千篇一律，各种传统和现代元素在新农村建设中乱组合，令人疑惑中国乡村美学将走向何方。例如，古树是村庄的根，古树是村庄的魂。但古树被砍伐，沙尘在飞扬。

我清晰地记得，在夏天村里村口的古树下是人们纳凉的好地方，冬天的古树是远远望去的地标。

古树是村民们交流的公共地标，还有古井。

傍晚的古井旁，人们打水、淘米、洗澡、洗衣，好不欢快，好不热闹。再加几个熊孩子追追打打，吵吵闹闹。这些充满岁月感的存在对于村民们来说，写满了回忆。

但是如今，它们都离我们远去了。最窝心的是，我工作室附近的一个乡村搞地产开发，原本一口宋代的古井，历尽千年沧桑巨变，在战乱中都生存了下来，却在前些年被毁了。实在令人痛心。

如何将美学思想应用到“美丽乡村”的建设中，站到人类历史的高度上对乡村建设进行整体性把握，我们该如何规避潜在的“建设性破坏”？

传统乡村美学被贬低，没有得以传承，我们又该如何在传承的基础上创新？

优秀的设计师在城市里扎堆，宁愿夹缝中求生存，也不愿意扎根农村。乡村美学人才从哪里来？乡村建设如何吸引人才？留住人才？实现乡村振兴？

今天，我们惊喜地看到历史悠久的中式美学正在一些城市精英中得到复兴，但是乡间的传统匠人却在渐渐地消失，涌入城市。

匠人精神不仅在都市里被弘扬，在乡村，也同样应该得到尊重和推崇。木匠、瓦匠、雕刻匠……在某一个领域精耕细作的工匠们理应被乡村记忆。

梁漱溟曾感叹：中国近百年史，即一部乡村破坏史。

虽然在20世纪二三十年代，中国兴起了一系列蓬勃的乡村建设运动。但乡村的衰落在那个时代已不可力挽。

随着现代化进程的加剧，乡村传统美学观在走下坡路，打麦场、水井、牲畜、农耕工具等代表着乡村美学的符号在消失。农家乐、农耕博物馆、农庄的产生，一定程度上是城镇人对乡村记忆的追述，对城市生活的差异性补充，但却不是真正意义上的乡村美学。

党的十九大报告中提出了“实施乡村振兴战略”，实在是一个令人振奋的好消息。

我看到了一束耀眼的光，散发出乡村美学的色彩。

# 乡村文化建设的浙江经验：文化礼堂铸就农民“精神家园”

列夫·托尔斯泰说过：“人类被赋予了一种工作，那就是精神的成长。”

十多年前，一辆文艺大巴车，从浙江省开化县，载着文艺队伍敲锣打鼓地开进某个村子，组织者担心礼堂里面座位不够，采用凭票进场制度入场。

有个老人问：“这个票能不能换大米？”如果能换大米，他宁愿换大米。

十几年过去了，这里的老人打起了太极拳，跳起了广场舞，自编自导的文艺节目在其他乡村“文化走亲”。老人们说，不仅能健身，还能修身养性。

十多年前，开化县本身就很穷，那时村民的需求不是文艺活动，而是吃得饱。时代在变化，村民的精神层次明显提高，他们对美好生活的向往从未停止。

浙江省嘉善县天凝镇洪溪村，妇女们自行组成的舞蹈队“辣妈宝贝”，参加了央视及全国多家卫视的演出，平均年龄约45岁，甚至参与了国际上的文艺活动。她们还在当地政府的指导下注册了洪溪“辣妈宝贝”商标，让“辣妈宝贝”从单纯的文艺演出队伍，走向了文化产业的发展之路。

这是我在浙江省看到的当代中国农民的“新气象”。

习近平总书记给浙江省提出的工作要求是“秉持与时俱进的浙江精神，干在实处，走在前列，勇立潮头”。

作为一个文化工作者，农村文化建设始终是我最关心的问题。按照“先富口袋，再富脑袋”的发展思路，全国农民群体最富的省是浙江省，看“富脑袋”怎么做，大家不妨跟着我的调研步伐，看看浙江省怎么做。

# 浙江现象：村村兴建文化礼堂

随着社会的不断发展，人们的精神家园逐渐弱化。浙江省的开创性举措——“村村建立文化礼堂”引起了我的关注。这不仅仅是一个传承乡土文化的平台，更是构筑老百姓的精神家园。2017 年 4 月至今，我考察过至少 100 个文化礼堂，颇有心得。

**什么是乡村文化礼堂？它的作用是什么？**

浙江全省 5400 万常住人口中，农村人口 2088 万，几乎占了一半。浙江农民人均纯收入连续 33 年居全国之首，2013 年达 16106 元[①]，2017 年达 24956 元。农民的口袋鼓了，精神文化需求也日渐高涨。原浙江省委书记夏宝龙说：“农村基层文化生活是传承民族文化文脉的根基，农民是中华民族共同精神家园的主要成员，浙江需要给农村建设一个新的精神文化地标。”

这个精神文化地标就是“文化礼堂”，是一个集礼堂、讲堂、文体活动场所于一体的村级文化阵地综合体。

浙江省高度重视农村文化建设，大力实施文化惠民工程，加快建设村级文化设施。在 2013 年提出“乡村文化礼堂”建设，计划在 2020 年底完成 10000 个集学教型、礼仪型、娱乐型于一体的乡村文化礼堂，覆盖全省 80%的农民群体。

浙江省委办公厅、省政府办公厅就此出台了一系列关于推进农村文化礼堂建设的意见，省委宣传部也制定了非常全面的《文化礼堂操作手册》。这项工程在全省范围内得到强有力的推进。每个文化大礼堂，建立了理事会制度，设有专门的管理员和文化指导员，拥有文化志愿者队

① 数据来源《浙江日报》，2014 年 5 月 18 日，《最是文化能致远》。

截至 2018 年底，浙江省已建设 1 万座农村文化礼堂。

伍，开展有常态化的活动，并有完备的文化活动室、农家书屋、广播室、“春泥计划”活动室、农民体育活动设施等。

目前，浙江省绝大部分的乡村文化活动均在文化大礼堂开展。村与村之间、镇与镇之间的“文化走亲”活动十分频繁。

在文化礼堂，村民不仅是看戏的，更是台上唱戏的。

### 文化礼堂的建设资金从哪里来?

我了解到，一个文化大礼堂从无到有的建设、运行资金超过 100 万元。虽然省财政每年统筹拨款 3000 万元，通过以奖代补方式，扶持全省的农村文化大礼堂建设，但是僧多粥少，这笔资金是远远不够的。

财政拨款如此有限，为什么浙江的文化大礼堂还能发展迅速?

因为老百姓的确需要这个公共空间，这是民情民意，还有乡贤也发挥了巨大的引领作用。

文化礼堂的迅速发展，很大程度上是靠社会力量的广泛参与，各级文明单位和乡贤的支持。大部分村庄自身产业发展好，能自己解决文化礼堂的资金问题，即便产业基础不好的村庄，也或多或少有几个富有的乡贤给村里捐款，建设文化礼堂。

例如，永嘉县有个村庄要建文化礼堂。这个村有很多富有的乡绅和企业家。他们闻讯后都要来捐资建造，然后普通农民不乐意了，说“文化礼堂我们大家都有份，我们今后都要使用，所以我们都要参与建设”。最后，村委开会限定最高捐款不能超过十五万元。村民也可以只捐款一元钱，重在参与，这个叫“一元捐”。这一点在其他缺金少银的乡村是难以想象的。

除了捐钱，老百姓也可以贡献心力，积极挖掘文艺骨干和文化能人，鼓励他们在基层文化活动中发挥所长。文化礼堂的很多工作人员都是本村的“志愿者”：退休教师给留守儿童上课，家庭主妇免费教孩子

**都市罕见的“成人礼”仪式在浙江省农村的文化礼堂“复苏”。**

们学习音乐、舞蹈；传统手工艺人免费教授村民们技艺……

当然，浙江省农村的情况有特殊性，和其他地区不太一样，其他地区在参考浙江省的做法时需考虑自身实际情况。浙江省农村的经济是本土经济，村民们的反哺能力非常强。他们反哺乡村的方式比较直接，像农夫山泉、娃哈哈等知名企业的老板，出身农村，是农民企业家，与农村有天然的血肉联系，有很浓厚的乡土情结。这些民营企业家积累财富之后，大部分都会投入巨资反哺家乡建设。

多年来，浙江省城乡差距全国最小。主要原因也是因为浙江的经济是草根经济。它跟广东不一样，跟江苏的集体企业也有区别。很多省学浙江省学不来，为什么？个人认为，主要是学不到它的草根经济和反哺能力。

“我们现在缺的不是钱，是精神的广泛认同，是民族的自豪感和信仰。青田县是华侨之乡，近几年国外的华侨二代要结婚，从西班牙、法国跑回到村里的文化礼堂里办婚礼，而不是欧洲的教堂，这就是乡土文化的力量。还有些乡村的文化礼堂很有设计感，我们问了才知道那是本村留洋出去的大学生给村里免费设计的。但是这些都还是个案，并不是很普遍。做文化的人要有情怀，不能急躁。政府要弥合社会分歧，小到一个村落，大到一个社会，我们想到的最好的办法就是文化建设了。”浙江省委宣传部党教处一位负责文化礼堂的同志跟我介绍说。

“乡村文化礼堂”是否能向其他省份广泛推行，还需根据各地实情具体分析。

据了解，目前已有十几个省份来浙江取经，建设乡村文化阵地。以新疆为例，它的成功颇具代表性。

浙江省对口援建的是阿克苏地区，修桥铺路，建设医院和学校，提供公共产品，但最受欢迎的项目还是建设“乡村文化礼堂”。截至 2017 年底，浙江省在阿克苏地区已经建了 200 多个文化礼堂。

在一个村庄，政府建一个公共的文化空间，每个人都可以享受。相比于援建住房，文化礼堂更像公共产品。比如援建拜城县，建了 1000

套房子，但是谁来享受这 1000 套房子呢？需要房子的人很多，那怎么定标准呢？问题就会层出不穷。

其次，新疆人民最大的特点是能歌善舞。他们喜欢集体活动，文化礼堂正好符合他们的需求。紧密的跨省市文化走亲，浙江省办春晚的时候，阿克苏地区的代表团会到浙江省来表演，恭贺新春。

其三，新疆农民的生活方式，不像沿海地区的农村上班族要到附近工厂工作八小时，绝大部分的新疆妇女和老人，他们有大把的休闲时间。用丰富的文化生活来充盈老百姓的休闲时间，是政府应该做的。

# 为何农民需要精神家园

目前中国最大的民生问题已不是吃饱穿暖，实际上是精神、文化问题。不仅城市如此，农村也如此。

文化的关注中心点是人，人的问题是最根本的问题。所谓的“以人为本”就是解决人的需求。只有人的自由全面发展，才是我们社会文明进步的终极目标。

第一，现在社会上出现了很多供需不平衡，需求和供给也总是难以调和。许多文化项目落地后的效果并不好，是因为忽视了老百姓的内心世界、精神世界。我们基层政府做了很多工作，投入了很多钱，如果没有进入到老百姓的内心世界，基本上是无效的。

文化的植入需发自内心的认同。我们的村干部跟农民说话，但他们并没有认同。这就是文化是否接地气、能不能融入社会环境的问题。

各地“三下乡”活动，好像把什么问题都解决了，其实不是，跟农民的需求并不吻合。浙江乡村文化礼堂的层次，和原来的以娱乐为主的文化形式有本质区别，它变成了一种精神的文化阵地。

第二，我国农村的社会结构发生了很大的变化。过去叫生产队：生产大队和生产小队，它们是一个行政单元，有行政组织，有集体意识，有行政动员力，可以按照行政动员、行政管理来组织农户；现在的农民是个体的人，是社会人，不用交税，村支书如果有事来找他，他会说：“这个事跟我有一毛钱关系吗?”

第三，交往方式的改变。如今邻里之间缺乏情感交流。以前，农民们有共同的利益关系和经济关系，在公共场所劳动，交流频繁，不存在公共文化缺失的问题。现在一家一户，不再有集体的劳动，也没有协作。那么，文化交往的纽带就消失了。一旦社会交往的关系发生变化，共同的归属感也就没有了。

第四，没有农村公共的文化空间。过去，我们有学校、生产队、礼堂、文化场所。在市场经济之后，礼堂、乡镇影院、旧学校都改成了厂房。人们不愿意去做公共文化设施，为什么？做文化的东西没有利益，不符合市场逻辑。

第五，国家社会治理体系需现代化，“现代化”到了农村基层怎么治理？靠法制、靠德治、靠人治，更靠共同的文化治。也就是共同的价值观。社会主义核心价值观要结合本村实际，将核心价值观“落细、落小、落实”。农村是一个熟人社会。文化工作者在农村就是要打传统文化牌，打亲情牌，打乡愁牌，注重文化的亲和力。

同时，还要主张并实践“种文化”，而不仅是“送文化”。浙江在八年前开始“种文化”。“种文化”是浙江省的首创。种下文化种子，一旦农民的创作热情被点燃，很难扑灭。而文化礼堂正好激活了文化活力。

第六，农民的精神家园要建立在乡愁的基础之上，比乡愁更进一步的，就是乡土文化。换句话说，就是民俗。我看到很多文化礼堂陈列的内容都是民俗的东西。老百姓最自觉遵守的就是约定不变的民俗，那是老祖宗传了几百年的宗族文化。因此，现阶段乡村文化工作者必须做民俗文化，这样老百姓才能接受和认同。

文化礼堂里活动的所有人都平等，没有贵贱之分，只有伦理之分。人们平等地参与乡村的文化，维护大家认同的文化。

# 乡村的魂魄：农民共同的主题文化

村里的一切活动，经过几十年、几百年的沉淀后，就会成为公共文化，换言之就是精神家园。在文化礼堂，我时常看到一些乡贤名人事迹、家风家训、族规祖训的展示。

我想强调的是浙江省文化礼堂跟一般的文化设施、文化阵地不一样，它主要针对的是农民共同的主题文化，它的目的是成为农民的精神家园。展示的是本村的村情村史村貌、乡风民俗、崇德尚贤、美好家园、时事政策等，包括村庄的历史沿革、姓氏迁徙、文化遗存、物产特产、历史传说、先贤故事、红色传统、手工艺、族谱家谱，还有不同时期村庄的变化。这些都是沉甸甸的精神财富，是一个乡村的魂魄。

农村妇女们在文化礼堂里自信地为村民演出。

上舞台的许多大妈已经六七十岁了，但是她们充满活力，很自信。

文化礼堂所有的活动都是村民自己的活动，上舞台的许多大妈已六七十岁了，但是，她们跳舞跳得非常自信。她们的音调不一定准，舞姿也不一定美，但这是她们的文化。她们有情感的表达，她们有精神的释放。

浙江省龙游县里有个溪口村，这个村里有三大姓，一直延续到现在。我去他们村里采风时，三大姓互相比。比祖训，比家规。有一个“傅”姓，祖训里就有“国家至上，社会为先”。

新中国成立之后这个村里面出了五位革命烈士，其中三位出在这个姓，这说明祖训的重要性。祖宗之法不可违，祖宗之意不可违，世世代代的人必须尊重祖训祖规。用祖训的方式教育，比上课填鸭式的爱国教育管用得多。

这个村子有第四届浙江省道德模范“救人英雄”烈士傅志宵、“最美老干部”徐金水、“全国五一劳动奖章获得者”洪刚、“卫生标兵”黄国和、“最美媳妇”何永萍等数十位好人，这些事迹一一被用文字和照片的形式记入荣誉册，置于礼堂的荣誉柜中。溪口村以此凝心聚力、传承文明，让好人精神代代相传。

这带给我很多启发，现在的学生爱国主义教材很厚，而过去的爱国主义很简单。中国文化里面最宝贵、最优秀的品质就是“爱国”，这也是社会主义核心价值观中首要的。古代讲到爱国很简单，一个典故，岳母刺字，就是四个字：精忠报国。

文化礼堂就是致力于把社会主义核心价值观的说教，变成农民自己的语言。浙江省金华市东阳有一个村，把姓氏里所有的爱国人物和价值观展现出来。他们把社会主义核心价值观，用村里人自己的故事呈现。这样农民才比较容易接受。

# 本土化的创造性表达

“本土化的创造性表达”是文化礼堂运行中需坚持的重要原则。本土化，即生活化，有人情味。

比如，浙江省衢州很多村庄的文化礼堂设置**“放学来吧”**。这一带大部分孩子的父母都在外地打工，爷爷奶奶不会教孩子们写作业，村干部们就在文化礼堂摆了一排桌子，让孩子们放学就在那里写作业。谁写作业最认真，就奖励一朵小红花。每天都有志愿者在现场管理和帮助孩子们。这些孩子二十年以后，可能都不会忘记“放学来吧”，这就是文化礼堂的作用，这就是中国农村下一代年轻人的乡愁。

针对老年人，许多文化大礼堂也开展了**敬老礼活动**，以及为老人们举办金婚银婚的仪式。在海盐一带，还有村里老人集体过生日等。

**“大家帮”，**也是文化礼堂本土化的一项创新，“谁家都有左邻右舍，

宣传长廊里张贴着本村的寿星榜。

**当今中国许多农村建设了“老年人食堂”，特别是重阳节这一天，村干部们纷纷举办老人宴活动，复兴中华敬老礼仪。**

谁家有事大家一起帮”。过去的乡村都是这番情景，不用喊口号，大家也会一起帮。但那个时代已经远去。我们有必要唤醒时代的记忆。

**文化礼堂重在礼仪。**最近，我给一些地方政府复苏乡村礼仪活动，希望通过仪式感重建乡村的伦理秩序。从孩子的出生开始，有七岁开蒙礼、成人礼、结婚礼、爱国礼、村干部就职礼、新兵入伍壮行礼等。仪式感特别强，村民们的参与感也很强。

有些村庄的文化礼堂里还陈列着全家福，不是每家每户的全家福，是整个村庄的全家福，这让我很震撼。每到春节大年初二的上午，全村人聚集到一起拍全家福。今年的全家福跟去年的一比较，谁家结婚了，谁家生了孩子，谁又去世离开了……这样的全家福在二十年、三十年后，将会非常宝贵。

此外，在浙江省的诸多乡村，“村晚”已经成为一个新的民风年俗，这是一项创造性的乡村文化表达。在我已知的乡村名单里，浙江省2017年自行组织“村晚”的村已经有700个。

“村晚”，不是春晚，是村里人自己的文艺晚会。我曾带领团队在浙江省乡村做高品质的村晚活动试点，村民参与的积极性超过我的想象，这是一个衍生的文化礼堂活动。我们提倡家家户户上台，村民自导自演，不一定在大年三十举办，一年四季都可以办。原本我和村干部们都担心第一次村晚活动村民积极性不高，计划由 7 个本村村民节目+5 个文工团下乡节目构成。不料，晚会开始前的报名阶段，村民热情高涨，小到 3 岁的儿童，大到 75 岁的老爷爷老奶奶，两天之内就有二三十个节目报名。可见，村民们是多么渴望才艺展示的舞台。这也反映出浙江新农村的文娱生活新气象。

“村晚”中培养的优质文艺节目通过“文化走亲”输送到其他乡村，从这个县到另一个县，从一个村到另一个村，活跃乡村文娱生活。平日里，有些村庄“文化走亲”到县城里面演三天，节目可以做到不重复，这就是文化创造、文化活力的表现。

这些都将是我们乡愁的记忆。

**“我们的村晚”尽显浙江省农村文化风貌，最大的特点就是村民登台唱主角。**

# 文化礼堂的顶层设计

我一直在思考，这个时代为何都是用老祖宗的东西做文章？我们要有传承，也要有创造和衍生，要有民族的时代担当。文化礼堂基本经验是顶层设计，也就是理念上坚持农民的精神家园，做到中华文化的传承、创造和衍生。

**文化礼堂，农民的精神家园。**

要尊重民众意愿，自下而上地建造，而不是上级硬性规定。过去政府出钱出力，建造一批又一批的公共产品，有的搞好了，有的搞砸了，似乎跟农民没有关系。那现在倒过来，你这个村要不要建文化礼堂？农民代表大会说了算。大家投票，同意建就建，不同意就不建。这是文化礼堂能生根发芽的生命力所在。

我看到有些村已经在改建、扩建文化礼堂，嘉兴市有的村子太大，甚至建了文化礼堂的分堂。慈溪有一个村支书说得很好，他说西方有教堂，我们有祠堂、文化大礼堂。

**一定要坚持一个好举措，并持之以恒。**现在，我们浮躁，急于求成，很功利化，一件事还没开始就考虑结果。其实，很多措施都做得对，就是缺乏坚持，“一张蓝图要绘到底”。有的文化工作是快餐式的。过了一段时间，就失去了社会价值。

**实实在在为老百姓做点事情，抵制无效 GDP。**比如说月饼，十个月饼的食用价值可能就是一百块钱。但是包装之后，可以卖到两千块钱。一千九百块钱都是无效的 GDP，都是形式。浙江省文化礼堂工作强调真正为老百姓做一点事情，不需要包装得这么光鲜，也没必要这么高调。老百姓心里都有一杆秤，他会称出来好坏，不需要自己标榜。

我记得天台县有个地方，农民们爱攀比，办婚丧嫁娶的宴席图人多，来的客人越多，办的席越高调，越有面子。客人来了以后，还要回赠价值不菲的礼物。这是一种不良的风俗，一直没人能够解决。

后来，村里建成了文化礼堂，成立了专门的理事会，理事会出面来管这个事。理事会负责人是村里最德高望重的老人，制定规矩：村里以后无论谁家办宴席都不能超过十桌，宴席人数不能超过一百人……但凡违反规定的，这位老人都不会去。

这位老人在村里是“最有面子”的人，相当于长老级别，他不去就很没面子。所以，文化礼堂理事会就这样轻松解决掉了困扰村民多年的“大办宴席”问题。

再例如，桐乡县有个村结婚，村民流行在文化礼堂办喜事。理事会规定一个固定菜单，无论谁结婚都是这个菜单，随礼都是一样的额度。这个举措让全村人都拍手叫好，毕竟婚礼主要图热闹，有仪式感。随礼不再成为村民的负担。

浙江省还有个村的文化礼堂，陈列着许多“和”字。这些“和”

字是每家每户写出来的。既然是村民自己一笔一画写出来的东西，形成共识，就要自觉遵守。村里一百七十多户人家，每一家的“和”字都在文化礼堂展示。从此，这个村邻里之间再不吵架，有了和谐，这才是村民文化的亲和力。有亲和力的东西才能在人们的内心长存。

由此可见，文化礼堂的存在正在影响村庄的道德生态圈。

# 村干部要讲好村庄故事

讲故事是一门学问，特别是传奇、生动、有趣的产品故事、品牌故事、人文故事等更容易得到听众的认可。

会讲故事的企业，一般企业都做得比较好。企业通过“讲故事”来展现企业的价值观与行为规范，有助于宣传企业和品牌文化，增强企业的凝聚力。从而实现了企业传播品牌的内涵、文化、价值，有效地树立企业形象。

会讲故事的村庄，亦然。讲好乡土故事，可以推进农村文化的内生发展；讲好基层干部的故事，可以激励村干部们力争上游；讲好农民的故事，可以树立现代农民典型，营造中国农民的新形象。讲好乡村故事，促进乡村发展。

说起村庄故事，会让我立马想起几个中国杰出村干部的代表，“天下第一村”江苏省华西村吴仁宝、“曾经 9 次受到毛泽东主席接见”的河南省刘庄村史来贺、“感动中国 2009 年度人物”安徽省凤阳县小岗村沈浩、“全国文明村”河南省濮阳市西辛庄村李连成，这些优秀的“村干部一把手”都是会讲村庄故事的人。他们在中国农村成就了自己的传奇，带领农民致富，并发展为全国农村示范村，他们的故事尽人皆知，获得鲜花和掌声无数。同时，他们的传奇故事又让自己的名字成为村庄的金名片，助推村庄的发展。他们的事迹成为村庄的主要故事。

如今，我们去这些村参观、考察，很大程度上是奔着这些村的名号去的。也许他们中的一些人已经离世，而乡村的故事还在继续着……

但是，对于中国六七十万个村庄，这样的传奇人物故事毕竟少见。我们并不祈求每一个乡村都有一个“吴仁宝”，带领农民讲好村庄故事。大部分的村庄还是走在平凡的发展道路上，平凡的乡村该如何讲好自己的故事？我想起两个熟悉的乡村。一个村庄靠茶叶发家致富，一个村庄靠一株牡丹大放异彩。

### “禅茶第一村”的故事

2015 年 5 月 8 日，距离“径山茶宴”演出还有一天，杭州市余杭区径山村都在为演出做最后的准备。径山村的一家茶产业龙头企业主动担当起了“承办人”，开展“径山茶宴”的恢复工作，并组织专门力量进行创编。

这是通过民间的力量推动，政府支持下的“径山茶宴”复兴。

俞荣华是径山村的村主任，他说：“径山茶宴是一种历史悠久的文化。宋代时，径山茶宴从这里随佛教东传至日本，逐渐发展为日本茶道。径山茶宴是日本茶道之源，是中日文化交流的重要载体。我们作为径山人，也是径山茶企的股东，有责任把它发扬光大。这个茶宴，从 2010 年被列入国家非物质文化遗产名录以后，一直没有活态地展示出来。所以我们很想为了传承这样一个国营品牌，复兴径山茶宴，用活态进行展示，甚至把它作为乡村旅游的一部分。”

此次演示的“径山茶宴”是依据宋代的《梦粱录》，径山寺高僧诗词等史料记载进行创编而成。重点突出了径山茶宴，作为日本茶道之源的宋氏点茶程序。茶宴现场布置古雅，程式规范，礼仪备至。

随着清雅的禅乐响起，“径山茶宴”正式开始。张茶榜、击茶鼓、恭请入堂、礼茶祖、宾主参话、行盏分茶、说偈吃茶、法师弘茶、煎汤点茶、谢茶结缘、退堂送客等，活动再现了南宋时期的茶堂场景，以民间乡绅为迎接宾客而举办的茶会宴请形式。向世人展示了“径山茶宴”的隆重情景。

这次茶宴是我国古代茶宴礼俗的存续，赚足了人们的眼球。人们开始知道“径山茶宴”是中国古老的禅茶礼仪，是中华禅茶文化和礼仪文化的瑰宝，具有很高的学术价值；其饮茶礼仪所展现的幽静雅致、意畅神清、品茶养心、斗茶逸趣和佛门境界绝无仅有，艺术价值极高。

借着径山的历史和径山茶的历史故事，径山村赢得了多方支持，大

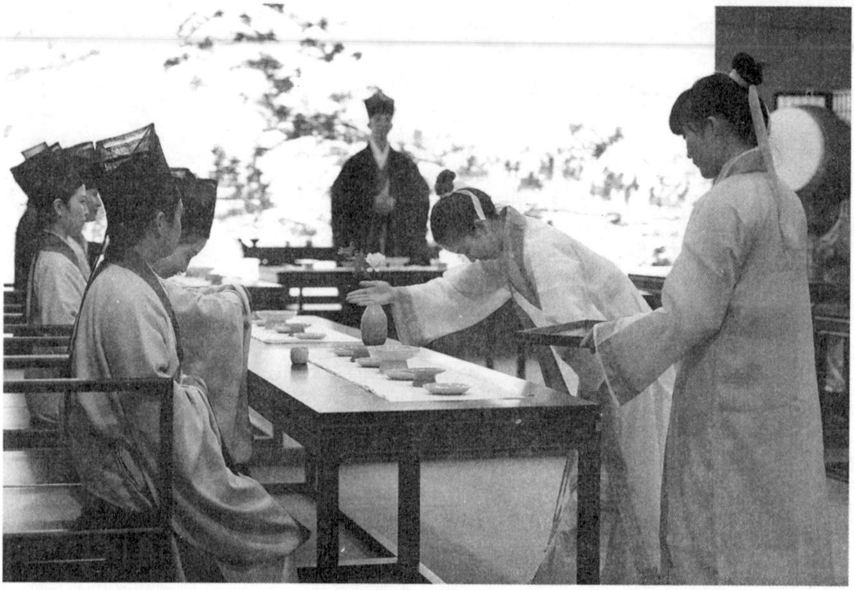

“径山茶宴”仪式现场。

径山乡村国家公园建设的契机到来，村干部们也开始实施“禅茶第一村”打造。2007 年径山景区一期工程实施；2009 年美丽乡村建设项目实施；2011 年重点提升村建设启动；2013 年农房改造项目实施；2015 年大径山旅游开发建设专项启动。在这些工作推进中，径山村以村党总支为决策核心，村委会为项目落实主体，通过民主协商，鼓励全体村民建言献策，积极参与村庄的建设发展。

从 2000 年起，全村实行封山育林，通过返租倒包，把村民手中的荒山流转出去。村里每年拿出近 10 万元，向村民发放燃气补助和公益林保护补助款，既保护了山林，又不损害老百姓利益。为不断提高全体村民生态保护意识，村里采取发放倡议书、签订承诺书和成立护林队、消防队等多种方式，言传身教，引导村民共同植绿护绿。

在“禅茶第一村”的建设过程中，径山村集思广益，充分采纳全体村民意见，不断完善村庄的基础设施，夯实美丽乡村的硬件基础。在建设中，投入1600余万元对农户房屋外立面和围墙进行整治；投入800余万元对村庄路网、电网等进行提升；投入500余万元建设全村污水处理系统；投入近100万元完善垃圾处理与清运；投入300余万元兴建沿线景观带；投入700余万元营造景观节点。同时抓住“三改一拆”“五水共治”等创建工作的有利时机，全面实施对违章建筑拆除，改善村庄的水网系统，营造良好的人居环境。

茶村，采茶的姑娘们。

径山村有一半左右农户经营径山茶，有40多家农家乐，这些产业是村民的主要收入来源。为了帮助老百姓增收致富，径山村通过培育“红色”合作社，塑造带富先锋。村党总支集中茶叶产销户和农家乐经营户中的党员，设立“三产支部”。在“三产支部”引领下，成立径山村茶叶专业合作社，通过品牌统一、标准统一、包装统一等“六统一”管理模式，提升径山茶品牌效应。村里还成立农家乐协会，制定相应标准，规范统一经营。同时通过“三比三看”“四员活动”，发挥党员引领带动作用，带头争创佳绩，带头服务群众。通过支部抓合作社抓产业，径山茶的市场份额和旅游产业的经营收入不断增加。

提升人文素质、促进社会和谐是禅茶文化打造的重要环节。现在，径山禅茶文化已发展为杭州市余杭区三大文化符号之一，到余杭来的人或多或少都会了解径山茶。径山村担负起挖掘、传承、保护禅茶文化的重要职责，让广大群众在日常生活中接受禅茶文化的熏陶，树立正确的价值观。

## 一株牡丹的故事

杭州市余杭区普宁村没有径山村天时地利的优势，是一个民富村穷的村，耕地面积 1399 亩，共有农户 491 户，常住人口 2113 人，涉及 8 个自然村，16 个村民小组。但是，村里却靠一株 600 年的古牡丹获得了发展，赢得了上级政府近千万元的拨款，被列入杭州市余杭区“美丽乡村”。通过美丽乡村建设，带动乡村旅游和周边产业发展。

村干部们兴致勃勃地带我参观普宁村的牡丹公园、于谦纪念馆、婚庆纪念馆、文化礼堂等美丽文化工程。据说，明朝民族英雄于谦与普宁村颇有渊源。相传于谦进京赶考路过普宁寺时，因遇大雨，便在普宁寺上香祈祷，后一举中榜，于谦就在普宁寺种植了 18 株牡丹用以还愿。于谦手植的牡丹经历了 500 多年的风雨，至今仍有一株存活。

近些年普宁村围绕这株古牡丹，策划了文化品牌活动：“春天赏牡丹，相约普宁来。”每年 4 月上旬，“赏牡丹、识英雄、观民俗、品文化”的普宁牡丹花会如约而至，至 2018 年，普宁牡丹花会已经成功举办了 14 届。每年花会期间，普宁村都会开展书画展、摄影大赛、文艺演出、于谦生平展、民俗婚庆展、水乡民俗风情一条街、牡丹诗词创作点评等活动，吸引的游客数以万计。中华传统婚庆礼仪、诗歌朗诵比赛、趣味运动会更是获得了大家的一致好评。

为深入结合普宁村的牡丹文化以及“美丽乡村”建设，普宁村新修建的牡丹园面积约 33 亩，该区域本是位于村内中心区域的荒地，杂草丛生。为充分利用该片土地，普宁村以建设“美丽乡村”为契机，修建以牡丹为主的公园，扩大牡丹种植范围，新种植牡丹面积约为2500平方米，近1000株，牡丹品种多样，颜色丰富。普宁村致力于打造牡丹金名片，依托古寺名花相辉映，以牡丹文化带动旅游业发展。

除了种植品种多样、数量较多的牡丹花外，普宁村贯彻上级部门“多乔少灌”的思想，在新修建的牡丹公园内种植了榉树、沙朴、无患子、樟树等种类众多的高大灌木，配以红花檵木、金丝桃等灌木。考虑到季节周期，公园内还大面积播撒花期持久花籽，打造风景田园。

另外，新修建的牡丹公园内设置了约2公里的游步道，以及休憩座椅，还有深受小朋友喜爱的沙坑、滑梯、动物模型。考虑到民众需求，牡丹公园内新建了三星级厕所，厕所内设置了第三卫生间，方便残疾人以及母婴需要人员，游步道旁安装灯带，摆放了解说牌，让人们了解公园内的植物种类。

# 7 新型职业村民——村干部治理乡村的左右手

## 稻田艺术与“中国梦”

在一片希望的田野上，
稻田里满是绿色的娇嫩禾苗。
微风拂过，
连绵起伏的彩色波纹，一直延伸向远方。
守望，让诗意盎然。
我们爱自然，自然便会爱我们。

当中西部农民还在思考如何脱贫致富时，东部农民则考虑的是如何生态建村，将自家庭院设计得更美丽，还有如何丰富乡村文化活动，如何保护传统文化等问题。

农业，不再像一个老态龙钟的老爷爷。艺术，让几千年的农业焕发青春。

许多人家在庭院里种下花草，在围墙上墙绘画；许多种粮大户在稻田里玩起了艺术，他们种下彩色稻田，希望通过这种方式让更多的人来关注现代农业，关注新型农民们的生活，关注绿色生态农村。

港南村，因离我的杭州工作室比较近，平日里闲逛时会经过那里，我被稻田里“喜迎十九大”“中国梦”几个大字吸引，方才注意到“稻田艺术”的魅力。那几个字在朵朵祥云的映衬下，美轮美奂，表达了农民朋友们“喜迎党的十九大”的心情。

这是一个典型的现代农业新农村。当中国大部分村庄还在思考如何“富口袋”时，这个村已经开始考虑如何做好垃圾分类，如何建设“美丽庭院”，如何玩转稻田艺术。

村里的稻田艺术虽刚起步，比较粗糙，但村干部们满怀信心地跟我说，他们要打造生态农业示范村，这只是一个开始。我跟村支书说，等水稻金黄的时候，还可以借此举办稻草艺术大赛，利用稻草制作艺术作品，让村民和游客体验一把艺术创作。

“稻田艺术”盛行于20世纪90年代的日本，就是将稻田当成“画板”，在稻田中种植不同品种、颜色各异的谷物，使整个稻田看似一幅画，这是一种大规模的艺术形式。

稻田彩绘的“绘制”并不是在稻子上染化学颜料，日本的稻田画需花费几个月，在水田里不同的位置栽种以绿色和紫色叶水稻为主的种子。栽种时先在农田里用传统画线器，画出九宫格，依图样定出坐标，再牵线描出图样或字体轮廓，最后种上秧苗。随着水稻生长，就会呈现出预先规划的图形或文字，通过精细巧妙的排列组合，不同颜色叶子的水稻会在生长过程中自然铺陈出一幅幅美丽的图画。

在日本青森县北部，有一个村叫田舍馆村，每年都会举行稻田艺术节。村里的水稻种植史已有两千年，村花就是稻花，村歌也以稻花为主题，这里也是“稻田艺术”的发源地。

田舍馆村的稻田艺术节自1993年开始举办。当时，村民委员会成员滨田宏一（音译）受命，想办法吸引游客来村子参观游玩。因为村里没有高山，没有秀水，只有一片片水稻和苹果园。1981年，这里发现2000年前的稻田遗址，经考证是日本北部最早种植水稻的地区之一。

村里由此建造了一个田园空间博物馆。

村民们用不同颜色的秧苗种出栩栩如生的3D稻田画，图像有整亩田地大小。前往观光点的游客数量从20世纪90年代的几人增长至2016年的34万人。镇上甚至建造了一个火车站——“稻田艺术火车站”，还设立了一个可以容纳游客的观景塔。

浙江省的首个世界自然遗产地——江山市江郎山，也有一些玩转“稻田艺术”的村庄。人们利用紫色稻、淡黄色稻、淡绿色稻、绿色稻等不同颜色品种开展彩色水稻“稻田艺术”创意工作，种出江郎山和“幸福江山”四个大字构成的彩色稻田创意图，成为江郎山景区一道独特亮丽的景观。整幅彩色稻艺图案面积50多亩，图案壮观宏伟、视觉冲击力极强，是华东地区规模最大的稻田艺术景观。

2016年7月3日，从高处鸟瞰位于杭州市余杭区良渚街道大陆村的粮食功能区千亩稻田，一个宽逾百米的G20峰会LOGO和巨大的“良渚欢迎您”卡通笑脸图清晰可见。这是浙江大学水稻专家们用自主培育的五彩水稻秧苗长成后的杰作，也是该团队连续三年采用这项国际领先的彩稻直播技术创作巨幅稻田作品。

近年来，广西南宁市的宾阳县抓住以创建香米产业示范区为契机，大力推进现代农业与旅游业的相互融合，将文化元素与田园风光相结合，赋予乡村旅游新看点，也为乡村发展找到了新出路。稻草人创意大赛、“记住乡愁”摄影大赛、“你参赛，我包游”旅游推介、“周周有鱼”嘉年华等精彩活动陆续开展。2016年11月26日至12月2日期间，喜爱摄影的市民们带上相机来到宾阳县古辣镇拍摄乡村美景，参加“记住乡愁”摄影大赛和“我与稻草人有个约会”摄影网评大赛。在稻田画的基础上，深耕稻田艺术主题，打造互动性、体验性、参与性强的亲子游乐项目，让游客们可看、可赏、可玩。活动突出生态乡村旅游魅力和民俗文化特色，注重旅游与文化、农业等相关产业的融合互动，游客不仅可以参与有趣的活动，还可以体验到宾阳的稻乡文化。

## 种粮大户：新型农民的远见

两旁的稻田，点缀着不少紫色、黑色或是白色的水稻，不明缘由的人可能还会以为这是稻田里的杂草。然而，航拍机镜头下是另一番美妙的场景。稻田中间是几个彩色的大字："改革开放 40 周年"，左右上角则分别是一个大大的党徽和绽开在爱心里的笑脸，邻近的一块小水田被设计为地方电视台的图标。村干部向我介绍说，沿路正在建造一排观景台，届时游客们也可以一饱眼福。

**创意稻田艺术，中国农民向改革开放四十年致敬。**

这么美的创意稻田并不是由专业的设计师打造，而是来自杭州市余杭区港南村种粮大户姚荣建的随手"娱乐"之作。姚荣建是一个爱好艺术的村民，平日里喜欢画画。2016 年，姚荣建心血来潮，为博村民们一笑，在自家稻田里玩起了稻田艺术，设计了水稻的图案，亲自种下去。谁知无心插柳柳成荫，竟然吸引了不少年轻人和村民们驻足观赏，还纷纷拍照留念。这一下，港南村的创意稻田火了。

在当今中国，像姚荣建这样的新型农民还有很多。什么是新型农民？个人认为，新型农民大体上分为：生产型职业农民、服务型职业农民和经营型职业农民。

生产型职业农民掌握一定的农业生产技术，有较丰富的农业生产经验，直接从事园艺、鲜活食品、经济作物、创汇农业等附加值较高的农业生产。服务型职业农民掌握一定的农业服务技能，并服务于农业产前、产中和产后。经营型职业农民有资金或技术，掌握农业生产技术，有较强的农业生产经营管理经验，主要从事农业生产的经营管理工作。

种粮大户姚荣建就是典型的生产型职业农民，也是典型的经营型职业农民，还是一个喜欢艺术的农民。

“我是土生土长的港南村人，1984 年起学了三年农业，就一直从事这行，从农资供应开始做起，等到 2004 年我们这里土地流转，就慢慢开始承包水田，一共承包了 3000 多亩，在港南村我有 300 多亩土地，种的全是水稻。”和一般的农民不同，姚荣建本身就是学习农业出身，在他看来，种水稻不是光有资本和土地就可以，更重要的是技术，“要懂得如何利用这片土地，和自然融为一体”。

“习总书记不是说了吗？要把饭碗捧在自己手上。我觉得很对，本身既然是学习农业出身的，更加要学以致用，国家的土地流转政策给了我创业的机会。前几年我承包了 1000 多亩地，然后慢慢地积累到现在的规模。曾经也遇到过很多难题，比如该如何发展，这还要归功于港南村包括整个余杭区建设‘美丽乡村’，对港南村而言，良渚文化遗保区不可能发展工业，这对于我是一个保障，我就可以安心种田了。”

的确如此，“生态立村”政策对于许多农户来说，无疑是一颗定心丸。姚荣建给我举例：以前，整个水稻季需要打 6~7 次虫，而现在只需要 2~3 次，不是说虫子少了，而是生态平衡了，生态链又恢复正常了，这叫作绿色防控。原来大家都只种一样东西，作物种类单一，昆虫是有一定的生态链的，这样一来害虫在其他作物上没有天敌了，危害就特别大。

如今建设美丽田野，把环境整治好，有益虫也有害虫，平衡之后就可以形成生物链，害虫自然而然就得到控制，也大大减少虫药量。曾经的两虫三病，东南亚迁飞害虫都得到了解决，而且农作物产量也可观。更何况节省农药了，对土地也是件好事。以前就地焚烧秸秆，现在讲究“还田”，把有机质还给田地。总之，植物多样性，生态系统恢复正常，鱼米之乡就回来了。

一个乡村的生态好不好，不是光看垃圾分类是否合理，真正的内涵在于动植物的生态链，天空有飞鸟，地里有蚯蚓，河里有鱼，那才是真的好。

中国人一向是以粮为纲，离了什么都不能离开粮食，这也是这片土地能一直拴着姚荣建的原因。从一开始摸爬滚打，到如今只用 15 个人也能管理好 3000 亩水田，姚荣建颇有心得：“现在人工不划算，都是机械化，除非是水田的边角处，机器难以收割。这么多的地，还要和阳光气候精心合作，只有科技化、企业化管理，才能保证最后的产量。”

听到这里我不禁疑惑，我也曾看到很多种粮大户，一开始大量种植水稻作物，可惜没能保本，纷纷改种其他利益更高的果树或大棚植物，像姚荣建这样的大户，为何能坚持一直种水稻呢？

种粮农民的困惑和犹疑固然也是有的。就制度而言，粮农们也承担了很多压力，粮农为国家种储备粮，国家有补贴，但是如果只是单纯种粮，农民们的收入是非常有限的。现在世界上的粮食多了，中国粮农的竞争环境也很激烈。比如，我国为了保护粮食安全，保底收购价是 2016 年 1.55 元一斤，世界粮价是 1.1 元一斤，不是说中国农民的技术不好，而是在土地租金上大消耗量成本，对于姚荣建这样的中坚农民，承包土地的租金是一亩 1200 元，科学种粮后的收入是一亩 2000 多元，租金占了一大半的投入。2015~2017 年的玉米，收购价跌破 6 毛一斤，苦的是农民，这种饲料粮，在中国种植人工成本高，还不如从国外进口。

“余杭区其实是湿地，要治理污染，种水稻是最好的办法，水稻是环境友好型农作物。大棚是整个田间土壤水系破坏的罪魁祸首，它会让环境总体温度上升，污染水系，而稻田可以为其做免费的自然净化。”姚荣建聊起了生态环境。如今在港南村，所有的散户大棚已经全面整顿完毕，为青山绿水开路。

“各个村里我承包的土地一批批地往下种，为了保护生态环境，我就只种这一季，等到冬天把水稻一收割，再种小麦，12 月底之前，能种多少就多少，种不下就不种了，给土地一个休耕期。”生态农业的理念，是姚荣建所坚持的。

为了港南村的发展和配合村委会的工作，姚荣建认为自己的主要任务还是种好粮食，“港南村打造美丽乡村，自己的田间绝不能一塌糊涂，给村里拖后腿。”他还在积极地向村干部们提建议，打造一个“稻香小镇”，有水牛风车和绿油油的耕地，就像欧洲小镇那样，却也不失江南乡村的婉约柔美。

港南村因为有他这样的村民，村干部们省了不少心。

“我只会种地，也喜欢种地，种地让我很有成就感，我愿意相信政府，看好种粮食的发展前景。我也要积极适应改革，把这边搞得更好，为港南村的美丽乡村建设添砖加瓦！”

一个农民热爱艺术，喜欢画画，已经让我刮目相看。一个农民能想得如此长远，更让人感叹不已。未来的乡村建设，应与自然和谐相处，我们爱自然，自然便会爱我们。

## 垃圾分类员：村里起得最早的人

要说整个杭州市余杭区港南村，谁起得最早，除了村里的保洁队队员们，还真没谁敢出来争第一。

早上5点，天还未亮，59岁的翁树松就带领着港南村保洁队全体出动了。港南村12个小组，保洁队平均每人负责240户的垃圾，都要在上午10点半之前清理完毕。无论春夏秋冬，村里的垃圾分类员唯一的休息日就是大年初一。无论严寒酷暑，他们都会准时出现在村民家门口收集垃圾。从第一户开始，先检查、记录这户村民家的垃圾分类情况，再由保洁员从“腐烂垃圾桶”和“不可腐烂垃圾桶”中进行二次分拣。保洁队队长翁树松有一个垃圾分类记录的小本本，村里的垃圾分类光荣榜就记录在这个小本子里。“村里的垃圾分类情况我都记在这个本子上，一记就记了三个本子了。现在村里有一个垃圾分类先进榜，都是参照我这个本子上的记录！”

初见翁树松，正是下午两点的热夏，我们约好在村委会见面，他骑着自己的垃圾收集专用车就来了村委会。

我们请翁队长坐了下来，倒上一杯茶。“最近遇到点麻烦，不好意思，我迟到了。”原来垃圾分类员的队伍里有一位75岁的大爷，因年事已高，工作力不从心，可替补队员还没有找好，这就辛苦了翁树松。现在他每天除了自己负责的区域，还要替大爷负责的港南村12组的垃圾分类。

关于替补队员的事，我们也存了疑问：“这样的人好找吗？”

老翁随即苦笑着摇了摇头：“不好找啊，大家都嫌又脏又臭的。”

诚然，这是一个绕不开的敏感问题，垃圾收集和分类，一般人经过大型垃圾桶面前都是掩住口鼻匆匆走过，生怕沾上一点臭味。因此，港南村现有的保洁队成员4人，加上之前的那位75岁的大爷，50多岁的老翁还是最年轻的那个。他们一干就是十年。

“其实前几天我找好了替补，带了他一个上午，他一直掩着鼻子说臭，这个我也是理解的，一开始我们也是这样过来的，现在十多年都习惯了。本来说好第二天就要来专职上班，结果他又和我说家里老婆不让干了。嫌这个味道不好闻，家里都要变臭了！”虽然翁树松以爽朗的口吻讲述着，但是掩藏不住笑容背后的一丝无奈。作为垃圾分类员，这份工作可能有着常人不易忍受的脏累。

“有没有想过先找个临时的替补一下，先不求专职的呢？这样您近期的负担也不会这么重了。”我提出了这样的建议，本以为老翁也会有这样的考虑，可他却表示这个方法不可行，他不愿意带一个临时的替补。在他看来，要做这份工作，就要做好全职、专职的准备，他宁愿先自己承担更多的活，也要耐心等待一个愿意一直从事这份工作的人。

从 40 多岁的时候开始从事这份工作，到如今整整十年有余，从一开始只需要将垃圾收集运输，到如今还需费时费心的分类。翁树松在第一线见证了港南村在美丽乡村建设中的改变。

“港南是从 2015 年正式开始实行垃圾分类的，一开始也觉得很麻烦，以前只需要一倒一运，2015 年开始还要把腐烂、不腐烂的垃圾分出来，幸好现在情况好多了，每户会进行初次分类，就给我们省了很大的工作量。现在的问题是每家每户有分得好和差的区别。因为各家情况不同，有些人年纪大一点，那就要再好好分一下，有些人家年纪轻，或者家里人都要出去上班的，垃圾都不太有，那就更轻松一点。村里平时有红白喜事，垃圾要多一点，但总的来说，港南的情况已经改善很多。一来大家素质都提高了；二来村里的宣传做得也好。以前分类的垃圾还没处放，现在村里还特意建起了垃圾中转站，终于把垃圾问题一条龙式地解决了，大家都在一起为了美丽乡村建设做贡献。”

村里肯定也还有素质差的村民，比如农忙季节乱扔秸秆、玉米秆子，盖房子的时候建筑垃圾乱堆，都需要垃圾分类员们去处理。

老翁已经在村里干了 10 多年垃圾分拣员了，光村委会班子就经历了四任，而每一任又都把保洁队长这个重担放到了他肩上，这让他感觉到认可和鼓励。

作为队伍里最“年轻”的垃圾分类员，同时又是队长，平时干活的时候就会主动多揽一些活，比如这次空缺的 12 组的垃圾分类任务，又比如其他队员休息后，老翁还要开着他的垃圾收集专用车在村里各处转转，检查检查。

对他而言，能坚持这么久，或许并不是有多么神圣的奉献精神，只是既然接下了这份工作，那么在自己力所能及的范围之内，就应该做好。

“垃圾收集分类的工作，村里人都是有目共睹的，好或不好一下子都能指出来，也犯不得懒。”

**在中国广大农村，推行“垃圾分类”已成为村务工作者的一项重要的常规工作。**

说起一些困难的时候，老翁也有苦水要倒，比如在别人眼里这份工作总是脏和累的，让人瞧不起；或者有时候有些人家没有做好垃圾分类，作为保洁队员会提醒，偶尔有人不理解不配合，老翁也只能放宽心笑笑过去了。

村务工作没有伟大与渺小，只有无趣或有趣。即使再简单、枯燥的职业，因所从事的人不同，照样能盛开出鲜花来。

除了垃圾分类，作为一个整天“逛村子”的人，老翁平时还会干一点工作之外的活，比如哪家老太太杀不了鸡，哪家赶鸭子需要帮手了，老翁看到了也都会上去帮一把，也为每日重复的工作带来一丝趣味。良好的心态与勤恳的态度，为老翁赢得了“杭州市余杭区良渚街道优秀保洁员”的称号。在他看来，能获得领导的认可，能让老百姓满意，那自己这份工作就有价值。

# 从农民到工人，官桥村八组的农民角色转变

官桥村八组是湖北省咸宁市嘉鱼县官桥镇官桥村第八组，1979年前仅有57户、247人，“住的是土坯房，吃的是返销粮，一个工值9分钱，上山砍柴换油盐”。他们没有特别的政策支持和丰富的资源，但是自1979年开拓进取，大胆创新，敢为人先，建立发展成为拥有农业、工业、教育、旅游、矿产等多元经营的国家重点高新技术企业田野集团。

截至2016年底，总资产25亿元，创利税1.98亿元，村民人均纯收入65000元，成为坚持集体经营、共同致富的社会主义新农村杰出代表，因此被授予全国文明单位、全国村镇建设文明村庄、全国农业旅游示范点等十余项国家级荣誉称号。

2012年6月5日，《人民日报·海外版》第8版发表《官桥村八组：田野变都市的传奇》，提出官桥村八组的独特之处在于，不像华西村与南街村作为一个整体的行政村而发达，而是作为一个村组创造了集体致富的传奇，田野变都市的传奇。

我走过许多自然村，鲜有发现由一个小村组带富一方百姓的传奇。何况，华中地区的乡村普遍缺乏沿海有利的经济环境。一个底子薄、人口少的村组如何创造了奇迹？这里的老百姓如何实现由农民到工人的身份转换？

2017年9月17日，我的工作组带着问题从杭州出发，到达湖北省嘉鱼县，乘坐公交车去往官桥村调研。在一个宽阔的三岔路口，屹立着两块巨大的田野山庄广告牌和田野集团的指示牌。这是官桥村八组的标志。一路前行，两边风光渐入佳境，给人强烈的感受不是从官桥镇下乡，而是进城。

“官桥村八组”五个镏金大字的壮观牌坊映入眼帘。进入牌坊，路

两边先后出现中国博士后田野高科技工业园、中国传统亭子、三层培训中心、农民文化中心和田野山庄，以及一栋栋中西合璧的村民别墅。

湖北省咸宁市官桥村八组，被誉为“神州第一组”，书写了华中地区新农村建设的传奇。

在宽阔广场上，三边锦旗飞扬，南部是修葺整齐的草坪与灌木丛，西南角还有一座巨大的石球，刻着世界地图。工业园巨大的厂房上面立着 12 个金属大字：“立足田野，面向全国，走向世界”，彰显了这个小村庄、大企业的雄心。

### 农民变工人

“没有周宝生，就没有官桥村八组的今天。”

2007 年 4 月《人物》杂志撰文《周宝生：一个人和一个村庄的传奇》。许多年前，周宝生在嘉鱼县化肥厂工作，但是一直关注家乡的发展。1978 年春节前夕，他们厂里一名工人上班迟到了，车间主任警告罚他回农村，这句话刺痛了周宝生。1979 年，周宝生毅然辞职回村，被选为官桥八组组长，排除阻力推行联产承包经营，使得当年粮食产量达到 35 万斤，超出历史最好年份 10 多万斤。

从此，在他的带领下官桥村八组从经商到办厂，不断走向成功，成为媒体关注的焦点。官桥村八组的传奇开始于周宝生，创造于全体村民。如今，官桥村八组的普通村民仍然在为创造官桥村八组的传奇辛勤工作，他们却已变成“工人”。

村民周叔，在集团旗下的某公司工作，2013 年之前从事企业区域销售，需要经常出差。他说：“我过去跑市场，几乎每年 11 到 12 个月，在延安负责推广公司产品石油套管。但是北方人喝酒特别厉害，结果把胃喝坏了，不敢去了。”从农民到工人，到销售代表，他经历了每一个销售人的艰辛。

官桥村八组的别墅住宅区里，63 岁的梁阿姨在村里的菜园整地、种菜。她家五口人，她与老伴都已退休，儿子没有上大学就在集团的焊丝厂工作，媳妇在田野山庄工作，孙子已经 11 岁，他们一家人都在村里的集团公司上班。柴米油盐酱醋茶都与村集体经济有关。

官桥村八组的工人与城市工人的最大区别是，他们有村集体分配的别墅，有福利，还有菜园。

官桥村八组在 38 年间发生巨变，但是老村民们依旧保持着朴素的生活与生产方式，大部分年轻村民从事服务性工作，对生活的满意度非常高。我们发现职工食堂服务员基本是本组中年人，在田野山庄年轻服务员也有一些本组的村民，甚至超市也由本组一个小伙子负责。他们虽然工作平凡，但是同样在为创造官桥村八组的传奇作出贡献。

此外，为了坚持男女平等政策，官桥村八组村民不管是娶进来的媳妇，还是嫁出去的闺女，只要在村集体企业工作，都享有股份和福利。

村里也有很多外来务工人员。周末值班的保安，家在嘉鱼县城，晚上还得“从乡下回城”。司机王师傅是武汉人，家住武昌站附近，在官桥村八组工作已经三年，每月可以连休四天假。

当然，官桥村八组正进军高科技产业，引进高科技人才势在必行，如何吸引高端人才、留住高端人才也成了官桥村的重要问题。

1993 年，武汉冶金研究所高级工程师刘业胜，辞职来到官桥村八组，合作创办长江合金厂，病逝后他的铜像被官桥村八组立于乾坤阁前，他的故事在官桥村八组无人不晓。

1995 年，官桥村八组建起 6 栋两层专家别墅供高端人才居住，专家别墅建成后，又将其改造成为小康人家，即八组村民住宅。

2001 年，经原国家人事部批准在此设立博士后科研工作站。

2014 年，经湖北省科协批准成立院士专家工作站。

2017 年，公司博士后工作站与武汉理工大学博士后流动站联合招收博士后 2 人。

**工人变高端人才**

农民变工人已经不能满足官桥村八组集体经济发展的人才需求。他们更希望工人能转换成科研人员、管理人员、高端人才，希望土生土长的大学生们能够留在八组建设家乡，也欢迎外地的高端人才落户官桥村八组。

官桥村八组博士后工业园，城里的大学生、博士生们要“下乡”到官桥村工作。

2005年，官桥村八组制定政策，吸引官桥村八组的大学毕业生回家工作。在此之前，官桥村八组的大学毕业生鲜有人会回到家乡，而这项政策出台后，毕业于中南大学材料学专业的周国兵返乡。

周国兵中南大学毕业后，带着梦想去广东深圳市与佛山市闯荡了一年多，但是不尽如人意。老书记周宝生知道后，亲自上门做工作动员他返乡，并专门召开党委会议，出台关于组里村民子女返乡工作如何落实待遇和岗位问题的文件，鼓励外出子女返乡工作。

十二年过去了，这项政策显然更加完善与改善：考取大学、与公司签订定向培养协议的，按照大专每年15000元、本科每年20000元、研究生每年25000元的标准发给教育、生活费补助，毕业后按协议优先安排工作并享有公司股份（2013年公司股份制改造后实行）。

2005年初，周国兵返乡后，官桥村八组按规定给他补发了4万元的大学本科学习补助，还结合他在中南大学所学的材料科学专业特长，让他担任了长江合金厂副厂长。后来，他担任了集团公司技术中心副主任。现在他已经是集团某公司的总经理。

### 大学毕业生返乡意愿

尽管条件如此优渥，但仅有十余人愿意返乡。官桥村八组本组的大学毕业生很少有人愿意留在官桥村八组工作。本组“80后”“90后”一代多数外迁或在外工作。

为什么这么好的办公、薪酬和居住条件，吸引不了本村子女返乡呢？这看起来很矛盾。

一位村民介绍说，他的儿子，1985年出生，毕业于华中科技大学，在厦门一家世界五百强企业工作，现在华为集团两湖与江西区域经理，在武汉买房，娶了武汉媳妇；女儿，1983年出生，毕业于中国科技大学生物工程系，留在合肥买房安家工作。他认为孩子有自己的想法：“外面发展空间更大，感觉八组毕竟是农村，而且文化娱乐设施不足。父母也不好阻挡孩子外出工作，害怕影响他们发展。八组环境更适合养老。”

官桥村八组之外的人，特别是家在湖北的大学毕业生到官桥村八组工作相对多一点。为了方便远距离的外地职工居住，1995 年，官桥村八组建造职工宿舍。2010 年 10 月，新的职工宿舍建成，共 5 层、房间 159 间，建筑面积 8500 平方米，可根据员工职级分别安排 2～3 人居住标间、单间、套间等，可入住员工 400 人左右。

调研组还采访了在官桥村八组工作的几位年轻的大学毕业生。他们大都来自湖北省农村，月工资起步均为每月 3000 元。我们采访问题主要包括：原户口、学校、专业、实习、应聘与面试经历、婚恋、公司具体工作、工资待遇与环境等问题。经过统计和总结，本地没有娱乐设施，交通不便，远离城市，谈恋爱也不方便，成为年轻人的共识。

“人才”是官桥村八组新农村持续发展的中坚力量。

官桥村八组的田野集团目前正在寻求战略转型。为抢抓国家促进旅游业发展、推进农村三产融合发展的战略机遇，响应省、市、县关于发展旅游产业的号召，推动产业提档升级，实现绿色发展，集团正在实施田野国家乡村公园项目。该项目被列入湖北省咸宁市 2017 年重大项目建设“211”工程，计划总投资 50 亿元，规划总面积为 25.9 万亩，核心区 32130 亩，起步区 7000 亩。

“我们非常需要人才！”官桥人说。

# 匠心农民

## ——花木之乡的崛起、传承与三代匠心人

无声的诗，立体的画，

这是盆景的魅力。

他们是“泥腿子”中的艺术家。

一亩土地，翻耕播撒，

在中国农民的手里，

可以种粮食，种蔬菜，种果树，也可以种花木。

可以产值一千元，也可以产值上百万元，

看你选择种什么，以及怎么种。

中国盆景至少有1300年的历史。我想说说一个村庄里的三代盆景人。这个村子很有名，村集体经济较弱，村干部的办公场所有些破败，但村民很富有，几类新型职业农民倒是十分给力。

如皋，江苏省南通市下辖的一个县级市，被中国花卉协会授予“中国花木之乡”，同时被国际自然医学会评为“世界六大长寿乡”之一，如皋盆景驰名中国，闻名海内外。2017年9月，我慕名而去。

自古以来，莳花弄草就是如皋人的情趣和爱好。如派盆景的特色：“云头雨足美人腰，左顾右盼两弯半。”在这里，有一个“花木村”叫顾庄，格外有名。不仅是因为这个村子里走出一位国际盆景大师——花汉明，人称“花老”，还因为这里祖辈世代做盆景，全村人皆靠苗木发家致富，如皋市赫赫有名的“花木大世界”也建造在村子旁边。

在市郊南区的顾庄村2.32平方千米的土地上，花木种植面积达2680亩，是一个典型的花木之乡。据村民介绍说，顾庄人种植苗木的历史可追溯到宋代，中间没有出现过断层。祖祖辈辈将手艺传承下来。

我喜欢在顾庄村里溜达。这有别于我走过的绝大部分农村，这里的农户门口家家户户种的不是蔬菜，不是篱笆园子，而是各式各样的花木。在顾庄村人均不到一亩地的土地上，家门口的园子也种上了经济作物，几乎每家每户的庭院里都有几株年代久远的盆景，它们价值不菲，少则几千元，多则数十万元。在村里时常会碰见拿着剪刀在修剪枝叶的农民，他们安静地沉浸在自己的世界里，端详、把玩着他们精心培育的树木，跟我说着那些盆景的故事。我偶尔也会碰见几户人家划出一小块地，在门前种点花生、番茄、辣椒、黄瓜等时令蔬菜。一眼望去，这个村子皆是绿荫。

**笔者随机采访顾庄村的村民。每家每户的庭院里都种着苗木。**

“这么贵的树，您就这么无所谓地种在院子里，不怕被偷吗？”我疑惑地问村民。

“你看看，这么重，我都搬不动，谁偷啊。村里狗也多，来了陌生人，都叫起来了。路上也有摄像头，不怕。再说，除了本地人，外地人不懂行的，都不知道这树值钱。本地人自家都有盆景，偷别人家的干啥？”村民们压根没把“贵重物品”当回事，好像就跟中国大部分农村地里种了玉米、棉花不怕偷一样。我倒是过分忧虑了。

在江苏省如皋市顾庄村调研时，我提出了三个疑问：一是中国盆景如何传承；二是中国盆景怎么走出去；三是花木技艺的匠心精神如何传承。为什么提出这三个问题？我最强烈的感受是，花木大师们均年过七旬，他们的徒弟也五六十岁，再年轻一点的基本是在琢磨怎么靠卖花木赚钱，无心钻研盆景技艺，那第三代花匠又在哪里？

在去如皋之前，我对苗木和盆景一无所知。坦诚地说，在养花这件事上，我自惭形秽，谈苗木自然没有发言权。顾庄一行之后，让我对花木、盆景以及花农、园艺村民的生活有了全面的认识。

中国的花木农民，可谓撑起了中国盆景的半边天。

# “泥腿子”出身的国际盆景大师

顾庄村的村民们祖祖辈辈都在做一件事：种植花木。

走进他们的生活后，我更愿意称他们为“园艺师”、“花木艺术家”。他们与画家不同的是，画家是在纸上作画，他们是在苗木上作画，让盆景成为有生命力的艺术品。

9月的一天清晨5点，天蒙蒙亮，东边的红晕只有一两片。顾庄村“花木大世界”的散户市场，已经有了熙熙攘攘揽客的声音，我赶了个花市早集。这是顾庄村最平凡的早晨。顾庄村和附近村庄七八十岁的老人们骑着三轮车，拖着自家的花木来散户市场的集市上卖。

散户市场就在“花木大世界”外延的位置，均免摊位费。这些老人家三四点就蹲守在早集，为的是抢一个好摊位。

一位79岁高龄的花农老奶奶，微笑着用方言吆喝我买她的花，“姑娘，来，看看我的吊竹梅。两块钱一盆！”顾庄人长寿的秘诀一跟环境有关，这里是天然氧吧，给村民提供了“养人”的空气；也与饮食文化有关，顾庄人喜吃玉米糁和粥。所以，田间、地头、早集上看见七八十，甚至九十岁的老人还在劳作，一点也不稀奇。他们的身体健硕着呢！

“两块？”我以为听错了。在上海，我买过同样的花，眼前这盆花起码15元，专卖店里25元。我突然有了一个奇怪的念头，想体验下卖花姑娘的生活，“奶奶，我想坐在这，和您一起卖花。可以吗？”

“到这边，坐我这把椅子，有垫子舒服。”奶奶热情地站起来搬起她的椅子给我坐。

“不，不，我坐这个矮凳子。这把椅子您坐。这些花都是您自个运过来的吗？”我指着身边的几十盆花问她。我估摸一下，至少有四十几盆多肉植物，还有十几盆盆器20厘米左右的花，六盆高度齐腰的植物。

清晨的散户市场上，遇见的 79 岁花农老奶奶。

“我自己骑车运过来的呀。”奶奶说凌晨 4 点，她家老爷子就帮她把花搬上了三轮车，她吃完早饭就一路骑过来了。她还说，村里到处都是树和花，村里人每天在树林子里跑跑，长得也像树了。

“长得也像树。”这是多么形象的描述。老人平实的语言里充满了智慧。

顾庄村的人，朴实、勤劳、可爱。路过的村民告诉我，奶奶的姑娘、女婿在街边有花店。她年老了，闲不住，还是赶花木早集，几十年没变过。

隔壁摊位上卖花的大叔年近 60 岁，早年在上海的花市打工，做技师，也会把自家的花木销售到上海去，收入还不错。有了孙子后，就回乡安享晚年了。

花市早集要持续到早上十点，南通、苏州、上海来的买家很多。人们看我也是一脸稀奇的模样，误以为我是奶奶的孙女。我环顾四周，在顾庄村的集市上，我是唯一一个“卖”花木的年轻姑娘，难怪人们诧异起来。

“村里哪有几个年轻人起这么早的，也没人赶早集，都睡觉呢。要么都出去打工了，或者开店，在网上卖。”奶奶解释说。

在顾庄村，并不是每家每户都在“花木大世界”有高额租金的门面房，散户市场是一般花农们出售自家花木的地方。曾经有关部门考虑市场的整洁，要取缔散户市场。在我的随机采访中，村民们支持它存在的声音占了多数。哪怕是“花木大世界”市场里有门面房的大户，也跟我说，“老百姓做生意不容易，这个散户市场必须存在。多少年了，也是当地的一种文化，是我们‘花木大世界’最初的样子。旅游的人喜欢来这里逛逛。至于生意上的竞争，也谈不上多激烈，我们都有自己固定的客户群，也有自己的产品特色。”

人们常说靠山吃山，靠水吃水，顾庄人靠的是花草树木。

我和奶奶谈到顾庄村的传奇人物“花老”。

“花老病了。”奶奶感慨地说，“年纪大了，总会生个病。听说病得很严重。我也很长时间没看到他了，都在医院呢。”

花老，是顾庄村的传奇人物，可惜我没有采访到他。我到顾庄村时，考虑到他的身体状况，他的家人拒绝了采访。花老一直在医院里接受着治疗。

在我整理这篇书稿时，顾庄村的花农朋友发来消息，“2017 年 11 月底，花老去世了”。这是一个令人悲痛的消息。

如果此文除了分享新农村建设经验外，有什么值得纪念的地方，我想，也是送给村民出身的艺术家“花老”和老一辈的苗木人的礼物。

花老，全名花汉明，1940 年出生于顾庄村一个普通农民家庭。花家祖孙三代酷爱花卉盆景。在环境的熏陶下，花汉明从七八岁起就跟着父亲，学习取土、栽插、浇水。到十四五岁，学习嫁接、造型、管理、经营……但是，长大后的花汉明并没有直接继承衣钵，而是学习中医，从事医务工作。从医后的生活并不平静，花汉明遭遇了“文化大革命”，直到40岁以后才专心投入到花木盆景制作上。

“老先生是个怪才。”村里人跟我说，“艺术大师们都是怪才，不怪成不了大师。这是老天赐给他的天赋。他40岁以后才开始给盆景造景，有些人苦练了一辈子，也无法达到他的水准。他还懂做生意，把生意都做到国外去了。没有他，我们顾庄村出不了名。”

在顾庄村的采风中，我能感受到顾庄村的男女老少对花老的尊敬。但是，他们也会对花老的技术做客观的评价。村民们说，顾庄村有许多像花老一样技艺娴熟的花匠，他们默默无闻，懂技术、懂把玩，但限于自身知识结构和表达能力不足，没有花老的讲解能力、审美能力、创新能力，因此也无法达到花老的艺术层次。

“花匠和盆景艺术家是有区别的。技术好的是花匠，技术好、懂艺术的才是盆景艺术家。花老是盆景艺术家。”村民们说。

花老在“两弯半”（如皋盆景特色）的基础上形成了自己“顺其自然、因树造型”的艺术特色。据说，有一个盆景，是两棵柏树长在一起的，有一棵死掉了，正常情况下造景师会把这棵树拿掉，但是花汉明修修整整，和活的种在了一起，取了景名，叫“生死恋”。《香港民报》还专门登了篇文章说他取得好，“生死恋”就让这两棵树有了文化内涵。

在花老的眼中，每一株植物都有它的生命和意义。因树造型，再加上自己的想象与创作，只要用心，一定能制作出好作品。

在意大利佩夏举办的第18届国际花卉博览会，他为我国夺得一枚金牌；1988年3月，在香港举行的花卉博览会上，他创作的盆景“绿荫深处”获冠军奖；1988年6月，他在荷兰鹿特丹举办了中国盆景展；1988年8月，他代表中国在加拿大多伦多市参加万国博览会，被加拿大允许盆景带土入境，这在加拿大尚属首例；1990年夏，在日本大阪市举行的国际花卉博览会上，由他组织制作的“饱览人间春色”以其悬根露爪，古朴花老，造型奇特，以及“横空出世彩云间，鸟瞰千河万重山”的非凡气派，又一举获得国际金奖和博览会最高荣誉奖——国际优秀金奖。

短短数年，他就把仅靠 6000 元起家的如皋绿园变成了拥有上百亩地栽苗木、盆景园和 10 多万盆盆景的“百万富翁”。1991 年，绿园分别与荷兰、意大利办起 2 个中外合资企业，花汉明出任公司董事长。

他对中国盆景的贡献已经远远超越了农民的身份。

一个花木农民让中国盆景走向了世界。

# 亿万富豪农民的浪漫人生路

村里的种植大户、经营花木生意的程爱华、周光兰夫妇是新时代的新型农民，他们都上过大学，在种植苗木和经营盆景业务上有自己独到的见解。

他们的店面很大，满眼的绿意盎然，满屋子的花香。虽然当时是秋天，天气却十分燥热，走进他们的店里瞬间让人感觉神清气爽。老板娘的面容比她的实际年龄要年轻。

他们的故事始于爱情，与浪漫有关。以爱之名，靠花木立业，成了当地低调的亿万富翁。

周光兰大学毕业后原本在上海上班，她的专业是企业管理，因自己喜欢花草，在大学时选修了园艺课程，因此与她的丈夫结缘。如今，她嫁到顾庄村做花木生意，已经 15 年。

她的先生程爱华，是土生土长的顾庄人。大学毕业后，由于父亲身体不佳，他不得不放弃在上海的发展机会，回到家乡务农，当了一名花匠。现在，他在隔壁村承包了 40 多亩土地做苗圃基地。

周光兰做生意很有眼光，她经常往返于上海，了解上海的花木市场最流行的趋势。她说，如皋花木的审美潮流落后了上海三年，花盆的样式就是最好的证明。所以，她的盆器很讲究，花木的卖相也很好。创意、艺术小盆栽是她店里的特色，店铺的花木进行了功能区分，不同特点、品类的花木陈列在不同的区域。她要走在如皋花木的“时尚”前沿，她的产品深得都市年轻人的喜爱。

“和我先生恋爱的时候，跟他到顾庄来玩，我看，哎，这个好漂亮，是菠萝吗？但是，这个盆太土气了。人们却都笑话我……”原来她把铁树认成了菠萝。这个外来媳妇儿，如今把往事当作笑话讲给我听。

她说，顾庄村老一辈的花农，与新一代的花农之间的区别在于：老一辈的人踏实、勤劳，新一辈的人创新、进取。但是，她最近也挺心烦的，她刚在阿里巴巴上合作了一个批发盆景的业务，没有做成。原因在于盆景业务有一个瓶颈，运输难。盆器容易磕磕碰碰，易碎，树木离了土没法活。

有个客户在澳大利亚，预定了 20 棵如皋的罗汉松，一棵罗汉松的价值数万元，这笔生意让周光兰喜出望外，但也开始犯难，毕竟她的盆景从未卖出国门。澳大利亚客户的要求是，“想办法寄过来，运费我出。”她倒腾得很厉害，货品兜兜转转，才到浙江省富阳市。“从我们江苏到浙江，这么点距离，就花了一个月时间。”之后澳大利亚的客人很失望，也没跟她联系了。

“你想想一棵好端端的树把泥弄掉，一直浸泡在药水里面，会成啥样？”她焦急地、心疼地等待她的罗汉松回来。“那是我们园艺师花了很多心思栽培的，这下都被糟蹋了。”

当然，也有让她开心的事。

云南大理的一位客户，看上了她网店上三棵大盆景红枫。这种盆景在大理当地的价格非常昂贵，客户说：“麻烦你帮我运到大理来。”

她当时以为客户在跟她开玩笑，大理那么远，怎么会买如皋的盆景，云南有盆景卖。于是，她放了大话，“放心，只要你买，运到西藏都可以。”不料，客户竟然马上付款了。后来，她了解到客户有个别墅，还特别喜欢红枫。三棵树加起来一万多元，物流花掉三个大木箱，小计一千六百元。运费两千多元，客户收到货后很开心。

“目前国内应该到哪都可以送货，但是出国没想到办法。这个盆栽带土的，要验检，要隔离，要把泥全部弄掉。树不就死掉了吗？”盆景类的木本植物有壮大的树干、树冠，吸收营养较多，一般的液体栽培是无法供给的，必须依靠可以包裹根系的介质，才能不受损伤，除了土壤，很难找到适合的载体。

在与她的谈话中，我了解到如皋现已成为全国最大的盆景出口基地，花木盆景由政府集中组织、检验，销往世界各地，仅如皋市花木龙头企业“绿园”每年就约有 10 万盆盆景销往意大利、荷兰、法国、日本、德国等国家。

但是，散户是很难打开海外市场的。这成了周光兰的心病。

另外，原来批发的老客人少了，也让周光兰很担忧。“我们批发的对象是开花店的人。像附近的海门市，若开一家花店，当地没有批发的，多数商户就会来如皋进货。现在海门，开了十家小店，你有了经验可能自己就成了批发商。海门的客户就近进货，不来我这里了。我每天都要琢磨着开发新客户，不然怎么持续经营呢。”

**在程爱华和周光兰夫妇的办公室里，聊起了他们的创业故事。**

周光兰的丈夫程爱华，与妻子完全不同，他是个爱钻研的人。回乡之后，他拜了师傅，学习盆景。现在，他一有空就会去比利时、荷兰等国家游学，让自己接受最前沿的花卉信息，与世界的园艺水准接轨。

他说，顾庄村从他的记忆开始，每个村，每个小组都有苗圃，生产队负责统一管理。在苗木行业，有人管设计，有人管盘扎，有人管分销。其中管分销的人俗称老板，另一个称呼叫“经纪人”，俗称“倒爷”。

程爱华就是倒爷。

“花木这个行业，盆景的总需求量相对来说比较狭窄。现在有介于盆景和绿化苗之间的表现形式，比如创意、个性小盆栽，比较受欢迎，我老婆就在做这个业务。但是我不把它作为主营业务。别人家种的好的盆景我每年也会帮忙代销一批。我现在主要做精品庭院。这个难度更大，需要匠心精神。”

“为什么之前选择做生意，而没有跟您父亲一样成为园艺师？”我问他，“现在还会盘扎吗？”

“只会看，能看懂，自己不会弄了。一开始做盆景的时候，感觉盆景这条路太慢了，熬不出头，对我们年轻人来说，盆景有一些技巧，这个必须动手勤练习的。一个树枝弯下来都需要时间和功夫。没有一二十年功夫都上不了台面。盆景的剪扎技术非常讲究，我发现我没耐心，成不了大师，就做苗木生意了。”

盆景的观赏性很强，有美学价值在里面。若过多地去考虑盆景的经济问题，要在最短的时间里把它生产出来，这就谈不上盆景艺术。这和画画、写作、雕刻是一个道理。

高手在民间。在广袤的花木田地里，那里有许多顾庄村的老师傅们在给盆景造型。

在程爱华的苗圃基地，给树做造型的技工一天收入 350 元。据了解，在浙江省从事给树做造型工作的，百分之五十是如皋人。他们都是拜过师傅，一天天风里雨里练出来的。

我问程爱华：“有没有小年轻，二十多岁回来后干这个的？”

他说：“有是有，但是少，虽然说工资高，不过比外面做生意要来得慢。有的人不愿意吃这个苦。像冬天北风呼呼的，要在苗圃园里工作。夏天热，也要在苗圃园里工作。”

在采风的过程中，很多顾庄人都说过一句话，没有二十年积累的技艺，是称不上“盆景造景师”的。没有训练一二十年的花匠，谈不上什么盆景技术。这句话，对我的触动很大。中国的匠心精神，经过时间的沉淀，也许就根植在这一花一木之中。这些花匠们一辈子，只专注一件事。

技艺再高，终究只能成为工匠，用艺术去创作，才是最高境界。

做盆景，功夫在“师”外。

# 园艺技师“父子兵”

在程爱华的苗圃基地里，一步一景，品类繁多，其中有棵高大的树，他种了二十多年了，由园艺师陈宽建悉心照料。基地里有一个大棚，不到四十平方米，皆为上等罗汉松，初步估计，价值百万元以上。

见到园艺师陈宽建、陈锋父子的时候，他们正带着学徒在苗圃里做盘扎。我发现盆景园艺师干活的时候，都没戴手套，他们的手是一双名副其实工匠的手，有点发黄，常年握着大铁剪子，长满了老茧。

陈宽建和老板程爱华属于同辈人。他们一个选择了园艺技术，做匠人；一个选择了园林生意，做老板和盆景“经纪人”。

顾庄村的园艺技师“父子兵”。

烈日炎炎，晒得土地干裂，苗圃工人们一站就是好几个小时。他们是标准的蓝领阶层，所从事的工作，专业程度非常高，而且条件艰苦。高收入是理所应当。

我问陈宽建师傅，“您花了几十年才成就了一身专业的盆景盘扎技艺。您怎么会让您大学毕业的儿子继续从事这份工作？”

“三百六十行，行行出状元。陈峰是我家里的独子，这门盘扎的手艺迟早是要传给他的。代代相传，是我们如皋盆景得以延续下去的根本。”陈师傅停下手里的活，擦了擦汗，说：“我为自己的职业感到骄傲。”

陈锋今年27岁，江苏海事学院毕业，毕业之后在企业实习过一段时间，做杂工，一个月工资不到三千元，这个白领做得很累，付出与价值不成正比。他感到很迷茫，“城市容不下我。不如回家继承衣钵，学盆栽吧”。

但是，他年少时从未想过有一天会跟父亲学习这门技艺，成为一名花匠。“毕竟村里人认为我们大学生出去了才是真本事。”

“你会有压力吗？”我问他。

“以前有，自尊心受不了。现在我很庆幸自己的选择。我目前的收入在同学们中也是相对偏高的，我也认识到了这份工作的价值和意义。”

苗圃老板程爱华的儿子今年上初中，我也问了他同一个问题：“您会让您的儿子回来继承您的苗圃吗？”

他说：“表面光鲜，冷暖自知。这个行业很苦，非常苦。就像演杂技一样，里面的辛酸只有我们自己知道。我不会让我儿子做我这行。在这个行业，首先是要吃得了苦。不吃苦，就是外行人。我们家那小子受不了这份罪。也有那种怪才，天生就是吃这碗饭的，花老就是怪才。盆景这个行业，技术可以练，艺术感可是天生的。”

27岁的陈峰，从植物学初级知识学起，现在他已了解每棵树的生长特性，理论与实践相结合，对盆景有不同于他父亲的看法。“父辈没有系统的植物学知识，他们靠经验的积累。说起技术，我们未必比父辈们强。但是在审美上，一代人有一代人的观点。”他和他父亲的冲突主要也是在审美上。他们父子俩时常会为了一棵树的造型构思而各执一词。

听说陈峰在最近的“如皋黑剪刀盆景工技能大赛”上获得了三等奖。“他可以拿一等奖的，毛坯没选好。”他的父亲陈宽建告诉我。

经过很长一段时间的磨合，父亲陈宽建对儿子妥协了。他开始尊重儿子的意见，“我们靠的是老一辈的经验，太传统，创新不足，现在网络发达，年轻人学习能力强，见多识广。”

外行看热闹，内行看门道。陈峰时常会走出如皋，参观一些城市的盆景展。“我们和城市里的有钱人在一起点评盆景，我觉得很酷。他们会对我刮目相看。市场上能出价买贵重盆景的，都是富豪，跟买名画一样。平常老百姓家，谁会花好几万、几十万买一棵树放庭院里呢？”

陈锋还谈到了人工智能，他说：“现在许多职业都在面临人工智能的冲击，做盆景是不可能机械化的，这是创意性工作，每一棵树都是独一无二的，要量体裁衣，机器人替代不了。我很庆幸我选择了做园艺师。”

顾庄人从来不担心盆景技术会失传，“这个市场在，即便村里年轻人不愿意干了，还会有别处的人进来，因为人少了工资就会越来越高，自然就会吸引来新的人。”“何况，现在的树越来越少，盆景更加金贵了。”

程爱华告诉我，他的苗圃基地从来不聘请外人。“因为每棵树都很昂贵，外地人我不放心给他造景。弄不好，损失大了，心疼钱，更心疼树。树是有生命力的。我们靠树吃饭，善待树，树才会善待我们。”

如皋的盆景技艺后继有人，但还需要加强培育后人。我还了解到，除了有盆景专业知识的年轻人在顾庄村继承技艺，还有一批“90后”的年轻人，他们从高校毕业，回到家乡，做了设计师，开了个人工作室。

## 返乡青年：园林设计师

刘季兵出生于 1987 年，他的工作室明显有工业美学设计的气息。他已在顾庄村成家立业，是两个孩子的父亲。

明亮的玻璃大门，几株简约风的绿叶植物，水泥制成的粗犷型植物盆器，颇有一丝环保观念的新工业设计之风。书架上摆放着园林设计专业书，还有很多漫威小手办，这些是“85 后”“90 后”设计师的标签之一。

他留着酷酷的平头，一件宽大的 T 恤，干脆简洁。他喜欢动漫，是个二次元青年。但是本科学校没有动漫这个专业，不得已选择了园林设计。不料毕业回来后他就读的，正好专业对口，成了村里为数不多的年轻园林设计师。

“我们这边大多数人都是这样的，没有系统学过园林知识，但是耳濡目染，见多了，回家捣鼓捣鼓就会了。”他说。

“我们本土的大师做的东西比较内敛。盆景主要用于高端工程、精品小庭院，罗汉松、迎客松比较热销。我们年轻人，想法比较新奇，比较激进。跟老师傅们的观念不一样，设计偏向于比较简约，而有创意。”

最近，刘季兵在负责设计顾庄村的“特色庭院”工程，一共有一百多户人家的庭院需要设计，他忙得不可开交。

对于精品盆景的市场，刘季兵说，“随着房地产经济的发展，绿化行业进入到了瓶颈期，供苗量在大幅降低。富豪的审美在提高，也看不上太传统守旧的盆景，可能后期的护理成本也昂贵，影响了盆景的销售。盆景比较适合日式园林，有禅意的。做精品盆景的人还是少，有句话说，做精品的没出路，因为有眼光的人少。除非做一个比较特别的，正好参加一个有分量的比赛，得奖了，你这个盆景才值钱。”

“你担心花木之乡的工匠精神有一天会失传吗?”我问他。

“如皋的盆景到了我们这一代还好吧，但是跟老一辈比的话，我们的思路会不同，比如审美观念，走的路会不一样。当然，也有年轻人很传统的。”

如皋的精品盆景曲高和寡，能够玩盆景的人其实很少。一是兴趣所致，二是价格高昂。现在，许多的顾庄村年轻人开始将大盆景往小微盆景的方向去发展。年轻人将新的设计理念和传统的技艺进行融合，开拓出属于顾庄村盆景的未来之路。

但是，“花老”之后，顾庄村的大师还有吗？

听村民们说，顾庄村从花老开始，他有100个徒弟，100多个徒弟里每个人又有100多个徒弟。一代代手艺传承，高级职称的工匠多，但难见大师。

在日本、越南等国家和我国台湾地区都设有盆景学校，他们能不断地培养新的盆景艺人，让学生能专职研究盆景艺术，系统地总结经验，编写教材，有一套完整的理论供民众学习。因此，这些国家和地区的盆景发展就快，成为盆景先进的国家和地区。而中国盆景的各个流派各玩各的，培训少，交流少，总结少。

中国盆景发展到今天，虽然同日本、中国台湾等国家和地区还有很大差距，但中国盆景发展至今可以说是历史上的鼎盛时期。目前，我国盆景花卉出口在世界花卉交易额中仅占一小部分。在世界花卉年消费额达1000多亿美元，并以每年10%的速度递增的背景下，只要政策措施得力，我国完全有可能成为世界花卉生产贸易大国。如何激发我国盆景花卉的潜力，成为当下盆景花卉产业人思考的方向。

喜闻今年64岁的顾庄村村民王如生获奖无数，1974年，王如生开始从事艺术盆景创作，1998年拜花老为师。近三十年内，他有40多件作品在国内外盆景艺术大赛或展览中获奖，其中，获得全国盆景大赛金奖或一等奖15个，并获“BCI国际盆景大师”称号，是花老徒弟里的佼佼者，顾庄村的如派盆景传承人。

未来，我们也期待“80后”“90后”的顾庄村村民中能有“盆景大师”出现。

# 下　篇

# 对话中国杰出村干部

# 1 做了 52 年村庄带头人的常德盛，还在拼什么？

## ——蒋巷，中国农民的天堂

没有人一开始就知道自己会变得伟大，
以及如何变得伟大。
重点在于，你只需要做，就是开始。
再用感动上帝的态度去做，就会进入伟大者的行列。
哪怕只是一个村支书。

2017 年 9 月，我走进蒋巷村，探寻“一个贫困村如何变成首富村，实现共同富裕”的秘密，并与 74 岁的老支书常德盛对话，探讨美丽乡村的转型升级和未来蒋巷村的可持续发展问题。

40 多年前的蒋巷村，还是一个偏僻闭塞的苦地方，“小雨白茫茫，大雨成汪洋”、穷土恶水、血吸虫病流行，河沟坑洼、土地破碎，村民绝大多数住泥墙草房。

这是村委书记常德盛刚接手蒋巷村时的模样。从那时起，他开始当村支书，至今已做了 44 年的村支书，52 年的村庄带头人。

他说，穷不会生根，富不是天生。天不能换，地一定要换。

2016 年的蒋巷村，全村 800 多人，社会总产值达到 10 亿元，村民人均收入超 4. 15 万元，人均社区股份制分红 8000 元（不包括集体福利和别墅房补贴），成为全国文明村、幸福村。

蒋巷村是如何做到共同富裕的？

过去四五十年这里发生了什么？

今天的蒋巷村是如何建设社会主义新农村的？是否遇到新的发展瓶颈？

未来的蒋巷村路在何方，又该如何持续保持“首富村”的地位？

常德盛，这个 74 岁的老人，他的一生到底在追求什么？

走在江苏的乡村，渴了，我会找村民们讨果园里的蜜桃吃。饿了，会找田地里刨花生的村民大哥大姐要几把花生，唠唠嗑。

这里的人民普遍好客。

我不是真的渴，也不是真的饿，我是想更多地与他们交流。在闲谈中，去认识我熟悉又陌生的中国农村和农民。

车缓缓行驶在乡村公路上，在农村调研的时间久了，我从民居、村风、民风建设上就可以判断一个乡村的新农村发展程度。

至少从房屋美学角度可见一斑。农民们有了钱第一件事就是盖房子，这是朴实农民的“脸面”，也是中国人传统文化基因的体现。看一个村子富不富，先看房子，其次看环境卫生，再看村民素质。这个规律是没错的。

在酷暑天，顶着炎炎烈日，我又从苏北折回到苏南，在常熟、南通

**蒋巷村，百姓富裕、环境优美、乡风文明，这里被誉为“中国农民的天堂”。**

一带寻找心目中的新农村典型。助理给我罗列了一连串的乡村名单。我们一个个去调研、采风。江苏省常熟市蒋巷村是我一见钟情的乡村。村民房屋结构和村委会办公楼体现出的审美，已经显示了这个村子的与众不同。

我从江苏省的诸多美丽乡村名单里选择写蒋巷村，除了审美上的考虑，还有我的好奇心。不仅是因为有人说，这里是中国农民的天堂，更因为这个美丽的乡村，有个做了 52 年村庄带头人的可爱老大爷。我想知道他是如何在这个岗位上坚持了 52 年，又将把蒋巷村带向怎样的明天。

我想和他探讨中国新农村建设中诸多的问题，并寻找答案。

**村支书常德盛，他已经 74 岁了，做了 52 年的村庄带头人。如今，依然奋战在乡村振兴第一线。**

蒋巷村的村支书叫常德盛。这个名字在中国的村干部里，不容小觑。他是村主任们的教授级人物，拥有“中国十佳杰出村干部”的桂冠。

在与他相处的日子里，这个激情澎湃的74岁老人用智慧的火焰，重燃了我对信仰的希望之光。他让我相信，一个人真的可以做到全心全意为人民服务，在一个岗位上默默耕耘52年，用匠人精神做村支书。

一个平凡的共产党员，一个普通的村支部书记，常德盛用他的毕生心血和汗水，在一块贫瘠的土地上，改天换地，树立了自己的崇高威望，积淀了数千年的崇高美德，古代仁人志士所向往的理想境界，在他的身上得到了完美体现。曾有媒体这样评价他：

先天下之忧而忧，后天下之乐而乐。他做到了。

为官一任，造福一方。他实现了。

富贵不能淫，贫贱不能移。他达到了。

老吾老以及人之老，幼吾幼以及人之幼。他想到了。

# 当一个好村干部的秘诀

当一个好村干部，常德盛书记说，有秘诀。做到以下任何一点，就可以建成幸福村。

秘诀一：要用虔诚的心做事情，做什么成什么，用实际行动和数据说话。

常德盛是全国文明村的当家人，是全国劳模、全国道德模范、十八大党代表、中国知名农民企业家。

常德盛老书记在蒋巷村什么都没有，没有别墅，没有良田，没有豪车，不拿最高工资，也不拿最高奖金。

2000 年初，这里家家户户已经住在统一规划的小别墅里。但他和老伴直到现在还住在小镇上一处简陋的公房里。

金钱财富对于他来说只是数字。他的追求不在这里。

“穷不会生根，富不是天生。天不能换，地一定要换。我的目标是实现蒋巷村共同富裕，并且确保可持续发展，等我死后，也要一直幸福下去。”

幸福不幸福，数字说了算。蒋巷村有一系列让人震撼的数字。若不是亲眼所见，亲耳所闻，若不是亲身到实地调研采访、生活，真令人难以置信一个村委书记有如此卓越的成就和号召力。

74 岁的老书记，每一次换选，都以最高票当选村支书，村民们不让他退休，也担心他升官。于是，他作出了终身不离开蒋巷村的承诺。

作为江苏常盛集团董事长，按照公司改制规定，可以持有 1000 万元的股份，他一概拒绝。他的毕生理想就是让蒋巷村越来越好。

2016 年，全村社会总产值达到 10 亿元，人均生产总值超 4 万美元，村级可支配收入超 2000 万元。

2016 年，全村 830 多在籍人口，人均现金收入 4.15 万元，人均社区股份制分红 8000 元，家家住上了 220 平方米的别墅。

蒋巷村男满58虚岁，女满55虚岁的老人按“老”取酬，每月可领取600~1600元养老金，并统一提供优质口粮。

村里建设了158套老年公寓，按三星级标准配套用具，宽敞舒适、环境优美，免费给单身及双亲老人使用。全村实现养老保险全覆盖。

村里自办广播电视信息窗栏目，村民图书馆全天免费开放，每年向村民家庭赠阅《苏州日报》等“四报二刊”，鼓励撰写读书笔记。每年开展“读书学习先进家庭”评选活动，表彰学习型家庭180户左右，发放奖金30多万元。

学习型家庭，成为蒋巷人提升素质的重要载体，自觉学习的终身学校。

更重要的一个数字是，村里建有“蒋巷村档案馆”，保存着20世纪60年代至今的村委文件和财务资料。这是相当了不起的成就。

我无意中翻到一个卷宗：《任阳镇蒋巷村——经济——本村六十年代农副产品年终分配、年度统计表》。卷宗上标明时间：自1962年至1969年，保管期限：永久，本卷共12件，111页，归档号：1。

蒋巷村档案馆，走过全国100多个村庄，这是我唯一见到的村庄档案馆。

1 号文件是蒋巷村档案馆最早的文件。实际上，蒋巷村还保存着 1961 年的财务报表，只是资料很少。

打开 1 号文件的档案袋，卷内纸张已经发黄、票据整理得非常细致。有《粮食与分粮分析表》《农作物产量综合表（国营与集体经营部分）》《基本核对单位收益分配表》《生产队、生产大队主要农产品产量的社会分配表》《人口变动情况统计报表》《人民公社年终分配报表汇总》《蒋巷大队现有生猪情况表》……

看到这些记录清晰、详尽的历史文件，常德盛和他的村委班子的能力跃然纸上。初中没毕业的常德盛相当了得。出于对档案馆的喜爱，我在档案馆里待了许久，仔细翻阅一个个档案袋，如获至宝，这是历史的见证。若有学者要研究 20 世纪 60 年代至今的中国农村发展史，蒋巷村的档案馆是个好地方。

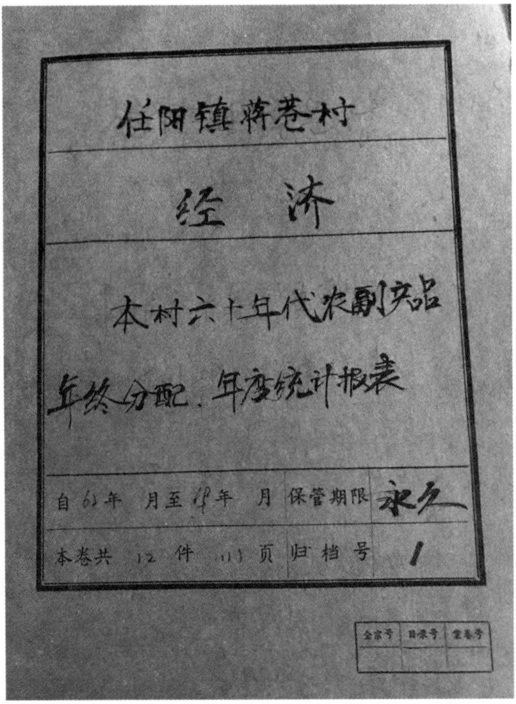


**蒋巷村档案馆里的 1 号文件，最早追溯到 1961 年。**

蒋巷村档案馆内设。

在档案馆里，我还遇到了五位年迈的老者在给蒋巷村写“村志”，他们有的是蒋巷村的退休教师，有的是乡镇府退休的文职人员。他们接到蒋巷村委会的委托，计划用两年时间完成蒋巷村的“村志”，向改革开放 40 周年献礼。

后来，我和常德盛老书记闲聊时，提起档案馆的事，“您当初是怎么想到把这些村史资料保存下来的？我看到每一年各家各户分了多少柴米油盐都清清楚楚。这要克服多少困难，又需要多少坚持啊”。

“这件事是理所当然的，觉得应该做，就做了。我就奇怪了，怎么许多理所当然的事还要受表彰呢？人们把太多应该做的事忘了，做了太多不应该做的事。”老书记的话一针见血。

秘诀二：每天 6 点起床去村委会上班，每天绕村步行 10 公里，主动走近村民，现场办公，第一时间解决村民问题。

不远千里去传奇的蒋巷村采风，我是有压力的。

常德盛老书记如今已经74岁高龄，做了52年的村庄带头人。他本身就是一个传奇，他的头衔和荣誉数不胜数。多位国家领导人曾给予他很高的评价：

2004年3月，温家宝总理视察蒋巷村时称“你这个村叫作全面发展，农业发展、乡镇企业发展、村民富裕”。

同年11月，曾庆红副主席视察时被树木成林、草绿花红、稻谷飘香的景色深深吸引：“多好的地方啊，这就是现代化新农村。”

2006年11月，全国政协主席贾庆林和副主席王忠禹视察了蒋巷村，高度赞扬常书记热爱农村、热爱农业、热爱村民。

2007年5月，全国人大常委会委员长李鹏视察蒋巷村时称赞蒋巷村村民真幸福！

2008年7月11日，全国人大华建敏副委员长视察，对蒋巷村的社会保障体系全覆盖非常赞赏。

2010年4月26日，中宣部部长刘云山为蒋巷村题词“幸福新家园、和谐文明村”。

……

常德盛带领蒋巷村做的许多事在当时都是开创新农村建设的先河之举。现在，他继续着他的传奇人生。

当初，我提出要随访常书记的日常，记录他最平凡的日子。他的助手张卫清好心提醒我说：“张老师，您还是再考虑一下，采访老书记，要做好劳累奔波，身体吃不消的准备。他每天5点半起床，有时候6点就到村委会了。”

我说：“没关系。我6点就在村委会等他。”

关于他6点就开始在村委会工作这件事，我是早有耳闻的。江苏省常熟市曾筹拍了一部评弹戏曲叫《千里寻宝》。记录的是多年前，有一位来自山东的先生，在报纸上看到常德盛的事迹，他不相信一个基层村

当我早上 7 点到村委会时，常德盛（左一）已经在跟村干部交代当天的重要工作。

干部能做到如此克己奉公，他便较真地搭火车专程到蒋巷村，并于 6 点就蹲点在蒋巷村村委会门口，真的亲见了常德盛的 6 点上班。

他的助手张卫清还说：“老书记从来不坐车的，都是走路。每天上午都要步行 10 公里，把村里转一遍。他是现场办公，田间、地头、村民家里、村诊所、养猪场……哪里都可能是他的办公地点。您受得了吗？我都受不了步行这 10 公里。”

“嗯？”我着实大惊，中国怕是找不到第二个每天步行 10 公里，坚持把村子角角落落转一圈的村支书了。有些村庄，村支书一年到头都见不到人，甚至有些村民连村支书叫什么都不知道。

他是个奇人。我一定要瞧瞧他每天步行 10 公里都在做什么。我倔强地说：“不怕，我也是徒步爱好者。74 岁的老书记都能走，我们年纪轻轻还走不了？”

**我每天随访常德盛，亲历他步行 10 公里现场办公，记录下他的日常。**

实际上，我随访了几天发现，74 岁的老爷子步伐不是一般的矫健，步行速度非常快，一般人都跟不上他的节奏。我基本都是一路追着他在田野里、园区里、养猪厂里、小河边上小跑，同时还要做笔录。

第一天 10 公里下来，我瘫坐了 20 分钟，揉揉腿。第二天，小腿还在酸痛。但我忍着，继续走，不能让老书记看我们都市年轻人的笑话！

我每天跟着他随行采访，他开会我就在一边旁听、观察他的言行。他去部署工作，我寸步不离跟随。他挽起裤腿，下地查看秋收和河道情况，我也穿着长筒靴踩在泥巴田埂上。我必须记录真实的他。

唯一的困难是他那一口夹杂着浓烈的常熟方言口音的普通话，我听着有点费劲。常书记是个细心的人，没想到他事先就替我解决了这个问题，特意安排了一位村里年轻的姑娘陪同当翻译。一日 10 公里，步行几天下来，这个姑娘皱着眉头跟我说："其实要不是给您当翻译，我都多少年没走过这么多路了，村里这块地我还是小时候来过。走的实在太累了。不过，太佩服我们书记了，他竟然每天这么走。"

常德盛的家不在蒋巷村。他在小镇上住一套普通的公房，他不希望旁人打扰到他生病的老伴，我便在屋外偷望了一眼他略显寒酸的家。他的两袖清风，一身正气，让人不可思议。

"为什么您和老伴不住村里的别墅？"我问他。

"我的户口 20 世纪 80 年代就迁出蒋巷村了，我们蒋巷村的规定，只有户口在这里的村民才能住村民别墅。"他解释说。

"这规矩谁定的？"我问。

"我定的啊。自己要带头遵守。"他笑着说。

我……一百个不理解，"您自己给自己挖坑？您怎么不为阿姨和家人着想？"

"否则人人都想住别墅，我怎么协调有限的土地和房子呢？什么房子都是住，我小时候住的都是漏风漏雨的茅草屋，现在住镇上的小高层已经很好啦。等你到了我老常这个年纪就什么都想明白了。"

老常不是一般人。他活得通透、明白。

村委班子 7 个人，这项规定出来时，村委有 4 个人的户籍都不在蒋巷村，常书记要带头做好村民别墅的分配。

常德盛（右三）和他的村干部团队。

这些村干部们全心全意为蒋巷人民办事，却享受不了蒋巷村民的福利待遇。这是一个高度职业化，具有超强凝聚力、执行力的村委团队，是用专业化标准考量后，按市场化运作方式外聘的管理人员。

我跟现有村委班子的每一个成员都打过交道，他们每个人都可以独当一面。年底按绩效考核，以每个人对村庄的贡献度发放工资和奖金。

见过那么多的村委会，蒋巷村委的专业性和敬业能力尤为突出。他们以高效、务实、勤勉的工作态度形成了基层干部队伍的良性循环。

“但您和他们不一样啊，您出生在这里，长在这里，把一生都贡献在这里了。为什么不能跟大伙一起分享劳动果实呢？”我还是充满疑惑。

“我永远都是蒋巷人，我以蒋巷为傲。只是我不是有蒋巷户口的人，并不影响我为蒋巷服务。我已经分享了身为蒋巷人给我带来的荣耀，国家和人民的认可，这是千金难买的荣耀。其他我不需要。”

他也什么都有，他有这个村村民的爱戴，各级政府对他的信任，以及我们的尊重。

这个不服输的老人，是个自带无穷能量的人。跟着他开“特色田园乡村”的项目会议，我发现，他的思维非常敏捷，跟年轻设计师打交道不守旧，思想开放，包容心很强，颇具互联网思维。

他平均每天的接待量达到7批次以上。有些来访团队，人数达到两三百人，还要求与他合影、听他演讲，请他谈谈如何建设新农村，如何发挥一个党员的模范带头作用，如何发展乡村旅游，等等。只要他的身体条件允许，他很少推辞。

我随访的日子里，有一天下雨，天气阴冷，他踩着布鞋，接受几个采访团的邀请，在雨里和来访团成员合影。有些人没有顾及年迈老书记的身体和恶劣的天气，你推我搡，一拨又一拨找老书记单独合影。

我心里觉得很不是滋味，但还是撑着雨伞，按下了快门。

事后我问他，为何每一批游客都要亲自下楼来接待？太耗精力了。

他说：“这些游客都是有组织的，冲着我来的。如果能让他们高兴，他们会帮我们传播出去，蒋巷村的旅游业才会被带动起来，村民的福利才能有持续的保障。如果他们是来学习的，就分享一些干货给他们，不要让人家失望，让他们真正学到些什么，回去建设家乡。”

秘诀三：建立一个没有休息日的村委会，每天学习四份报纸，与时俱进，与时间赛跑，舍小家顾大家，力争上游。

在调研中我了解到，蒋巷村的村干部们从来没有“休息日”这个说法，有事只能走请假手续。即便春节、除夕夜，村委也都是要值班的。常德盛书记的助手张卫清基本都是随叫随到的。而我走过的其他村委会，白天都看不到几个人，下午4点半就大门紧锁了，更别提周末加班了。

常德盛每天都在琢磨蒋巷村的可持续发展之路，“时代在变，别的村我也管不了。但是，我们蒋巷人民的生活好了之后，要更好，我们基层村干部不能自我满足，要永不停息！”

“怎么做到与时俱进，有秘诀吗？您是不上网、不玩微信的人。”我问他。

“每天看四份报纸算不算？《人民日报》《常熟日报》《苏州广播电视报》《苏州日报》我都要看的。我也想看电视的，老伴儿跟我抢遥控器。”老常呵呵笑起来。

“那您再买个电视机自己看啊，咱不跟阿姨抢。”我调侃他说。

“哎，不买，两个理由：家庭要和谐，老伴儿要节约。不要引起不必要的家庭矛盾。”他说，老伴儿是个非常节约的上海知青。家里不是没钱，有钱她也不用。生活还是非常朴素的。

家里洗脸、洗菜后的水都要存储起来，用来冲马桶。更严格的是，老伴儿每天早上起来的第一件事，是去挑井水、洗衣服。因为老伴儿说，自来水要花钱的。74 岁的老常数十年如一日，大清早提着空桶下楼去打井水。

即便当了大名鼎鼎的江苏常盛集团的董事长，也要去挑一担井水。这是他对老伴儿的包容和爱吧。“我能为她做的就这点事了。”他说。

“听说阿姨一直想去杭州看看。20 世纪 90 年代有一次面对央视记者的提问，她就提出了这个梦想，请问您后来带阿姨去了吗？”

“去了，去了。有一次我去杭州疗养，就带老太婆去了。你这丫头功课做得挺足，这事都知道。”他不好意思地说。

“去西湖了吗？”我追问。

“哎呀，好像就待了一天吧，还要看病。不记得有没有到西湖了。就转了转。”老常愧疚地说。

老常不是一个传统意义上的好先生，他陪妻子的时间太少了。连妻子去西湖这件事都没有满足。

那么，他是一个好爸爸吗？

“书记，您自我评价下，您是一个好父亲吗？”

“你觉得我是不是？”

“我觉得您不是，我要是有个爸爸跟您一样只有村集体的事，对家里的事不管不问，我会很难过的。”我坦诚地说。

“我心里自认为自己是个好父亲，但是事实上我并不是一个好父亲。当时，我的女儿读到四年级就没读书了。”

“为啥子？”

“没有机会给她读了，当时我在村里做大队长，天天在忙。我这个女儿很好。我儿子是读到初中就没读了，后来就放任他们去了。”

“他们会恨你吗？你们产生过矛盾吗？”

“她对于我没有什么怨，到现在还好，能够理解。20 世纪 90 年代的时候，她要去广东打工做裁缝，我不让她去。我们村里新农业、新工业刚开始发展，我的女儿怎么能带头离开蒋巷村？她要留下来做村民。当时，大家不乐意劳动，都想去大城市。后来，我给村里造新房子，也是先给人家，我家是后面才造的。家里人对我没有意见是不可能的，但是习惯了，一家人有什么怨恨呢。”

“女儿她现在好不好呢？现在在村里吗？”

“蛮好的，她不在村里。我那两个孩子，大女儿后来到了一个公司工作。公司破产以后，自己又自立门户开店去了。我的儿子读到初中就没读了，当时我也没帮他争取镇上的分配。他自己去了一家店打工，一做就是 6 年，从十几岁做到了 23 岁。”

“那他当时做什么呢？”

“烧菜。当时他工作的地方到我家里没有路，天不亮他就起来上班去了。到 1992 年，我要在村里发展工业的时候，让他回来帮忙。前些年集团转制以后，他在一家企业当了负责人。”

以上三个当好村干部的秘诀，我讲给全国各地的村干部朋友们听，他们听完的反应是："不是吧？好难！真有这样的村支书？"

普天之下，能如此"认真"地做村支书的，只有常德盛了。

他说，他那个年代的人，说话喜欢引用毛主席语录，他的偶像是毛主席。他引用最多的一句是："一个人做一件好事不难，难的是一辈子做好事。"他就是一辈子都在做好事。重要的是坚持，不怕苦，不怕难，不怕烦，不怕累，不怕吃亏。

村里每家每户的情况他都了如指掌，包括家庭成员的脾气如何、妯娌矛盾、家庭构成。路上遇见谁，他就会跟我随口讲起这一家人的故事。哪一家适合做什么产业，村里量身定做，一对一辅导择业、就业、创业，集体营造好大环境，鼓励他们致富。实在没能力的，就集体帮助他们种田或者做副业。

他说，他是个理想主义者。蒋巷村的发展之路是实现共同富裕，一个都不能少，一个都不能漏掉。

蒋巷村生态园里，有一片树林叫"聚心林"。"聚心"是常德盛这么多年管理蒋巷村，实现共同富裕的法宝。他带我去看过那片绿荫葱葱的小树林，这是他留给后人的印迹。村里的每户人家都会在"聚心林"里认领一棵树，每一棵树上挂着一个特制的小牌子，牌子上写着人们的寄语。

那是蒋巷村人民对美好生活的感恩和向往。

## 蒋巷亮点一：
## 让老年人有尊严，成为村里最幸福的人

蒋巷村在新农村建设中的开创之举非常多，限于文章篇幅，这里重点分享最难实现的两点。

我和常书记走在蒋巷村的“老年人公寓”。这一天，他的 10 公里徒步路线是老年人公寓、蒋巷村生态园。

**蒋巷村老年公寓。蒋巷村是全国敬老模范村，老年人不仅可以入住免费的老年公寓，人均每年还有 2~3 万元的养老分红。**

老年人在其他村庄是最弱势的群体，在蒋巷，却是最幸福的人。常德盛也因此被评为“全国孝亲敬老之星”。

当今城镇化的社会有一个普遍现象——邻里之间缺乏沟通。以前老年人，住隔壁的都会说：你们今天烧什么吃？这个东西怎么做？从东家

聊到西家。农村一个朴实的民风是什么？就是大家端着一个碗，从东家走到西家，从西家再走回来，饭也吃完了。

小时候，我常跟奶奶到左邻右舍串门。这是多好的一种熟人社会的氛围，现在没有了。大家都关起门来，隔壁怎么吵、怎么闹，不关我的事，邻里之间的关系也淡化了。

蒋巷村要改变这样的邻里情况。

蒋巷位于阳澄淀泖地区的沙家浜水乡，历史上是地势低洼、血吸虫危害严重的地区。加上位置偏僻、交通闭塞，所以是一个"糠菜半年粮，泥墙茅草房"的贫穷小村庄，以前的村民食不果腹、衣不御寒、体质低下。这是村里老人们共同的童年、少年、青年时代的记忆。

在常德盛的组织带领下，几代蒋巷人团结拼搏、艰苦奋斗，改造了自然环境，消灭了血吸虫病，强健了村民体魄，发展壮大了村级集体经济，走上了强村富民、共同富裕的道路，为建设社会主义新农村规划出全新蓝图。经过几十年的努力，村里初步建成了由 192 幢别墅和 158 套老年公寓组成的"村民新家园"。

"就跟打仗一样，村里 55 岁以上的这一批老年人都是我们蒋巷村的功臣。他们应该享受蒋巷村最好的福利。不善待老人，天理不容。"他说。

这里不乏 80 岁、90 岁左右高龄的老年人。长寿是新时期蒋巷村的一个显著特征，四代同堂、五代同堂在幸福蒋巷是常见的。这在几十年前贫困的蒋巷村是绝对不敢奢望的。

早晨 7 点 40 分，我和常德盛书记遇见 84 岁的老人蒋阿水扛着锄头去"老年人菜园"种地（毫不夸张地说，老人看上去只有 70 岁左右）。据说，村里专门在"老年人公寓"旁边划了一块地，给闲不下来的老年人散步用。

蒋阿水爷爷 4 点起床，6 点就开始劳动了。我们寒暄了几句，我问蒋爷爷如何致富。他脱口就答："要致富，一靠勤劳，二靠领导。"

常书记在老年人公寓挨家挨户问候。他要了解每个老人的身体状况和生活需求，以及他们子女的情况。

上午 9 点，我们到了 81 岁的老村主任徐友泉的公寓门口。公寓门上挂着“老党员之家”的牌子。他在晒粮食，他的弟弟徐永明也在现场帮忙。徐永明和常德盛书记年龄相仿，70 多岁。我拍下了一张对比鲜明的照片，照片上的两人看起来相差至少十岁。

“常德盛他太操心了，村里事都是他操心啊。操心的人老得快。”大爷们说。

上午 10 点左右，我们在蒋巷生态园遇见了前面提到的蒋阿水爷爷年过 60 岁的儿子。他负责生态园里一块绿地的清洁卫生，每天 6 点多就到生态园干活了。“就扫一上午，等会就回家吃饭了，闲着也是闲着，当作锻炼了。除了村里的年终分红和养老金，一个月还能再赚两三千块钱呢。”他喜滋滋地说。

“一年下来，您和老伴儿收入七八万，您用得完吗？”我默默算了笔账。

“我们有啥好用的，不缺吃、不缺穿，生病了有医保，村里什么都发，我们赚的都给孩子们了。”老人说。

路上我和常书记聊到村里的老人都有工作的问题，“让老年人有依靠，更重要的是活得有尊严，腰板挺得直，不看儿孙的脸色，他们才会幸福。只要他们干得动，扫一两个小时的地我也额外发工资。”常书记跟我传授经验说，“解决家庭婆媳矛盾的核心问题，是解决老人们的归属问题。”

村里拨巨款建设老年人公寓这件事，起初部分村民是反对的。甚至，有上级领导提出批评：“这是瞎搞，破坏了中国人传统的家庭关系。老人应该和孩子们住在一起，被赡养，把他们分开干吗？”

常德盛说，“我也是老人，我知道老人想要什么，不想要什么。并不是和子女住在一起就开心。活得有尊严，活得自由，还发挥余热的价值，不给子女们添麻烦才是最开心的。何况，老年人公寓有利于解决中国几千年来的婆媳关系问题。解决了婆媳关系问题，大部分家庭就和谐了。”

事实上，实践证明，常德盛的决策是正确的。

天色还早，恰巧，我们在生态园碰见一批外村的花草养护工。他们和常书记打招呼。人群中有一位是嫁到外村的蒋巷人。她说：“我那个村老人们负担重，年纪大了靠自己，要给孩子们上学、买房、结婚攒钱，手上没有负债就算好的。趁现在我还能动，抓紧赚点钱给自己以后花。村干部个个都像常书记这样有本事就好了。”

蒋巷村不仅解决了本村老年人的就业问题，也给附近村庄的老年人提供就业机会。至于江苏常盛集团带来的数千个工作岗位就更不用提了。

平时，常书记午休的时候，我会跑到“老年人公寓”跟老人们聊天。

一个午后，90 岁的王梅英奶奶和 76 岁的徐月娥奶奶在地里忙碌，她们是骑着三轮车来给菜地锄草的。三轮车里装着农具和肥料。

“奶奶，你们骑三轮车没问题吗？”我真是惊出一身汗来，摆弄了一下三轮车，我都控制不住。

“好得很，我还骑着去镇上买东西。”徐奶奶得意地说。

“你们要注意安全，马路上车多。”我叮嘱道。

“知道，小心着呢。不要紧。”

阳光洒在绿油油的蔬菜地里，我在菜地里和爷爷奶奶们蹲着闲聊。来蒋巷村几天了，我与他们已经很熟了。其实，主要还是因为他们热情好客，拉近了我和他们的距离。

在村里采风期间，我还认识了村里最年长的老人——93 岁的余翠红奶奶。她是一位乐观开朗的老奶奶。常书记称她为“大妈”。余翠红奶奶是看着常书记长大的，也是看着蒋巷村发展的见证人。

**我在老年公寓采访最年长的老人，93 岁的余翠红奶奶。她跟我讲述着村干部们如何带领村民致富。**

一天下午 4 点，余翠红奶奶从村里的老年人棋牌室打完麻将回来。她拉着我的手，悄悄地说，“嘿嘿，输了 3 块钱。”

“您还玩牌呢？还来钱啦？”我目瞪口呆，这个岁数的老年人在麻将桌上，不仅考验反应能力，也考验计算能力。

“可不，不能老年痴呆嘛。村里有规定，常书记不让我们赌，谁赌批评谁。我们就来一两块钱玩下。姑娘，你吃饭了没有？我去做晚饭给你吃。跟奶奶说，想吃啥？”奶奶矫健地走进厨房，一边走一边嘱咐我替她保密输钱的事。

“别，奶奶，要做饭也是我做给您吃，这才四点呀，您这么早吃晚饭？”我跟在她身后，瞅了瞅手表。

“我们老年人吃得早、睡得早、起得早。”

“您都自己做饭吗?”我发现各家厨房里的设备都是统一配置的。

“我身子骨好着呢，咋不能自己做饭?瞧不起我这个老太婆?我还做给我儿子、孙子们吃。你看，我冰箱里什么都有，鸡鸭鱼肉，你想吃啥?你要是都不喜欢，我去村里的菜市场买菜。老太婆有钱。”奶奶是个话匣子，打开冰箱，扭头对我说，“过些日子，常书记给我们老年人建了村民食堂，连饭都不用做了。要把我们养肥了、养懒哩。”奶奶的口齿清晰，嗓门很大。

她踩着小脚，又拉着我进里屋，去看她的卧室，还有她纳的新鞋底，以及常书记和村干部们给她送来的新床单、新被褥。

“我们连被单都不用洗，这都是常书记派人来洗的。他真是好人，好人啦。”从我进门，奶奶的笑就没停过。

奶奶拒绝谈蒋巷村很久以前的事，她眼睛里闪烁着泪花说：“太苦了，不想说，你要把老太婆说哭的。不容易啊，今天开开心心就好。”

“好，再也不谈了，奶奶开心、身体好就行。”我握着奶奶的手在院子里晒着太阳，享受蒋巷村的暖阳时光。

几位打完门球的爷爷们也陆续回到了公寓。傍晚时分的老年人公寓，家家户户厨房里热闹起来。也有些住在别墅区的子女纷纷向老年人公寓走来。孩子们闹腾的声音此起彼伏。

“一家人聚在一起吃饭才香哩。”人们说。

在蒋巷村，老人们可以自由选择是否在老年人公寓居住。老人们有共同话题，他们行动更自由，他们住不惯上下楼的小别墅，他们的饮食习惯和年轻人也有差异。

实际上，老年人公寓与别墅区只有五米马路的距离。老人和子女相互往来十分方便，有效解决了年轻子女照顾父母、维护亲情的问题。

村里还专门建有居家养老服务站，组织和拓展志愿者队伍，定期举办服务技能培训，提高志愿者自身素质和服务水平，为养老服务对象解决生活方面的实际困难，积极开展日托照料、家政料理、康复护理、精神慰藉、医疗保健等养老服务。认真落实老年人医疗优惠政策，为养老服务对象就医提供优质服务，建立老年人健康档案，根据老年人的需求，设立护理病床，上门送医送药，老年人有医疗服务需求的随叫随到。服务内容包括：

日常生活照料：为有需要服务的老人做饭、洗衣服、打扫卫生；

康复护理服务：为需要半护理或全护理的老人提供日常护理服务；

料理个人卫生：为老人洗澡、理发、修剪指甲等；

卫生保健服务：上门诊疗、量血压、康复护理、健康咨询等（社区卫生服务站）；

精神慰藉服务：与老人谈心聊天、读书读报、情感交流、心理沟通。

让我们来看看，蒋巷村是如何一步步实现老年人赡养计划的。

2016 年，蒋巷村社会总产值达到 10 亿元，村民人均收入超 4.15 万元，人均社区股份制分红 8000 元，覆盖每一个老人，这里是全国敬老模范村。

随着村级经济的快速发展，村民生活水平、生活质量的不断提高，蒋巷村对老年村民的物质赡养和精神赡养水平也随之逐步提高，让全村 288 名老年人尽享社会主义制度的优越性和改革开放成果，较好地解决了“老有所养、老有所医、老有所乐、老有所为”的问题。村里具体制定了几项尊老、敬老和养老的措施：

**一是逐年提高老年人养老金。**

目前蒋巷村民凡女年满 55 周岁，男年满 58 虚岁，就开始享受本村的养老待遇。从 1979 年开始，村里建立起老年社员养老金制度，那时要年满 65 岁，一年是 60 元。一方面是给老年人在建设社会主义新蒋巷过程中艰苦创业奉献的回报，同时也是为培养年轻一代树立尊老敬老观念的重要举措。

这项养老金制度从起步时的一年几十元到几百元，并逐步提高到

2010 年的 4800~12000 元不等，2012 年调整为每月 500~1500 元不等，2016 年调整为每月 600~1600 元不等，实行按“老”取酬，真正把老有所养落到实处。

一到“老年节”，村里每年都要开大会，总结表扬全村在一年里涌现出的尊老敬老先进典型，为老年人过好集体生日，送上实用的生日礼物。同时提升了大病风险等医疗保险，村医疗卫生中心每年组织老年人体检，每个老年人都建有健康档案，2017 年还成立了老年慢性病友俱乐部。村里还按优惠价提供优质绿色大米。

同时，老年公寓附近还专门辟出蔬菜地让老年人自种自给，让他们享受劳动的快乐之余，还能吃上安全放心的新鲜蔬菜。

**蒋巷村文化广场，老年人们每天在这里打门球，参加各类文体活动。**

**二是四次提升老年活动室设施档次。**

在 10 多年里，蒋巷村老年活动室，四次易地重建，每次建设面积都能得到扩大，设施不断完善。根据最新村级整体规划，如今的老年活动室建设在老年公寓里面，室外绿树环绕，健身场地与小桥流水为伴。

室内有线电视、电开水炉、活动桌椅、空调电扇、健身器材一应俱全。茶水免费供应，配备专人管理。每年都要组织邀请评弹、专业剧团、业余小分队等为老年人演出，丰富了老年人生活。

前几年，蒋巷村还拨款300多万元，为集镇建设了文化广场，为集镇老年人提供了一个休闲、健身、娱乐的好去处。

**三是让老年人免费入住老年公寓。**

在村民集中居住的别墅区旁边，蒋巷村专门为老年人建造了158套老年公寓，每套住房平均50多平方米，按三星级宾馆标准配备用具，灶具、卫生洁具、自来水、闭路电视、广播、电话、空调以及应急呼叫器等均由村集体投资。室外有3米宽的走廊。大食堂、活动室、医卫中心都近在咫尺。

老年人可自由选择居住，村里鼓励老年人与子女同住别墅，大家庭和谐美满，而且实施奖励制度，凡单身老人与子女同住的家庭每年奖励2000元，夫妻档老人与子女同住的家庭每年奖励3000元。老年人选择入住公寓，不发奖励也不收房金。

目前全村90%以上老人已居住在这安宁静谧的“世外桃源”。

**四是积极发挥老年协会特有的作用。**

村党委、村委会重视发挥老年人特有的无可替代的作用。在新农村建设过程中，先后有116位老党员、老干部、老骨干、村老年协会会员被聘为“精神文明建设宣传员”。在优良传统教育中，他们又是艰苦创业精神的“辅导员”；在发展生产的过程中，他们又成为维护集体资产的“监督员”；在创建安居环境时，他们担当了“社会治安协管员”，其中不少老年人还是农副业生产和生态环境建设的“战斗员”；在全村各种活动中，都能看到他们积极忙碌的身影；新农村建设的光荣册上都留下他们的荣誉。

**五是量力而行，为120多位老人安排适度劳动。**

勤劳是农村老年人的优良传统，虽然年纪大了，但要一天到晚待在家里，无所事事，他们就会感觉浑身不自在。蒋巷村的老年人也不例外，在生活质量改善以后，他们的身体素质都很好，村党委、村委会充分认识到这一点，根据老年人的意愿，安排适当的劳动工作岗位。如生态园的种植、养殖、加工、环卫、绿化、食堂等。

这些老人除了领取养老金之外，又能从劳动中获得工资性收入，劳动过程中增加了交往、交流，愉悦了身心，强健了体魄。蒋巷老人的平均寿命也有所提高。养老金制度实行时，年龄80岁的全村只有2人，如今超过80岁的已有近30人。

蒋巷村的老人们沐浴着村里的关怀，与此同时，他们也在“五个文明”建设中积极地发挥着老年人的作用，为蒋巷村建设成“生产发展、生活宽裕、乡风文明、村容整洁、管理民主”的社会主义新农村，让老人们为实现“绿色蒋巷、优美蒋巷、整洁蒋巷、和谐蒋巷、幸福蒋巷”尽自己的一份力量；蒋巷村的老人们过着比城里人更丰富、更实在的生活，他们为生在蒋巷而骄傲。

## 蒋巷亮点二：书香村庄，源于 1997 年

在蒋巷村调研期间，除了让我惊叹不已的档案馆，村民图书馆是另一个让我赞叹的地方。在中国的大部分村庄，都设有村民阅览室，又叫农家书屋。蒋巷村的村民图书馆不仅软硬件齐全，还有专人管理。我在这里发现了许多家庭的读书笔记，多达成百上千本，令人难以置信。

下午，我专程来到村图书馆里，看村民们的读书笔记。有孩子们的，也有成年人的，还有老人的。有些字写得扭扭歪歪，有些字清爽秀丽，有的是读完一本书的感想，有的是记录读到一篇新闻的感触……

在当今中国，全国掀起书香阅读风潮的时候，这个小村庄于 1997 年就成立了"村民读书协会"，将书香阅读计划纳入了村委会的重要工作，并持之以恒地坚持到了今天。没有任何上级政府给予行政命令让他们这么做，他们自发地做了这件事。往往越是自发的工作，越有效率。

在一个夜晚，我拜访了蒋巷村的"阅读之星"优秀家庭蒋振华家。蒋老师是一名小学数学老师，他向我展示了 2000 年至今，他们家获得的"阅读之星""学习之星""文明家庭"的奖状，还有 2002 年时，在"读书型家庭"评比活动中获得一等奖的奖品——一台彩色电视机。

"十几年前，好多村都还没解决温饱。我们村里能拿出这么多钱给村民订报纸、杂志，鼓励全民阅读，这在现在都是不多见的。那时候的一台彩色电视机可是稀罕的。所以，我一直当宝贝似的放在书房里。"蒋老师回忆说。

他还向我展示了村里统一派发的书柜、报纸和杂志，还有读书笔记本。"这书柜是当时村里发的，这些书、工具都是村委会配备的，连本子都是村委会发的。发给我们是为了让我们写读书笔记，帮助我们养成阅读的好习惯。村干部们还要定期抽查呢，他们这项工作坚持了十几

2002 年，蒋巷村奖励给“阅读之星”的彩色电视机。

年，从来没有间断过。”

他还带我参观了他飘逸着书香的家，“我们常德盛书记是个了不起的人。像我这样的乡村小学老师，有几个能靠微薄的工资住小别墅，过上小康生活的？我很庆幸出生在蒋巷村，我的儿子去上大学，村里还有助学奖励。事实上，这么多年的村风建设和阅读的影响是潜移默化的，可以从根本上增强村民的文明意识。”

**蒋巷村是如何落实书香建设的？**

蒋巷村从 1997 年开始，以开展家庭读书学习竞赛为载体，破除了村民过去那种“春天播，秋天收，农村种地无须读书照样获丰收，村民进厂上班无须读书照样拿工资”的落后意识，致力于提高村民知识层次，催生新一代知识型村民。

从2000年8月开始，蒋巷村以“村民读书活动”为切入点，在全村186户家庭中开展“创建学习型家庭，培育知识型村民”主题活动，通过深入调研、广泛发动、精心组织、激励先进等一系列措施和手段，进一步激发了村民自我学习提高、增长知识才干的热情，为蒋巷村建设书香社区，培育新型村民搭建了切实可行、富有成效的平台。

从1997年开始，蒋巷村开展家庭读书学习竞赛，每年评比、奖励学习型家庭。

这一举措给村里的经济建设、社会事业建设、民主法治建设、文化建设增添了新动力。同时这项活动还与开展创建文明单位、文明家庭、文明村民活动结合起来，成为建设社会主义新农村，促进强村富民、共同富裕目标的重要内容，使蒋巷村的精神文明建设和全国文明村建设提高到一个新的水平。

**集思广益，引导村民广泛参与。**村党委专门召开座谈会、研讨会，研究确定创建学习型家庭的总体思路和实施方案，把它作为提升村民综合素质的最佳手段，作为激发学习兴趣、学会学习、学会做人、学会做事的终身学校。

在创建目标上，通过健全组织，加强领导，立足“以人为本，以家庭为依托”，努力提高村民综合素质和社会文明程度；在活动内容选择上，以适应市场经济、农业科技实用知识、市场营销知识、法律法规、公民道德建设知识等具有较强时代性的内容作为重点；在参与主体上，全家庭成员共同参与；在设施建设上，建办图书馆、阅览室，开通有线电视、更新有线广播、添置摄像摄影机、电视机、VCD、文体活动器材等设备，自办广播电视信息窗栏目，为每家每户发放笔记本、赠送“四报二刊”，即《新华日报》《苏州日报》《常熟日报》《苏州广播电视报》《婚姻与家庭》《大江南北》，村图书馆还购进了千余册各类实用技术书籍，并制订切实可行的学习计划和创建标准。

通过召开动员会，广泛宣传读书活动的意义、目的、要求，并将计划、要求、标准印发给每家每户，让他们对照要求和标准自觉加强读书学习。有的家庭在阅读学习村里赠送的书报刊以外，还自费订阅家庭教育及其他一些报纸杂志，自购各类实用书籍，部分家庭中的藏书已经超

蒋巷村村民的读书笔记。

过百册。

在读书活动中，绝大部分家庭还**自购书橱**，对一些经济条件相对差的家庭，村里还免费**赠送书橱**。

**村图书馆、阅览室现在每天开放，专人负责**，为村民提供免费借阅服务，深受村民欢迎，有些村民还利用互借家庭藏书的方式拓宽知识面，有的村民还自发集中在一起学习。

在翻阅村民们的读书笔记时发现，许多村民在读书笔记里，还写下了他们的日记，比如参加村集体活动后的感受，对蒋巷村发展的建议，等等。可见，这个村的村民参政议政的积极性很高。村里每年还会拨出一笔钱，专门奖励这一年对村里的建设提出宝贵意见并被采纳的村民。

村民们敢于表达心声，理性思考，共同参与村庄治理，这一点难能可贵。

# 蒋巷村的强村富民之路：实现共同富裕

蒋巷村位于常熟、昆山、太仓三市交界的地方，是常熟市最偏僻的一个小村。40 多年前，这里泥墙草房、穷土恶水、瘟疫横行。如今的蒋巷村已经成为百姓富裕、环境优美、乡风文明的幸福家园，焕发出科学发展的无限生机与活力，呈现出一派欣欣向荣的景象。

**村强**。农业、工业、旅游业齐头并进，实现了一、二、三产业协调发展。2016 年，全村社会总产值达到 10 亿元，人均 GDP 超 4 万美元，村级可支配收入超 2000 万元。2004 年温家宝总理视察时给予高度评价："这个村叫全面发展，既不放松粮食，又多种经营，然后是农业发展、工业发展、村民富裕。"

**民富**。2016 年，全村人均收入 4.15 万元，人均社区股份制分红 8000 元，家家住上了 220 平方米的别墅，实现了养老保险、医疗保险等五大保险全覆盖，村民过上了劳有所得、住有宜居、老有颐养、学有优教、病有良医的幸福安康生活。

**人和**。蒋巷村社会主义先进文化占领农村阵地，勤劳致富的观念深入人心，建设学习型家庭，提高村民素质，丰富的文化体育活动满足了村民精神文化需求。村风淳朴、邻里和睦，人人敬业乐业、个个奋发向上，社会公德、职业道德、家庭美德得到弘扬。

**环境美**。走进蒋巷村，学校像花园、工厂像公园、房前宅后像果园、全村像个天然大乐园。田园风光与现代化气息相互交融，既保持了江南水乡田园之美，又呈现出先进和谐的现代文明成果，无愧人间"新天堂"的美誉。

**组织强**。蒋巷村党组织带领村民艰苦奋斗创业，把蒋巷打造成江南水乡一颗璀璨的明珠。老百姓发自内心地赞叹：村党组织真好，我们老百姓真服。

蒋巷村党委书记常德盛说："蒋巷村发展的每一步都离不开党的富民政策的指引，离不开实事求是、科学发展观的指导。"蒋巷村先后荣获全国文明村、全国民主法治示范村、全国农村现代化建设示范村、中国小康建设十佳红旗单位、国家级生态村、全国农业旅游示范点、全国新农村建设科技示范村、全国敬老模范村、江苏省文明村标兵、江苏生态百佳村等近百项国家级和省级荣誉称号。

蒋巷村 40 多年走过的发展道路，就是以人为本、全面协调可持续的科学发展之路。

## 三产业互动：发展奏响“奋进曲”

科学发展观的第一要义是发展。蒋巷村把党的政策、村民需求与自身实际紧密结合起来，不断解放思想、坚持艰苦创业，走出了一条农业起家、工业发家、旅游旺家的发展路子，推动了全村经济全面协调可持续发展。

### 在“农业起家”上突破

20 世纪 60 年代的蒋巷村，是一个“小雨白茫茫、大雨成汪洋”的低洼地，“蒋巷泽坞锅底塘，十年九涝一旱荒，泥堵围墙茅草房，树皮草根拌青糠”，是当年蒋巷村的真实写照。

1966 年，23 岁的常德盛担任村党组织书记，喊出了“天不能改，地一定要换”的响亮口号，带领全体村民开始实施规模宏大、持之以恒的治水改土工程。这一工程历时 20 多年，累计投入劳动力 6 万余名，完成土石方 50 多万方，硬是用一根扁担两只筐，将 1700 亩低洼田填高了 1 米多，建成了田成方、树成行、渠成网、路宽敞的旱涝保收吨粮田。又通过放养绿萍增加田土肥力、合理密植等措施，使粮食亩产稳居苏州地区前列。

直到今天，蒋巷仍是江苏省人均向国家出售粮食最多的行政村之一。

近年来，他们又实施“储粮于田”的沃土工程，对全村农田进行彻底改造，按生产需要调整布局，建成了连片近千亩优质生态粮食生产基地，实现集约化经营、标准化生产、机械化耕作、生态化种植，现代农业形成规模。

## 在“工业发家”上拓展

改革开放后，苏南乡镇企业异军突起，呈现出工业化带动农业现代化、农村城镇化的新趋势。蒋巷村不再满足于农业“样板村”的现状，决心打好工业翻身仗，真正拔掉穷根奔富路。但兴办企业的道路并不平坦，一个急于求成的失误导致上了骗子的当，使蒋巷村无端背上了200万元的债务。

1991年又含泪推平了年创利100多万元但污染严重的化工厂。他们经受挫折而不气馁，依靠千山万水走、千言万语说、千家万户求、千难万难磨，常盛集团从无到有、从小到大、从弱到强，如今已发展成为华东地区规模最大的轻、重钢结构及轻质建材企业，集团下设四个股份制企业，产品门类涉及彩钢复合板、轻质建材、无纺机械、非织造布、升降设备等，工程遍布大江南北，产品销往全国20多个省市区，在1993年至2003年十年间，业务量和利税总额以每年40%的速度递增，“常盛”商标被评为江苏省著名商标。

工业的快速发展，常德盛和他的创业者完成了从庄稼汉到企业家的身份转换，蒋巷村也走上了工业富民的“财富拐点”。

**蒋巷村生态园，白鸟腾飞。蒋巷村被国家旅游局评为“全国农业旅游示范点”。**

### 在“旅游旺家”上提升

进入 21 世纪，蒋巷村工农业经济已具规模，又创造性地提出了三产兴村的新思路。他们全面调整种植结构，依靠工业反哺，先后投资上亿元，开河挖渠、建桥铺路、造楼修亭，重点打造常盛工业园、村民新家园、村民蔬菜园、蒋巷生态园和千亩无公害粮油生产基地“四园一基地”，借助沙家浜红色旅游及周边旅游风景区的辐射效应，积极开发以新农村建设为基础的新农村考察游、以无公害粮油生产基地为依托的生态农业乡村游、以爱国主义教育基地为主要内容的中小学社会实践游等项目，每年吸引游客 10 多万人次。

2005 年，蒋巷村被国家旅游局评为“全国农业旅游示范点”，2013 年旅游收入 1000 多万元，实现了经济效益、生态效益和社会效益三赢。

## 富民为本：百姓齐唱“幸福歌”

“我就想让村民生活得更好些”，这是常德盛对富民为本理念的生动解读。他们把村级经济发展的成效，体现到全村百姓的共同富裕之中，每个村民都过上了又富又安的好日子。

**致富有岗位**。坚持勤劳致富，让人人有事干、人人都有适合自己的事干。蒋巷村百姓宜工则工——凡适合在企业工作的到集团所属企业，实现充分就业；宜农则农——将耕地向种田能手集中，全村1000多亩粮食基地由16人耕种，收入不比务工者低；宜商则商——村里统一建成一批三产房，提供给愿意经商的小老板们，并为他们解决流动资金；宜副则副——在副业方面有兴趣和特长的村民从事养鱼、养鸭等副业；宜重则重——文化较低、身强力壮者从事修桥、铺路等重活；宜轻则轻——年老体弱者则干些绿化管理、清洁卫生等公益性事务，年收入也在万元左右。

**住者有宜居**。幸福的蒋巷，宜居的家园。依靠工业发家，村里积累了一定的财力。他们把一部分投在新农村建设上，分两批建成186幢“小洋房”，每幢建筑面积220多平方米，造价近30万元，只向村民收取12.8万元。

别墅区内绿化面积达50%以上，设有学校、剧场、商贸街、活动中心等配套设施。目前，全村186户村民全部搬进了电话、宽带、太阳能热水器等配套设施一应俱全的新村别墅，过上了比城里人还好的生活。

**老者有颐养**。蒋巷村男满58岁，女满55岁的老人按“老”取酬，每月可领取600~1600元养老金，并统一提供优质口粮。鼓励老人与子女同住别墅房，对与家人共同生活的老人每年给予2000~3000元的奖励。同时，为让老年人过上舒心、自由的日子，村里建设了158套老年公寓，按三星级标准配套用具，宽敞舒适、环境优美，免费给单身及双亲老人使用。全村实现养老保险全覆盖，做到“基本生活包，老残有依靠”，彻底解决了村民的后顾之忧。村民们说：“以前养老靠大细（子女），现在养老靠集体。”

**学习有奖励**。蒋巷村以“有其学、优其学、乐其学、终身学”的理念，发展优质教育普惠村民，幼儿园和小学的教室宽敞、明亮，可以和城里媲美。

幼儿园全免费，中小学实行“两免一补”，品学兼优者还能得到奖学金。如果考上大学、考上博士或出国留学，另有“重奖”。

村里投资建立了江苏省青少年社会实践和德育教育基地，对青少年进行爱国主义教育。

**看病有优惠**。社区医疗服务站为村民提供方便快捷优质的医疗卫生服务，每年免费为村民提供一次健康体检，并为孤寡独居老人和残疾人提供家庭病床访视服务和康复指导服务。村民有什么病痛，医务人员随喊随到。村民合作医疗保险除市、镇资助外，个人分担部分全部由村集体补助缴纳。

村民看病除享受合作医疗保险规定的医疗费报销外，个人承担部分村补助 50%~60%，大大减轻了村民的医疗负担。

## 追求和谐：农家劲吹“文明风”

建设新农村需要新村民，富裕起来的蒋巷人在精神文化方面有了更高的追求。他们坚持用先进文化引领乡土文化、以现代文明培育乡风文明，努力建设和谐文明的精神家园。

**用蒋巷精神激励人。**蒋巷村发展的背后，有一种强大精神力量的支撑，这就是以“率先争先”为核心内涵的蒋巷精神。他们坚信“富不是天生，穷不会生根”，以“率先争先”激励创业斗志，以“团结拼搏、务实创新”营造创业氛围，遭遇挫折、绝不放弃，坚定不移地走科学发展之路，把蒋巷村建设成为社会主义新农村的一方乐土。财富有

**蒋巷村聚心林。这里的每棵树都有一户家庭认领，每棵树都挂着一个小木牌，上面写着村民对美好生活的向往。**

价、精神无价，蒋巷精神激励和引领蒋巷人不断开拓新境界、创造新业绩，成为蒋巷村的兴业之宝、繁荣之基。

**用先进文化发展人。**多年来，蒋巷村把创建学习型家庭、培育知识型村民作为精神文明工程的“重头戏”来抓，推动先进文化的广泛传播。1997 年蒋巷村成立了“村民读书协会”，2000 年全面发动家庭参与读书学习活动，要求基本理论深学、科学知识精学、修身知识勤学、急需知识先学、文明知识多学，做到人人是学习之人，家家是学习之所。村里自办广播电视信息窗栏目，图书馆全天免费开放，每年向村民家庭赠阅《苏州日报》等“四报二刊”，鼓励撰写读书笔记。每年开展“读书学习先进家庭”评选活动，表彰学习型家庭 180 户左右，发放奖金 30 多万元。学习型家庭成为蒋巷人提升素质的重要载体和自觉学习的终身学校。

**用现代文明提升人。**成立了“文明村民学校”，深入开展创建“文明单位”“文明家庭”“文明村民”等活动。根据蒋巷村实际，把精神文

**蒋巷村村民有自己的农民大剧院，开会、观影、文艺演出、讲座都在这里进行。**

明建设的要求具体化，倡导“三守”“六爱”，即“守法、守约、守信誉”“爱党、爱国、爱蒋巷、爱亲、爱友、爱自己”。开展“崇尚文明、告别陋习”、“清洁庭院、清洁河道、清洁村庄”等主题实践活动，推动形成文明新风尚。实行村规民约奖励制度，规范村民的日常生活行为。还先后投资 3000 余万元，建起了农民剧场、科普馆、远程教育中心，进行时事政治、政策法规、热点问题解读，组织演讲、书画、棋牌等比赛，较好地满足了村民的精神文化需求。

# 崇尚生态：水乡秀出“田园美”

走进蒋巷，给人一种如入仙境的感觉。这里小桥流水、树木苍翠，瓜果飘香、柳岸絮飞，碧水兰亭、长廊迂回，崇尚生态是蒋巷村科学发展的最大亮点。

**坚守土地**。村民离不开土地。常德盛从庄稼汉成为蒋巷村的领头人，始终保持着深深的土地情结。如今，蒋巷村工业年产值已经超过10亿元，但在这里却看不到连片的工业厂房蚕食农田的现象。他们怀着对土地的深深眷恋，抓住新村改造和产业调整契机，每年投入100万元实施退宅还田、死浜填土、竹园虾塘还耕种粮等工程，推倒小土窑，平整老宅基，拆除旧村巷，做到工业发展，土地不减少，在居民新村全部竣工后，反而新增了复垦土地200多亩。蒋巷人对土地的敬重，获得了大地丰厚的回报。

**规划建设**。蒋巷人奉行胸中有图建家园。早在1979年村民拆旧建新的时候，他们就提出了集中居住点的初步规划，拆除散建在田间的老房，把新房建在集中居住区。20世纪90年代，他们委托同济大学编制“生态村建设规划”。如今，这幅蓝图已基本成了现实，规划中的“四园一基地”已基本建成。常盛工业园：包括200亩老厂区和购自邻村的400亩新厂区，常盛集团及其所属企业全部集中在此生产，源源不断地创造着财富，支撑着蒋巷村的新农村建设；村民新家园：村民集中居住的地方，186幢村民别墅和文化教育、医疗卫生、商贸服务、休闲娱乐等配套设施构成了功能齐全、系统完善、方便舒适的“小都市”；村民蔬菜园：村民住进别墅后，没了责任田，也没了自留地，吃菜都得买，不方便也不放心，村里专门辟出一块20亩的地，划分给各家各户，村民在工作之余种点蔬菜，既可吃上亲手种的优质放心菜、绿色菜，又可享受“种瓜得瓜，种豆得豆”的田园之乐；蒋巷生态园：占地680亩的生态园是蒋巷人的“绿肺”；千亩无公害粮油生产基地：保证了全体村民和在蒋巷村工作的3000人的吃饭需求，也为市场提供了绿色大米。

**环境友好**。蒋巷村按照生态建设产业化、产业发展生态化的思路，创造性地在村中心地带建起了生态园，其中种植区占地500亩，分竹园、果园和经济林木园；养殖区占地150亩。实行循环种养，粮食生产加工的废弃物用于饲养畜禽，畜禽粪便用来生产沼气，为村民提供清洁的管道能源，沼渣、沼液用于水产养殖，河塘里的淤泥用来肥田。蒋巷村的河塘是两三年清一次淤，河塘清洁了，鱼虾养得更肥，同时也为粮食基地提供了很好的有机肥。这就是蒋巷村循环经济的简要流程，没有深奥的理论，只有生动的实践。他们还建成日处理200吨的生活污水处理站、常熟市第一座秸秆气化站，投资130多万元在主干道两侧建设生态林带26公里，全村实现100%林网化，绿化覆盖面达50%以上。成立了环境卫生、绿化养护、新农村督管队伍，加强对环境保护的督促检查。2002年，蒋巷村成为全国率先通过国际环保质量认证的村级单位。

# 建强组织：党旗引领“致富路”

“共产党的干部，没有特殊的权利，只有特别的征途；要在全心全意为人民服务之中，实现自己的人生价值，贡献自己的全部力量!”这是蒋巷村党员干部40多年不变的庄严承诺。蒋巷村党委下设7个支部，有108名党员。正是依靠党组织的坚强领导和党员干部的先锋模范作用，蒋巷村科学发展的道路才越走越宽广。

幸福新家园，和谐文明村。

**领着村民干**

40多年来，全国优秀共产党员常德盛把造福百姓作为自己的毕生追求，在担任党组织书记时就发誓，一定要带领乡亲们增收致富，把蒋巷村建设成为真正的人间天堂。搞农业，建圩造田、治水改土，他一边指挥一边干；上工业，他走南闯北跑业务，吃过闭门羹、掉过辛酸泪，一次跑业务途中遭遇车祸他左眼被撞瘪、牙齿错位、膝盖骨折；发展旅游业，他力排众议，顶住压力，“轻伤不下火线”。

在他的带领下，蒋巷村党员干部始终干在实处、走在前列，带头承担最繁重、最困难的任务，在最紧要的关头挺身而出。他们一年只在大年初一休息一天，其余天天东方发白就来上班，挨着天黑才回家，但他们幸福着、快乐着，因为他们有一个共识：成为党员、当了干部就意味着要吃苦，也准备着要吃亏。

**心为村民想**

党员干部处处为村民着想。常德盛自担任书记始就给自己立下了“不拿全村最高工资，不拿全村最高奖金，不住全村最好的房子”的“三不规矩”。村级经济的发展，镇里核实的报酬不断上升，他每年只拿一个零头；产品推销奖励几百万元，他分文未取，全部留给了集体；作为常盛集团董事长，按照公司改制规定，可以持有1000万元的股份，他一概拒绝。如今的蒋巷村家家住上了别墅房，而他因为户口不在村里，仍住在镇上几十平方米的老公房内。

他说：“我不是什么都不要，我要的是让村民长期得到实惠，实现安居乐业，要的是蒋巷人对党员干部的理解、支持和信赖，要的是乡亲们都说改革开放好、社会主义好和共产党好。”常德盛一心想着村民、一切为了村民，影响和感染着每一个蒋巷人，使党组织始终保持强大的凝聚力，蒋巷村党员干部始终保持为民服务的本色。

**家由村民当**

蒋巷村建立了健全的民主管理制度，重大事项由村民代表大会讨论决定，重大决策及时向村民大会通报。实行党务公开、村务公开、厂务公开、财务公开，落实村民对村级重大事务的知情权、参与权、表达权和监督权，让村民积极参与村务民主管理，充分调动了村民当家做主的积极性。

蒋巷村40多年的孜孜追求、艰难探索，创造出具有水乡特色、蒋巷特点的农村科学发展新模式，其成功经验具有深刻的启示和借鉴意义。

**解放思想是最大的法宝**

蒋巷村每前进一步都以解放思想为先导。在以农业生产为主年代，他们坚持有条件要上，没有条件创造条件也要上，“造出”高产田，实现了从“穷土恶水”到“新农村”的跨越。

在苏南乡镇企业发展时，他们与时俱进更新观念，迎着市场经济大潮，“失败了不要紧，总结经验再来”，推进“二次创业”，实现从“农业先进村”到“工业明星村”的跨越。

进入新世纪，他们适应科学发展的新要求，全面调整产业结构，让生态旅游成为新的经济增长点。

蒋巷村如今的发展正是不断解放思想的结果。

**协调发展是最宜的道路**

推进农村科学发展，必须把党的政策与本地实际紧密结合，找到适合自身特点的发展道路。蒋巷村先是不断提升农业产业层次以农哺工，在工业经济发展后又以工业反哺农业，进而加强生产、生活、生态相结合的新农村建设，开拓了生态旅游产业。三大产业相互融合、相互支持、相得益彰，形成了协调发展的科学格局，织成了一幅如诗如画的现代化农村新景观。

**以人为本是最高的要求**

蒋巷村把人民幸福作为科学发展的出发点和落脚点，把共同富裕化为科学发展的生动实践，坚持创业富民、就业惠民、社保安民、文化育民。人民幸福和共同富裕体现了科学发展观的最本质要求。

**建强组织是最好的保障**

蒋巷村的成功关键在于一个好的“领头雁”和一支清正廉洁、能干事、会干事、干好事的党员干部队伍。他们善于从党的方针政策中找准发展方向、把握发展先机，不屈不挠拼搏、坚持不懈创新，成为带领村民推动发展的“主心骨”。

# 未来蒋巷如何建设特色田园新农村？

2017年11月14日下午，我有幸参加了蒋巷村的特色田园新农村专题会议，并跟随专家团队到田间地头、生态园区参观、学习，了解到蒋巷村即将建设特色田园乡村，我将几点经验记录下来，供更多的乡村参考。

常德盛带我去田间地头看蒋巷村的规划，向我讲述蒋巷村如何建设特色田园新农村。

2017年9—10月，蒋巷村编制试点建设工作方案，夯实各部门工作职责，突出问题导向，有针对性地提出创新发展举措。

2017年9—12月，完成试点建设规划编制及设计。根据乡村的现状和本地基础，提出产业发展思路，优化田园布局，突出特色导向，对实施的项目进行全过程的指导和服务。

**特色田园乡村的六大建设目标：**

**生态优：培育江南水韵生态。**整理村内水系，改善水质，展现水乡特色。增加村内绿化，提高空气质量，乡村生态环境得到有效保护、修复和改善，田园景观得到有效挖掘和充分彰显，形成自我循环的乡村自然生态系统，拥有天蓝、地绿、水净的自然环境。

**村庄美：展现田园乡村魅力。**规范统一建筑风貌与江南水乡环境有机相融，保持田园乡村的机理和格局，村庄尺度适宜，建筑风貌协调。完善基础设施配套，至2018年底全部完成民居，公共服务、村道、田园、生活污水处理设施改造。

**产业特色：做好特色智慧产业。**建设智慧产业平台结合村庄特色产业，有效推进农业供给侧结构性改革，农业结构得到优化调整，经营体系不断健全，生产水平和综合效益大幅提高。加快易用、实用App的开发，打通生产经营的通道，通过移动互联网实现管理“扁平化”，加强用户体验。

**村民富：促进村民增收致富。**将千亩优质生态粮食生产基地由种粮大户承包，村民可拿到部分的土地承包收益，生态种养园安排本村村民从事种植及管理工作，配合农业、旅游业发展增加村民收入，组织进行职业培训，集体创造平台，鼓励村民自主创业，坚持宜公则公、宜农则农、宜副则副、宜重则重、宜轻则轻的就业原则。完善集体分红及福利制度。实现2018年村民收入达到5万元。实现村民收入显著提高，职业村民队伍不断壮大。

**集体强：壮大村集体经济。**建立“产权明晰、权属稳定、流转有序、政经分离”的农村集体资产管理运行机制。增加集体经济组织收益，扩大分红范围、提高分红水平，探索赋予出租、抵押、担保、流转等权能。实现蒋巷村村级可支配收入年增长率不低于10%，至2018年底达2500万元。充分激发村集体经济活力，形成收入来源持续稳定，基层党组织的凝聚力和向心力明显增强的局面。

**乡风好：弘扬地方乡风文明。**通过优秀党员优良党风带动民风社风持续向上向善，特别是学习村书记常德盛艰苦创业、无私奉献的精神。以新建田园雕刻厅作为特色文化载体，丰富村民的精神家园。提升广场的各类文化设施，加强文化小品建设，新增匠人文化标识牌，传播村内乡贤文化，弘扬良好村风。

围绕以上目标，蒋巷村进行了科学的规划设计。

根据江苏省联席办编制的《特色田园设计师手册》，遴选了江苏省城镇与乡村规划设计院作为蒋巷村特色田园乡村建设试点的规划设计方案编制单位。

规划定位为“慧聚江南，匠心蒋巷”。

目标为建成江苏省特色田园乡村，并致力于成为全国乡村再发展之典范。规划确定“产业创智”“文化筑魂”“空间提质”三大策略，分别从产业、文化、空间上将蒋巷村建设成为现代化水平、精细化营建方式、乡土化田园风光的特色田园乡村。

一是产业创智方面，主要在于立足资源。锦上添花、搭建平台、智慧发展。

主要工作在于一、三产业的融合发展，走智慧发展的道路。最终确定在蒋巷村搭建一座智慧产业发展的平台。线上平台即创建蒋巷 App，不仅为村民服务，也可以用于旅游发展。线下平台即打造一个集展示和体验于一体的展销中心。一方面借助于互联网技术的优势，实现“互联网+农业”的全产业链改造。通过田园布点硬件设施和升级软件设施，实现全时段对农业生产现场的实时监测和展示。

二是文化筑魂方面，通过挖掘提炼古贤蒋元枢以及今贤常德盛的精神内涵，提升总结为为国为民的匠人精神。

结合蒋巷村江南水乡文化的大背景，工业化、城镇化的快速发展造成文化传承的缺位，本次试点希望能传承部分断代的江南文明。规划结合匠人精神、江南水乡文化在空间中加以落实。

三是空间提质方面，优化村庄格局，调整为“三园一心”即“家园、乐园、田园”和农产品展销中心。

“家园”将原家园和蔬菜园整合，“乐园”即原生态园，“田园”在千亩粮油基地的基础上细化。农产品展销中心依托常盛重工的现状，远期加以改造成为线上线下相结合的智慧核。通过“筑屋”“塑景”“美田”“活水”“优配”五个具体举措完成特色田园乡村建设。“筑屋”：解决公共空间较散、建筑风貌杂糅的问题。将村庄中散落的公共建筑通过风雨游廊相连，既可以联系各公共建筑，又可以协调风格各异的建筑，也可以遮风挡雨增强使用体验。

规划通过筑屋的手法新增农产品深加工中心，改造工业厂房、养猪棚等。

**“塑景”**：针对村民需求，对入口引导区、主入口、老年公寓蔬菜园、生态园景观大道等进行景观提升。在田园深处适当配置田园设施。

**“美田”**：在维持现有种植水平的基础上，增加田园两侧水杉树的植物层次，补植村民喜闻乐见的农作物，提升田园意境。进一步优化生态有机种养结合的种植方式，加持不打农药的有机大米。

**“活水”**：通过“一清、三畅、六连接”的方式解决局部水体问题，将水面清理，畅通部分水系，连接部分水系。

**“优配”**：进一步优化市政设施的配置，适当在老年公寓补充节能设施，在田园部分增加节水设施，优化安全设施做好设施的后期维护工作。

# 对话村支书常德盛

在蒋巷村的最后一天是对常德盛书记的专访。这一天他光接待工作就有9批，还有一场针对江苏省高校党支部老师们的专题演讲。常书记说要把这一上午的时间留给我。他的精力总是这么充沛。

我在他的办公室焦急地等他。他突然像个老顽童似的拿出三个花卷在我面前晃了晃，说："哎呀！对不起了，张老师，我提前做了准备。不完成你的工作，不吃中饭。"

真是个事无巨细、体贴入微的基层老干部。

1. **问**：我很想知道您有没有偶像？您的偶像是谁？

**常德盛**：（除了毛主席外，他还列出了一长串几十个人的名字。）我刚说的这些人都是执政为民，脚踏实地，对党忠诚，没做什么错事，在社会上是"名气"响当当的人物。对上对下都是实实在在做事的人。

2. **问**：马克思说"只有解放全人类，才能解放自己。"您怎么理解？您是先解放全蒋巷村，然后再解放您自己吗？

**常德盛**：现在好多人都是先管自己，再去管别人。包括在改革开放初期，先富先光荣。我是首先带领村民致富，让大家富裕的同时自己也要富。不是自己先富了，再领导村民……党要真正为人民好，人民心里才有党。人们会看——什么是中国特色社会主义？中国特色社会主义怎么走？现在要掌握那个理论，要实践，空话要不得。我们蒋巷村不是什么大城市，也不是最富裕的，不属于强村，但是它是中国特色村。基层干部做事要让村民觉得中国共产党靠谱，我们要做到根本性解决人民的问题。

3. 问：我昨天在村民图书馆，看到很多小朋友写的文章。他们现在是很难理解上一代岁月艰苦。村里的小朋友现在上学都有轿车送，衣服都有爸妈洗，甚至上到初中、高中和大学了，还把衣服寄回家洗。所以，我想问您会为蒋巷村的未来感到担忧吗？会担心蒋巷人民勤劳的品质失传吗？

**常德盛**：蒋巷村绝大部分下一代还是不错的，现在教育抓得很好。小朋友们的素质很高，文明有礼貌。你不要看他们小，但是一个个见到我会“爷爷、爷爷”地叫。村里每年寒暑期都会进行爱党爱国爱村庄的教育，不管是大学生，还是小学生都会被召集起来进行培训，传递蒋巷村的村风村训。反而中年人表现不是很好，受到社会上的影响导致这些中年人的思想不是很完善，以前也没有受到良好的教育。年老的父辈都有高额的养老金补贴给他们，村里每年都有分红，他们就更加不愿意劳动了。这才是我忧虑的地方。

4. 问：您小时候的成长环境会不会对您的人生和性格品质有影响？比如，家境贫困，您的姐姐常凤珍，小时候被四次送走。我看了关于您的一部纪录片，您称对您的父母亲还是心有愧疚的。

**常德盛**：是的，我父母去世之前，我都没让他们过上好日子。小时候，不仅我的姐姐被送走，我的妹妹也被送走了，都是因为穷。但是，姐姐她现在过得不错的，虽然生了麻疹，患病有七年了。但她心态好，现在恢复得不错。讲到我的家庭，我是很愧疚的。这是我对不住他们的地方。

5. 问：您 22 岁的时候已经是村里的当家人了。您如何让村里其他人服您呢？村里有很多老干部，村民关系又复杂，是什么样的契机让您做当家人？

**常德盛**：就是踏踏实实地干，用虔诚的心态去干，有什么困难不能克服的？一个人翻身不忘本。围绕着一个目标，要向前，把自己的本职工作做好，我是村委书记，我的工作就是要做一个中国特色的社会主义新农村。在全国不讲第一位、第二位的排名，新农村，就是一个特色村，让老百姓过好日子的村子。

**6. 问：**现在很多大学生当两年村干部，享受国家的大学生村官政策，然后进城里寻求更好的发展，农村留下人才很难。您怎么看待这种现象？

**常德盛：**大学生村官，我认为这个政策，两年能给孩子们加分，上调，这些都不错。关键我老常认为还能加一条，如果两三年他就要跑，那么政策就要深一步，想办法留住他。假如在农村干得好，要鼓励他扎根农村。这个要加倍鼓励他，激励他。在村里就给他超过城里公务员的待遇，包括政治待遇、经济待遇，精神的激励必不可少。比如评劳模，评先进，经济上可以根据年龄、政绩，把工资提高。因为国家需要优秀的新鲜血液注入新农村。还有，培养本地化的大学生村官，这样更容易落地。

**7. 问：**现在很多人，特别是五十岁左右的在外面有一点功成名就的，他们都会返乡，去竞选村主任、村委书记。您怎么看待这个现象？

**常德盛：**一方面为了自己更好地发展，名利双收；另一方面对地方的发展也有好处。总的来说，并不是坏事。我们要肯定大部分人他还是想要回去落叶归根，回报家乡。但是我们不排除，也有一部分人，他就是想去逐利逐名，政府要把好关。

**8. 问：**我跟您讲一个小故事：在欧洲有一个古老的神话故事。有一个人，他从山脚下往山上推一块巨石，一直在不停地推，推了一半之后，石头就会掉下来，又会下滑，然后他又再推。他的工作就是永远都在推石头，一直推不到山顶。您觉得您的这个工作，跟这个故事有没有相似性？就是为村里的建设，一直在推，您也不知道山顶在哪儿。您也不知道哪一刻您应该休息。或者，达到什么样的状态，您才能够停止？

**常德盛：**有相似，也有不同。不同在于，我有总目标，也有阶段性目标，每个目标都有时间限定。总目标是向着更好的方向发展，是对美好生活的向往。阶段性的目标比如解决温饱，然后是怎么富起来，现在是如何治理环境，提高文明素养，要和谐。

**9. 问：**关于蒋巷村的接班人您是如何考虑的？

**常德盛：**我老常，上次体检已经亮了红灯。我只能搞到2019年，再往后担心吃不消。但是不干之前，我要把各方面工作都做好。组织基础、思想基础、经济基础、文明基础都要打好。减少遗留问题，尽量没有大的疑问和遗漏。之后，让继任者有事做，但是，不给他留下难事。

**10. 问：**当年村集体企业改制时，您也可以不当村委书记了，去当董事长，为什么放弃？

**常德盛：**我把董事长放掉，搞新农村建设。企业发挥他们的活力，发展问题不大，但是蒋巷村呢，倒是个大问题。我怎么能把大问题留给后人？当时企业改革，这里很多房子都没有，不是今天的蒋巷村模样。我们蒋巷村近些年是每年一个新面貌、新变化。我有成就感。

**11. 问：**那您退休之后最想去干什么？会不会带老伴去一趟西湖？

**常德盛：**哈哈，去，走得动就去。其实没想过干什么，还是村里转转，我这个人不大喜欢玩。我就想在蒋巷村，每天跑跑。呼吸新鲜空气，在这个环境、家里、地里转转。

**12. 问：**您有没有还没实现的梦想？

**常德盛：**没有了。我要做的，也不能说完成了。一个人的人生，也只能够这个样子了。我自己没有什么遗憾。因为我干这件工作，每天都在拼命干。我真的没有遗憾。有的人说这个年龄，还有很多事来不及做，那是因为应该做的时候你不抓紧做。当真正做不了的时候，追悔莫及。

13. 问：有一个词叫“匠心”。我们通常用匠心去形容一个人在职业上的精神。您认为村干部有匠心吗？

**常德盛**：有，我这个工作，我做事情是用匠心在做。我做了 52 年。匠心实际就是做事情要精耕细雕。要专注，要有心，要思考，要总结。要聚精会神，不能分心。我这一生就是全心全意、一心一意只干村支书这一件事。

14. 问：优秀的村干部，您觉得他们共同的特质是什么？

**常德盛**：就是爱岗敬业，懂得感恩，私心利己比较少，胸怀宽广，学习能力比较强，会思考，创造性好。每个地方发展都有它的特色，特色就是创造性。

15. 问：现在国家精准扶贫，我们国家依然有很多的贫困村，您觉得他们贫困的主要原因有哪些？

**常德盛**：做不好的主要原因是，内动力不足。什么事情做不好都说上级政府支持不到位，想法比较主观。不找自身原因，总是怪上怪下。做不好应该总结自己，为什么人家能够做好，自己却不能做好，人家能搞得上去，自己却搞不上去。做事情要有生命力。你看沙漠里的草，它的生命力非常顽强，虽然长得慢，但是它不会轻易死掉。它活得很好。

16. 问：现在浙江省政府在大力发展文化礼堂，丰富村民的文化娱乐活动。我留意到蒋巷村有个类似的村民剧院，这剧院是什么时候建的呢？怎么会想到建这个呢？

**常德盛**：1999 年，建造这个剧院主要是开会用的。村庄建设要依靠村民，动员村民，发动村民。因为在当时开会的时候，我们没有房子，也没有会场。而且开一次会影响大家的生产活动，有些人上班还要请假。开会还是在露天，由于没有凳子还要通知村民拿凳子，那时候人家已经不高兴了。当时我就想，我总有一天会让你们开会，不需要带凳子，还给你们发钱，补贴你们因开会产生的劳务损失，让你们开开心心来开会。这个不是上级政府说，要弄文化基地就弄一个基地。从1999年到现在，我们的农民剧院有18年了。现在的功能主要是看戏、放电影、开大会、青少年拓展课程。

**17. 问：**如果说要给基层村干部们设计一些有用的、实际的课程，假如您是老师，那您会给他们开设什么样的课程？他们需要学习哪些内容？

**常德盛：**首先要解决理想信念的问题。树立信念需要韧劲与狠劲，打破社会上对你们现在这个年纪当村干部的看法，自己要经得起考验。还有，学习与时俱进的信息。你们手机里有QQ、微信，可以知晓国家、社会正在发生什么。现在我虽然没有微信，但是我晓得：人是要自己掌握命运，不能让命运掌握在他人手里。

说到理想信念，中国当代的青年，还要去思考，未来中国到底想要走什么样的路。不是不关你们的事，国家的事就是你们的事。我们老了，以后就靠你们了。

**18. 问：**对于年轻人来讲，您认为现在做什么最有前途呢？人工智能吗？

**常德盛：**人工智能是时代趋势，还有一个职业也很好，大学生村官，可以把一个农村带好，特别是把落后的农村带领成为文明、富强的农村。我想这样的大学生是最有前途的。小范围讲，带领富裕了一个村庄的村民。大范围讲，为中国特色主义新农村出的这份力，比到机关或者科研局当干部，贡献还要大。现在全国近14亿人民当中有8亿农民，8亿农民要是能富裕起来，我们的国家就是强大的。

当然，大学生奔赴乡村，把青春年华投入进去，去创建一个新农村，这难度可想而知。现在搞新农村不是说让村民地里多收点产量，而是经济水平、文化素养、文明程度都全面提高。而且，现在村民都是做科技和生态方面的能手，你还不能是外行。

**19. 问：**我记得，中央政治局常委刘云山说您有几个不变。我觉得有一点特别难得，就是精神干劲始终都不变。有一种人，他就是能365天日复一日地做同样一种事情，始终保持这种激情。您是怎么能够做到的呢？

**常德盛：**领导的这种激情是有感情投入进去的。你要发自内心地热爱它，知晓你做这件事的目的和意义，你就会鼓足精神去干。我天天是这样，也不是说没有遇到困难，打击也是在所难免的。什么事都会有矛盾，一家人也有矛盾存在。在矛盾中求发展。把矛盾解决以后，攻破困难，就是一种进步。

**20. 问：**您在这个位置上，给自己谋私利，当个亿万富豪应该是易如反掌，有没有曾经遇到困难，家里很缺钱的时候想过这样去干？

**常德盛：**金钱是生不带来，死不带去的。我一直讲，生活上我是满足的，工作上我是不满足的。特别是到了我这个年纪，吃多也消化不了，死了也带不走什么。钱过多也是一种负担。没有钱不幸福这句话是可以接受的，但是钱不是越多越幸福。我们常熟市80多岁的人，你看没有几个是诞生在亿万富翁家庭里面的。但是中等收入水平的长寿老人比较多。

**21. 问：**您这一路走过来，有没有一段时间被什么打败过，让您特别崩溃？

**常德盛：**工作上被骗的时候，特别懊恼、失落、悔恨，但是我没有泄气。我当时就想要有一口气反过来，还有信心在。为什么有信心呢？

因为我老常一心想把蒋巷村搞上去，并且自己也没有私心，所以苦难时也有政府和村民在支持我。这是支撑我的力量。

**22. 问：**在我们这个年代，很多人开始渐渐遗忘了共产党员的初衷。为此，您对这些基层的共产党员有没有什么嘱咐呢？您觉得他们应该如何坚守？

**常德盛：**现在的共产党员还是要从根本解决自己思想意识的问题，特别是基层的共产党员，要知道我们中国革命是怎么样取得胜利的，一定要牢记先辈是怎么用生命换来了我们现在的幸福生活。当物质条件变好，生活水平提高的时候，永远不能忘本，不能忘记一个共产党员的初衷。共产党员要全心全意为人民服务，这也是要时刻铭记的，要始终对人民有感情。否则，水能载舟，也能覆舟。

**23. 问：**和您随访这么多天，有一个词您提得非常多，那就是共富。为什么您一定要坚持共富？

**常德盛：**共富，这也是毛主席对广大劳动人民说的。再一个“和谐与稳定”，是要以共富为前提的。假如说没有共富，有贫富差距，有心理落差，那怎么和谐呢？那是不能够和谐的。

**24. 问：**在利益面前我们往往都会面临很多问题，关于如何取舍的问题。包括您在董事长和村支书这两个位置上，您也有取舍。您一直在选择为村集体去服务，有没有一个终极目标，您这么做到底是为了什么？是为了自己崇高的共产主义理想？还是为了自己一生能过得踏踏实实？

**常德盛：**实际上，我作为共产党员要体现出共产党员的特质，我代表的是共产党员的形象。这么做，能让大家相信跟党走是对的，毕竟跟党走让大家过上了幸福生活。我们党也走过许多弯路，但是创造美好的国民生活，是我们坚定不移的奋斗目标。我们共产党员有凝聚力、向心力和号召力。一个优秀的党员，相信自己的信仰，身体力行，仅此而已。

**24. 问：**最后一个问题。村里面老年人保障的现状已经相当不错了，这个现状您满意吗？

**常德盛：**不满意，现在还需要提高，特别是服务方面。现在只是解决了他们的温饱和住房问题。下一步要更好地服务他们，让他们过得更舒心，更放心，让他们心理上更有保障。现在要围绕医疗和服务做文章，不单单是让他们有得住，有得吃，有得玩。让他们生活水平有所提高，要把他们的美好向往落实到实际中。让老年人老了以后依然还有生活的希望。下一步老年人食堂建好了，还会有老年人浴室。现在家家有浴室，但是有桑拿一样的浴室以后，老年人洗澡也比较方便。

(要注意会滑倒吗？)

不要紧的，我们有专门人员在服务。还有食疗供应，定期请医生来上门会诊。

# 2 中国十佳杰出村干部炼成记

## ——首富村也有忧愁，以上海“首富村”杨王村为例

全面建设小康社会，

不是一个数字游戏，或速度游戏，

而是一个实实在在的目标。

建设社会主义新农村，也不是夸夸其谈。

那些先行者们，走过怎样的开创先河之路？

那些首富村们，又有怎样的烦忧？

在学有所教、劳有所得、病有所医、老有所养、住有所居的问题解决后，我不禁思考，农村人民关心的问题是什么？

出行是否更加便利？食品是否安全？雾霾能否减少？养老中心的服务质量能否提升？

……

什么又是农村人民向往的美好生活？更好的教育？更稳定的工作？更满意的收入？更舒适的居住条件？更优美的环境？更可靠的社会保障和医疗体系？期盼自己的孩子们能成长得更好？

……

实现口袋里富裕后的新农村，“脑袋”又如何富起来？基层村干部们面临什么样新的发展问题？如何解决新的矛盾，在稳定中求新发展？

如何在创新、协调、绿色、开放、共享的发展理念指引下，不断适

应、把握、引领中国经济发展新常态，统筹抓好稳增长、促改革、调结构、惠民生、防风险工作，推动中国经济保持高速增长，迈向中高端水平？

或许上海首富村“杨王村”能给我们一些启发。它不需要我去赞美，因为有太多人褒奖它。它需要我们一起去探索：在新形势下，新农村建设如何持续创新、稳定发展？让老百姓的生活更加美好。

从贫困到富足，他携一代人筚路蓝缕、艰苦奋斗；路不拾遗、夜不闭户，谦逊有礼、和谐如亲，老有精养、幼有髓教，二十载，他风雨兼程、春华秋实。

他领导开展“家”文化活动，主持编写村训、村歌、新农村建设三字经，组织写家训活动，激发人们向善的积极与热情，展现了社会主义新农村向上的文明风尚。

他组织和参与各种形式文化活动，为促进中国优秀传统文化在新农村的传承和发展起到重要示范作用。

他浸润在中国圣贤的精神世界，以德润身，平居里和风容与，遇道义屯蹶否塞，挺身而出，侃侃直言，有孟子泰山岩岩之气象。

他关注当下，紧跟时代，为守护和延续中华文化命脉，呕心沥血，竭诚奉献。

他就是孔子奖章·文化奖获得者——上海市奉贤区南桥镇杨王村党委书记孙跃明先生。①

---

① 文字来源：孔子奖章组织委员会，2017年孔子奖章·文化奖颁奖词。

# 从“首负村”到“首富村”

从杭州开往上海的路上，一路绿荫庇护，繁花相迎，这次我要去的村子是位于上海奉贤区南桥镇的杨王村。

去之前，我给杨王村的党委书记孙跃明打了电话，说了此行目的。

他听说了我以前的职业经历，结合我最新的计划是写一本关于新农村建设的书。他充满了好奇，用他的话说，“你这个丫头不简单。换了别人，我还真没时间见面”。

好奇心，让我们见了面。有我对他的好奇，也有他对我的好奇。

他很忙，没日没夜的会议、工作、出差，还要处理烦琐的村务。电话里，他的嗓门很大，像北方爷们儿。我很少见到上海男人身上有这样的豪情。

我在网上查阅了一些老孙的资料，最引人注目的一条消息是：

2017 年 3 月 5 日下午，习近平总书记参加全国人大上海代表团的全团审议。来自奉贤的孙跃明是上海代表团中唯一的农民代表，5 日他作了题为“加强农村基层治理，推进美丽乡村建设”的发言。孙跃明代表告诉总书记，村里特别重视文化建设，以家训带家风，以家风树村风，以村风扬民风。总书记说，这也是“奉贤”的含义吧？孙跃明说，是的，相传孔子高徒言偃曾来此，故取奉先贤之意为名，就是要见贤思齐。

当晚，听说他的手机就被村民们点赞的信息“挤爆”。随后，蜂拥而至的记者队伍浩浩荡荡来到了杨王村。他再次成为媒体关注的焦点。

我选择去采访他，事先对他去参加全国人大向总书记做汇报这件事毫不知情。我身在杭州和上海，对杨王村早有耳闻。在调研新农村时，我毫不犹豫地选择了杨王村。

我想知道这个早已实现了小康生活的上海首富村，有没有遇到新的发展瓶颈，有没有新的矛盾产生。孙跃明和他的村干部团队在焦虑什么？未来的杨王村会是什么样子？

杨王村人人有岗位、人人有房产、人人有保障、人人有股份。他们除了社会保障，村里还有丰厚的村保，在城镇化过程中切实保证了失地农民的利益，这里是名副其实的幸福村。这样的村子还缺什么呢？会有新的矛盾、新的需求吗？

若有，村委班子计划如何解决呢？

我想，写下这些，一定可以给更多走在小康路上的新农村作为参考。

**杨王村是远近闻名的“幸福村”，多次被评为“中国十佳小康村”“全国文明村镇”，被誉为“中国村庄名片”。**

我们在杨王村新建的庄园见面。这里是杨王村的生态产业园，新的经济增长点。当天，他和村干部们刚在这里接见了一批前来参观学习的人。

和孙跃明见面后，我们侃侃而谈，一见如故。他是那种笑容时刻挂在脸上，很容易亲近、说话直来直去的人。而且，满腹经纶，激情澎湃。

我们喝茶闲聊，没有专访，只有解读。我们谈时政经济，谈天文历史，谈文艺文学，也谈杨王村这20年的发展。

我了解到，杨王村这些年通过合理规划，引领实现农地科学利用和效益升级，通过非农就业、土地流转、养老保障等多种途径建立村民稳定增收机制，通过公共服务资源全覆盖实现“就地城市化”，通过党务、财务、村务“三务公开”等提高决策科学化、民主化，最终成为远近闻名的“幸福村”。

我们还谈到了马哲理论和中国近现代史。他出口成章，引经据典，滔滔不绝。大多时候是他在讲，我在听，如一个学生上课听讲一般。

孙跃明，男，1963年12月出生，大学本科学历，1999年11月加入中国共产党，现任奉贤区南桥镇杨王村党委书记、杨王工业园区管委会主任。他曾先后获得奉贤区综合治理先进个人、奉贤区优秀党务工作者、奉贤区先进生产（工作）者、奉贤区五一劳动奖章、“共和国村干部”、奉贤区村民学校建设优秀教师、中国十大杰出村干部、“十佳新农村建设带头人”等荣誉称号，先后当选为区一届、二届、三届人大代表。2011年当选为中国村社促进会常委。2013年当选为第十二届全国人大代表。2014年，荣获“中国农村新闻人物（创业富民）”荣誉称号。2016年当选为中国社会发展促进会副会长……

作为上海新农村建设的一张亮丽名片，杨王村在过去的10多年中，经历了翻天覆地的变化，从全区最穷的“首负村”发展为村级经济规模早已过百亿元、村民过上“城市生活”的“首富村”。

到2016年底，全村第一、二、三产业实现经济规模150.98亿元，缴纳税金4.12亿元，全村可支配收入达到4426.73多万元，成了全区有名的富裕村，村综合实力在全国农村中排第35位。曾多次被评为“全国文明村镇”“全国民主法治示范村”“中国十佳小康村”“全国生态文化村”等，荣誉头衔数不胜数，以至于村入口的两层大牌楼专门用来陈列杨王村所获的荣誉证书。

谈到杨王村的发展，当然离不开我眼前的这位带头人孙跃明。

1995年，村办厂长出身的孙跃明走上杨王村的领导岗位，那时候

杨王村入口的大牌楼，楼上陈列满了杨王村过去几十年的荣誉。

的杨王村集体债务累计达1700万元，是上海市奉贤区“首负村”。

孙跃明受命于危难之际。当时的杨王村，企业不景气，村庄破落，村民颇多怨气。孙跃明上岗后说：“党把我们放在这个岗位上，就是要冲出困境，造福村民。”

造福村民，这是他的理想。他用一生在践行他的伟大理想，20多年，他也从未离开过这个岗位。

他说，我们每一个村干部都要有“五心”：责任心、事业心、爱心、恒心和决心。他暗下决心：“宁可不当个人千万富翁，也要为杨王村百姓造福一辈子。”

为了发展村级经济，当时镇党委决定派孙跃明到市政府驻深圳办事处，让他边工作、边学习，负责招商引资工作。当时的深圳，在邓小平南方谈话后，日新月异，“春天的故事”在那里正在变为现实。

孙跃明看到，深圳的亿元村如雨后春笋，深圳致富村民不断涌现，杨王村实现富民强村的思路由此萌生。时任市政府驻深圳办事处的主要领导看出孙跃明具有非同寻常的眼光，为他创造了一切可能办到的条件，带着孙跃明一次次地出席招商引资会，让他在改革开放、市场经济的大潮中学会“游泳”。

他先后 10 多次奔赴小平同志视察过的南岭村学习，要把南岭村的精神、经验带回杨王，让杨王村走出贫困，过上和深圳人一样的好日子。

学成归来后，他大胆提出在杨王村里也办一个经济园区的构想。这个想法一经提出，着实把领导们吓了一大跳。他们普遍认为，这无异于天方夜谭，根本行不通！

因为当时全上海还没有一个村办经济园区。而且，建设园区的早期投入很大，修道路、配水电等，往往都是靠国家投入大笔资金才行。即使获得了上级批准同意建设园区的政策，而杨王村的现状也不允许，哪里有资金？靠走争取上级拨款支持这条路，更是想都不要想。

此时，考验孙跃明的是他的意志和耐力。面对困难，孙跃明没有退缩。因为他深知，自己想干、没有退路。而这一次，“借鸡生蛋”“借船出海”的发展模式，给自己和杨王村的也许是最好的机会，必须牢牢抓住！

最终，他在杨王村创办了上海首个区级镇管的工业园区。村里没有向政府要一分钱，孙跃明把自己的房子抵押给银行申请贷款，并向两位朋友借款 40 万元，七拼八凑地筹集了近 50 万元启动资金，拉开杨王工业园区发展的序幕。

功夫不负苦心人，孙跃明在深圳学习工作四年，为杨王村引进了 300 多家企业，同时他也学到了深圳改革开放的思路。

他首先从农业产业结构调整入手，鼓励村民进行黄桃种植，使村民增加了收入；其次是从企业产权制度改革入手，对村办企业实行改制，放下包袱，使企业产权清晰，重显生机和活力；最后从整合村级资产入手，进行招商引资，实现资产重组，到 2000 年底，杨王村彻底摆脱了贫困，还清了债务。

从 2003 年起，村级经济走上了持续发展之路。杨王村翻天覆地的变化，也正是我国改革开放后，中国经济飞速发展的一个缩影。

杨王村风貌。

穿过道路两旁干净的工厂，汽车行驶进整齐划一的居民别墅区杨王苑，这是杨王村村委专门为村民打造的生活花园，每家每户都是三层、四层的洋房，周围以花草点缀，但是当我进村找村委的办公地点时，却兜兜转转找了半天，最后终于在村牌楼附近，找到了不显眼的村委办公地点。

虽然每个村干部都有自己的办公室，但更像活动板房临时拼凑的。与“上海首富村”“中国村庄名片”的地位不符。我走过一百多个新农村，进过上百个村委办公楼调研，这里，算寒酸的。

“村民不全部搬进别墅区，村委的办公条件就一天不会花时间去改善。要争取全面落成杨王村村民的住房。”孙跃明说。

# 杨王村新挑战：并村与家风建设

谈到杨王村，很多人赞叹于它光鲜的外表，却鲜有人关注基层干部的辛苦和新时期面临的新困难。

人无完人。村庄也不可能是世外桃源。首富也有烦恼，杨王村并不是完美的幸福村，我们要承认这一点。幸福没有终点，只有永远在路上。正如，有光，就有阴影，杨王村也有发展不和谐的地方。找到这些症结所在，才能对症下药，杨王村才能长足发展。

“一个矛盾解决了，新的矛盾又会出来。老百姓总是希望过更加美好的生活。没有最好，只有更好。”杨王村党委副书记金玉坤感慨地说。

我看杨王村，有点像我在看这个世界，看一个国家，看一个民族。世间万物有很强的相似性。矛盾是普遍存在的，一个国家、一个村庄在不同发展阶段有不同的问题产生。

早期的杨王村是个贫困村，是农村建设发展的一个烫手山芋。孙跃明事必躬亲，勤勤恳恳地把杨王村的经济带了上去。在他的引领与全村人的努力下，杨王村逐步富裕。这里寄托了他所有的梦想。

2005 年，杨王村的经济发展已经有了质的飞跃，当时杨王村委已经按人头为村民造好了别墅区“杨王苑”，家家户户有了整齐划一的小洋楼。但是上级政府希望杨王能与西胡、牌楼三村合一，带动附近村民一起致富，实现共同富裕。

也就是说，奉贤区的杨王村、牌楼村、西胡村三个小村子，合并为现在的新杨王村。

事实上，今天我们看到杨王苑的村貌，已经是经过村庄归并后的新风貌，村民居住条件比原来宽敞明亮，环境更加优美。村民居住的社区内，配有压缩垃圾房，生活垃圾得到及时清运，维护了小区环境的清洁整齐；电源线、各种通信线采用埋管式处理，草坪绿化成荫，实现了园艺化；生活污水、雨水分管排放，污水实现了纳管排放；小区安全系统采用了视频监控和安保人员值班相结合的方法，确保小区村民的安全；同时建立了物业管理站，附近设有商业网点和菜场，形成了治安良好、物业完备、环境优美、服务周到、管理有序的农村新社区。

但是，并村过程中的挫折和矛盾鲜有人知，有些矛盾现在都没有解决。

当年的西胡村、牌楼村经济发展水平与杨王村相差甚远。这两个村主要发展传统农业经济，而杨王村在孙跃明的带领下，已靠着工业经济，将全村村民带向了奔小康的道路。

在一个村庄里，每家每户的家风尚有差异，左邻右舍为了芝麻绿豆点小事产生的矛盾已很多。三个村并在一起，矛盾更加多，融合难度也更加大。更何况，有些意识狭隘的村民对邻里不够包容，一根筋，经常牢骚一大堆，导致村委开展工作困难重重。

矛盾集中体现在利益和资源的再分配上。老杨王村的村民不愿意与新并入的村民共享多年的发展成果。西胡、牌楼这两个村虽然经济落后，但是他们手里还有土地，他们不愿意共享土地资源。

政府的帮扶政策，将这些村庄捆绑在一起，本意是希望老杨王村能带动西胡村和牌楼村的村民共同致富，但却遭到了村民们的排斥。

排斥感不仅存在于村民之间，村干部之间的融合也是苦难重重。

开会讨论村务时，村干部们总是吵吵闹闹，偏袒自己原有村的村民，动不动就是“你们西胡村，我们牌楼村……”“你们杨王村，我们西胡村……”，他们缺乏“我们都是新杨王人”的概念。

这让孙跃明伤透了脑筋，好在他是一个敢于挑战自己的人。他暗暗发誓，一定要想办法将新杨王村建设好。

**别墅分配成最大难题**

2003 年起，杨王村将村民们的宅基地进行归并，通过“旧房作价一点，村里补贴一点，个人补缴一点”的办法，兴建起新的居住区“杨王苑”。截至截稿之前，杨王苑已有690户“农家别墅”，60%以上的村民已经入住。每栋楼房前带花园、后有车库，小区里绿树成荫，健身设施、医疗点、茶室等公共设施一应俱全。大部分村民已过上了“城里人”的生活，但在居住形态、邻里关系等方面，依然保存着乡里乡亲习惯多年的传统状态。

房子，这是悬在杨王村村民心上的一件大事。同样是村民，你家有别墅住，我家没有，便会出现矛盾。

目前杨王村最大的矛盾，就是全村有250户以上的村民没有搬进新的别墅。究其原因，主要是当时造的老别墅区是三村未合并之前就已建成，三村合并后，又在新的土地上新建了一批。但是，目前国家对土地的使用方式有严格的把控，所以不再批准杨王村造别墅。未入住的村民只能等到政府对公寓的用地审批下来，才能搬到新的公寓。

“这也是没有办法的事情，村委想要快点解决这个矛盾，但是国家审批也需要时间，我们都在等待这件事的落成。”村委干部们对我说。

除了等待，杨王村也采取了其他措施帮助未搬进新房的村民过渡，如每年都需要支付400多万，支付每个家庭的租房费用。在分房子的时候，村里会先考虑年纪大的村民和要结婚的年轻人。

### 家风建设，杨王精神

“没有落后的村民，只有落后的干部。”这是孙跃明常挂在嘴边的一句话。“办法总是人想出来的。我想不出来，那是我无能。”

他开始带领村干部们挨家挨户做心理辅导工作，解释“帮扶、共同富裕”的意义。“大家好，才是真的好。”“我们一个村子富，住别墅，旁边的村子不富，那说明我们不是真的富。我们的心眼很窄、心里很穷。我们要齐心协力带动附近的村庄一起富，那才是杨王精神。”

“杨王精神”呼之欲出！

几个月后，老杨王村的村民率先做起了表率，用包容的姿态，迎接新合并进来的两个村庄,“既然合并进来就是一个村、一家人了,咱们都是杨工村的村民。从今往后,一视同仁!”

“一视同仁”意味着利益、资源分配上的平等、公正。

例如,老杨王村的村民原来享有很多公共福利,合并村庄后就要给其他两个村子分享这些福利待遇。孙书记果断决定,“无论如何,实现全体村民福利的统一,不能有特殊化,不能有歧视”。

老杨王村对表现优异、考上大学的学生有奖学金奖励,节假日村委统一向村民发放福利,在村办企业为村民提供劳动岗位,每家每户都分一套别墅,且能享受村集体经济的股份分红。逢年过节,还会为老年人送温暖、发红包等。他们达到了中国绝大部分村庄可望而不可即的高度,提前步入了全面小康的发展水平,实现了学有所教、劳有所得、病有所医、老有所养、住有所居。

西胡村和牌楼村合并后,以上这些老杨王村的惠民福利工程非但没有取消,反而做到了共享。这在当时是相当了不起的成就。背后的艰辛只有孙跃明自己知道。

但是,即使是村民福利共享,也无法在短期内快速地消解村民们之间的隔阂。比如,一些新并入的村民难以适应农村现代化的步伐,物质生活满足了,但精神文明程度没有跟上。对环境的保护意识、对家园的呵护意识都不够。随地吐痰、乱扔垃圾,把门口的公共花圃拔了种菜等现象,每天都在出现。

一些村民内心世界比较“荒芜”,对社会缺乏认同感,甚至满腹牢骚。富了口袋,老百姓也要“富脑袋”。

为了打破这种隔阂,2006 年,杨王村开始了第一次的村训建设。具体内容是勤劳、智慧、进取、和谐,彰显出一种不怕艰难、昂扬向上的精神状态,大胆实践、善于创新的务实作风,敢为人先、争创一流的时代风范,并且把村训写在了“杨王苑”农家会所的大型照壁上,让村训内容在广大村民中深入人心。

用这种编制村训村规的方法提升村民素养，让家庭成为改变民风的阵地，取得了非常显著的成效。

2006 年，在村训的延伸下，杨王村又开展了第一轮“村民家庭写家训”征集评选活动，全村有 815 户村民家庭写了家训。家风家训的建设不仅使得三村人民的关系有了缓和，也使得全村人民的文明程度跨越了一大步。

2013 年，为了与时俱进，进一步激发村民践行中华民族家庭美德的内在自觉性，做新时期文明人，杨王村进行了第二轮村民家风家训的征集活动，这时全村有 98%的村民家庭都编写家训，共征集到家训 930 条。

**从 2006 年开始，杨王村大力开展家风家训建设。村委统一制定了家训牌，每家每户都将家训贴在自家门口，接受全民监督。**

村委以统一规格制作了家训牌，放在了村民家门醒目的位置。现在去杨王村，我们可以看到每家每户的门上都整齐地贴着“家庭信息公开栏”，栏内写着不同的家训，有的是“得甜勿忘苦，饮水当思源”，有的是“为子女要孝，为配偶要忠，为朋友要义，为同事要爱，为邻居要谦”，有的是“勤劳致富、团结和气，对待员工亲如一家人”。

杨王村用“好家训好家风”传承中华传统家文化。通过两轮家训征集好家训评选活动，将家庭确立为传承传统的基础单位。

“言而有信，老百姓们互相监督，家训写在自家门口，不得不去遵守，否则多难为情?”村民们说。

“既然自己的家庭做了这样的承诺，当然要自觉遵守这样的准则。”村干部说。

以家训为座右铭，树立新风尚，根除陋习，抵制封建迷信和消极行为，整个村子的风气越来越文明，说脏话的人少了，懂礼貌的人多了，良好的精神财富得以传承下去。

杨王村“仓廪实而知礼仪”的实践，点燃了上海市奉贤区“家风家训”培育活动的薪火。如今的杨王村已经涅槃重生。尤其是这五年，村级经济又好又快发展，村民素质也明显提高。

**村民家训节选**

苏寿林家庭：勤劳致富，节俭持家，尊老爱幼，合家和顺，和睦邻里，以礼待人，积善行德，共筑和谐。

高玲华家庭：热爱祖国，遵纪守法，敬老爱幼，勤俭持家，邻里团结，和谐共处，爱护环境，全家有责。

张志明家庭：听党话，爱国家，讲道理，守信誉，勤干活，争健康。

王旭伟家庭：相亲相爱一家人，尊老爱幼是根本；多读书、多思考、多实践；持赤子之心，勿失正能量；施惠不足挂齿，受惠懂得感恩；不伤害、不妨碍、不抱怨、不依赖；懂得珍惜，博爱，尊重，能够心怀信念，刚毅、责任。

周金华家庭：以村规民约做事，以道德诚信做人，待老敬重孝道，教育子女走正道。

陶士章家庭：爱党爱国，关心集体，邻里团结，家庭和睦，诚信做人，诚实做事，尊老爱幼，爱岗敬业。

杨王村党委书记孙跃明向我讲述杨王家风建设情况。

**如何切实把社会主义核心价值观，贯穿于社会生活方方面面？**

从杨王村的实践经验中，我发现，家风村风的实践养成，就是一个很好的途径。

首先，因为它接地气，是亿万家庭内在需求，有广泛的村民基础。

其次，它有文化上的影响力和约束力。作为价值观养成的途径，培育和践行良好家风，事实上是一种潜移默化的文化熏陶。潜移默化是内心认同的过程，形成了自觉践行的基础，如同春风化雨、润物无声。

最后，家风不仅是言传，更是身教，家风不仅是道德原则，更是道德实践。有了家训家规，还要有家教，家教只有通过长辈带头践行，才能形成家风。

没有好的家训，或者说，有好的家训而不自觉地去遵守践行，就不会形成好的家风，从而带动形成好的社会风气。

# 信访办谈杨王新矛盾

谈到杨王村目前所面临的最大矛盾时，原杨王村的村书记、现为信访办工作人员的邢忠明开诚布公地说，村里的矛盾是存在的。很重要的一个矛盾是新合并进来的村民还有人没有别墅住，另一个尖锐的矛盾在于建设耶稣教堂，村民对这件事情很反感，村委也做了很久的思想工作，但是效果不是很明显。还有一些钉子户甚至在村庄的道路，以及家里的阳台上挂了横幅，反对耶稣堂进村庄。

从村委办公楼的窗户远眺，我们看到村大门口附近有一户人家确实悬挂着非常明显的横幅。谈到这个话题，邢忠明自己也叹了口气，“基层工作不好做，能够理解村民因为信仰的冲突，不希望在自家门前建一个新的基督教堂，但是老的教堂已经被拆掉了，目前政府对土地用地的审批又非常严格，村门口建设基督教堂的用地已经审批下来了，这块地目前只能建基督教堂，不能做其他用途，我们也是没有办法。但是村里的部分居民无论怎样做思想工作，就是不愿意妥协，我们像个夹心饼干一样，很难开展工作。我们只能保持耐心，慢慢做沟通工作。我们用诚意去打动他们，希望他们理解、配合。”

信访办的另一位阿姨曹连娥，原村委会委员，现在也在信访办工作。她是杨王村村委的老干部了，是村民信得过的人。“那时候孙跃明书记还没有来，杨王村可谓是一片贫瘠，全村负债累累。后来在孙书记的带领下，我们慢慢走向了致富的道路。我们绝大多数的村民对孙书记是存在着感激之心的，但是也有一些村民不支持配合村委的工作，矛盾一天没有解决，也就一天不会消停。”

其实，有些矛盾该怎么解决，他们也很迷茫。

例如，杨王村村委承诺过，保证为每一位村民提供工作岗位。实际上也是这么做的，目前杨王村村委给村民提供了300多个工作岗位。在企业入驻的时候，企业承诺过每0.7亩土地就要提供一个工作岗位。但是在实际的操作中，很多村民不愿去企业工作，认为企业的工作压力太大了，并且事情也多，他们都想进村委工作。

有些村民在村委的工作状态就是，如果没有人来咨询办事，就一杯清茶、一份报纸、一直发呆到下班，有人监督了批评两句，还会不耐烦。再加上目前很多岗位已经饱和，所以村委的工作从2015年开始就不再向村民开放了，但是有的村民最近这两年才退休，想到村里谋一个清闲的差事。僧多粥少，也很难安排进去。

在别墅的问题上，听说孙跃明书记当年为了建设“杨王苑”，挨家挨户地征求意见，做好动迁动员工作，有一户农户为了给儿子多争一套房闹情绪，孙跃明多次上门宣传政策，动之以情，晓之以理，他说：“我是杨王村的儿子，为村民办事，你要把我当成自己的儿子，不要为难我了。”说得这位村民热泪盈眶。

孙跃明日夜奔波在工地上，那一砖一瓦，倾注了他对村民的无限深情。最后建成了“杨王苑”，孙跃明还要求：“新楼房让村民先挑选，村委班子成员放在最后。”

他家的那套就是村民挑剩下来的。

这样做，他心里踏实。

“孙跃明还是个心软的人，但是就是做到这样，村里出了什么事，有些村民还总是怪他这个书记没有处理好。”

虽然说村村有本难念的经，但是杨王村难念的经毕竟还是较少的。经济水平上来后，带来的是精神文明的提升。

村里优渥的福利待遇，为村民带来了较高的幸福感，老人们不仅有退休工资，村民都有村保，每当过年过节都发福利，分红，派发蔬菜瓜果、柴米油盐酱醋茶，生活的忧虑几乎没有了。但是，日常的琐碎烦事，家庭里面小打小闹的事情也还是常有的，搞了家风家训建设后，这种矛盾也少了很多。

家训是每个家庭自己写下的，写下了就是一个家庭的承诺，杨王村的村委把每家的家训整合起来，形成了村里的村训。这是每个杨王村村民都会放在心上的承诺。

杨王村村训。

杨王村村训：

勤劳、智慧、进取、和谐。
不怕艰难、昂扬向上的精神状态；
大胆实践、善于创新的务实作风；
敢为人先、争创一流的时代风范。

村子的良好发展，不仅需要经济的建设，更重要的是精神文化的支撑。合理解决村民们的信仰冲突问题，除了家风家训、村风村训的活动，杨王村还会定期举办知识竞赛，主题关于国家大事或者科技进步，鼓励全村的村民全民参与，如一等奖奖励现金 500 元，二等奖 300 元，参与奖，即只写全家人的名字也有 20 元钱的奖励。

此外，杨王村还投资建设了占地约 3600 平方米的足球场、篮球场、网球场、台球室、健身房、农家书屋和百姓大舞台等一批文体设施，为满足村民求知、求乐和健身的需求，创造了良好的硬件条件。

杨王村百姓大舞台。

村里还成立了骑游队、文艺队、足球队等 11 支文体团队，丰富村民的精神文化生活。曹连娥阿姨就在文艺队里面，她用手机向我们展示了她多彩的业余生活。她的手机里保存了许多她参加节目跳舞的视频，有庆祝建军节的，有参加南桥镇文艺比赛的，还有参加三八妇女节表演的节目，等等。

曹阿姨说，年纪大了，如果总闲着就会闲出病来，还容易产生邻里矛盾。参加文艺活动后，大伙精气神就不一样了。舞蹈队里最年轻的

55岁，每次跳舞都有很多快乐的事情发生，这些比赛都是她们自发去的，她们从中找到了无穷的乐趣。

“抱怨的人总是少数，抓住一点小矛盾就不放，天天来投诉，我们也要理解他们的处境。也不能试图在短期内去改变他们，只能靠诚意感召吧。会好起来的。毕竟大家都热爱我们生活的地方。”

身为杨王人，幸福的人还是占大多数。

# 幸福杨王村，未来不是梦

为了未来的长远发展，杨王村历年来十分重视规划的引领作用。

孙跃明带领村两委班子提出了新的奋斗目标，在未来的发展中，杨王村要实现政治、经济、社会、文化“四位一体”协调发展；要全面提升现代农业、工业园区、商贸区、居住区“四大板块”，继续保持“人人有岗位、人人有股权、人人有房产、人人有保障”，打造一个富裕、文明、和谐、美好的新杨王。

未来杨王村的发展，一是要理顺杨王村各产业协调发展关系，寻求产业发展突破口；二是合理利用土地资源，力求土地经济效益最大化；三是为村民提供充分的就业机会，为村民就近就业创造条件；四是创建与工业化进程高度协调的新杨王。

到目前为止，全村已形成了农业区、工业园区、村民新型生活区、商贸区四大板块的新农村建设格局。

产业经济形成了以工业为支柱、三次产业联动发展的良性局面。

发展思路确定后，人才队伍建设是关键。杨王村领导班子认识到没有高素质的人才队伍，发展之路是走不远、走不好的。

近两年来，杨王村更加重视人才队伍建设，先后向社会和本村分三批招收了三十多位大学生，为大学生提供创业机遇，为企业提供服务平台，不仅解决了大学生的就业难题，同时也为新农村建设构建了人才新高地。

大学生进村给杨王村带来了无穷无尽的活力和生机，他们有较强的工作技能，为杨王村的产业提升提供了新思路新办法，为杨王村开设门户网站创造了条件。

展望未来十年，杨王村将在党委书记孙跃明的带领下，以更新的理念、更大的步伐，努力建成“小有教、老有养、家家住洋房、人人有保障、月月有薪金、年年有分红”的富裕、文明、和谐的社会主义新杨王。

“共建和谐杨王”是杨王村村民的一致愿望。

为了实现这一蓝图，杨王村正在分步实施以下规划：

——大力发展村级经济，打造经济强村，增加村民收入。今后十年，村级经济将确保增幅达到两位数，村民增收确保年平均10%以上。

——推进“杨王苑”建设，打造花园杨王。杨王苑是杨王村村民生活的乐园，分年推进杨王苑建设，把杨王苑建设成生活便利、功能齐全、绿化园艺化、配套城市化的村民生活区，使村民就地过上城市化生活。

——建设城郊型“种源园”，打造农业科技杨王全国果林示范基地。规划 500 亩，把种源基地发展成旅游农业项目。

——建设村级敬老院，打造敬老村。规划用地 16 亩，建设村级敬老院，把家庭养老转变为社会化养老。

——建设信息化第一村。会同上海同济大学等单位联手打造信息化第一村，目前正在紧锣密鼓地筹划中。

这将是一个都市里的绿色生态村庄。因为杨王村紧靠奉贤新城南桥镇，它将与奉贤海湾碧海金沙、申隆生态园共同构成杭州湾北岸绿色休闲旅游圈。

孙跃明梦想着，在杨王现代农业园里，要打造出一个“四季有花、四季有果、四季有景”的“百果园”，供市民游览观光品尝。他还要把杨王村打造成信息化村，使杨王成为数字杨王、信息杨王，成为大学生创业基地、中小学生教学实验基地、现代农业的研发中试基地……

杨王村是幸运的。孙跃明和他一班人的做法得到了上级领导的关心和帮助，也深受村民的拥护和支持。

如今，杨王村天时、地利、人和齐聚，在孙跃明这位“不慌不忙”的掌舵人的带领下，在杨王村干部村民的共同努力下，杨王村已成为上海市新农村建设的一张名片、一个亮点，相信“杨王人”在新的起点上，将扬起新的风帆，在新的征程中交出更加亮丽的答卷。

杨王村几十年波澜壮阔的发展历程，已经向我们昭示了这样一个真理：只要有一股不向命运屈服的拼搏精神和彻底改变家乡落后面貌的进取勇气，坚持实事求是的思想路线，善于发现并抓住机遇，科学发展，自力更生，长期艰苦奋斗，即便是经济基础相对薄弱的农村地区，同样会有极大的发展机遇，一样会创造出新的人间奇迹。

离开杨王村时，孙跃明书记送了我一本厚重的杨王村宣传册。

封页上写着：而今迈步从头越。

封底上写着：马不停蹄。

祝老孙美梦成真。

杨王梦，中国梦！

站在新的历史起点上，面对更加美好的未来，杨王人豪情满怀，信心百倍，以饱满的热情、昂扬的斗志，续写新农村建设新篇章！

# 对话村支书孙跃明

1. **问：** 杨王村如何在城镇化过程当中保证失地农民的利益？

**孙跃明：** 一是提升失地农民的保障，比如说养老保险；二是提高土地的补偿标准，包括推行留一部分的比例变为集体资产，让老百姓的收益进一步稳定；三是多措并举让失地村民真正走入城市，在再就业上下工夫。另外，在加快集体经济发展的同时，也要通过原有的集体资本，让他们从村民变成市民。

2. **问：** 作为当地的首富村，您最大的烦忧是什么？杨王村人人有岗位、人人有房产、人人有保障、人人有股份，是名副其实的幸福村。这样的村子还缺什么呢？会有新的矛盾、新的需求吗？

**孙跃明：** 当然会有，矛盾会一直存在，只是每个阶段面临的问题不同。现在最大的烦忧是经济要持续发展和老百姓要得到更多的获得感。就村里的发展现状而言，老百姓不愁吃穿，也不愁住行，但是今后呢？人的需求是不会间断的，甚至越来越高的，只有不断发展才能满足村民持续的需求。

3. **问：** 您本人对村子的发展贡献了许多，但是仍有一些村民不理解您，您怎么看待这个问题？

**孙跃明：** 问心无愧吧，别人要说什么，就去说吧。做好自己应该做的事、尽好自己应该尽的义务、负好自己应该负的责任。

4. **问：** 我去华西村调研，我个人的感觉是华西村只可学习，不可复制，您怎么评价华西模式？您认为杨王村的发展模式可以复制和推广吗？

**孙跃明：**产业或许无法复制，但是精神可以学习。我们要学习华西村的创新、创业精神，我们杨王的发展因地制宜、实事求是，也是可复制的地方，也有一定的推广价值。

5. **问：**在新农村建设中，杨王村还保留了哪些民俗文化？

**孙跃明：**我们村没有太多非物质文化遗产，也没有悠久的历史沉淀，但是我们在弘扬中华传统美德的同时，还原了传统文化当中以家庭为单位的家教家风，以及村风村训建设，这也是乡村生活的魂魄。

6. **问：**您如何看待村民反对新建基督教堂的事情？您打算如何化解这个矛盾？

**孙跃明：**我们国家提倡尊重和保护宗教信仰自由，我们只能对村民进行耐心的思想引导，希望村民之间能相互包容，尽快解决好突出的矛盾问题。所谓精诚所至，金石为开。我相信我们村干部的诚意是可以说服有意见分歧的村民的。

7. **问：**在做村支书期间，记忆最深刻的是哪件事？

**孙跃明：**最深刻的就属我村发展刚起步时，外出招商引资时的那段经历。那时我什么都不懂，只有一股勇往直前的热情，遇到了许多困难，当时是很难受，现在想想也都不值得一提了。那时是摸着石头过河，没有资源，没有人脉，钱也是自己东凑西借的。

8. **问：**目前三个村子合并，已经十几年过去了，村民是不是完全融合了？还有哪些问题亟待解决？

**孙跃明：**并村到现在基本融合，主要还是部分年龄大的老村民有些老的观念，集中在很琐碎的一些事情上，但是在村的发展方向上没有出现有分歧的情况。

9. **问：**党的十九大提出乡村振兴计划。作为村干部在乡村振兴过程中，应该如何发挥自己的作用？

**孙跃明：**党的十九大提出了“产业兴旺、生态宜居、乡风文明、治理有效、生活富裕”的乡村振兴计划。我作为村干部，又是村里的一把手，要带领好村党组织发挥战斗堡垒作用，带领我村打造成新时代新农村的样板村。

10. **问：**您能谈谈杨王村的未来规划吗？新形势下，如何持续创新、稳定发展，让老百姓的生活更加美好？

**孙跃明：**未来的杨王村，我希望是一个拥有现代科技农业、绿色生态旅游业、先进发达制造业、高效经济服务业、影视文化商业圈、舒适安全住宅区，就地城镇化、就地市民化的新型农村。我们正在朝这个方向努力。

11. **问：**您有没有找到您的接班人？您心目中的接班人是什么样的？

**孙跃明：**我心目当中的接班人是要符合习近平总书记提出的“好干部”20字标准：信念坚定、为民服务、勤政务实、敢于担当、清正廉洁，凡是能达到这些标准的，就是我接班人的候选人。

12. **问：**当村民习惯高福利的村庄生活后，若是村集体经济不景气，村民福利减少了，村民的矛盾会不会产生？如何规避这个矛盾？

**孙跃明：**我们的发展是可持续发展的思路，在发展过程中会同时协调村民的物质和精神需求，两条腿一起走。如果我们真遇到困难时，相信老百姓也会理解的。

13. **问：**您认为依靠村集体高福利的乡村生活，以及村民自强，福利只是当作额外的生活补助这两种方式中，杨王村属于哪一种？哪一种对于幸福乡村可持续发展更重要?

**孙跃明：**我始终认为村集体要做到保证村民的基本生活，做村民的后盾。但致富一定是要靠自己的，不能指望村集体富，村民一年到头坐等分钱，一定要村民自己懂得创造财富。只有这样才能使杨王成为幸福村庄，成为可持续发展的新型农村。

# 3 你会放弃亿万企业当村干部吗？

——对话“企业家村官”、全国十九大党代表　郑雄

有一群人，

他们有个响亮的名字“企业家”。

他们白手起家，风里来雨里去，在商场上没有硝烟的战争中勇往直前。

他们见惯了名利场，享有荣华富贵。

有一天，

他们选择，回到贫困的乡村，

带着泥腿子们从零开始，再次创业，

那画面，波澜壮阔，

他们会如愿带富一方百姓吗？

# 企业家为何返乡当村干部？

郑雄，今年56岁，现为湖北省钟祥市胡集镇湖山村党委书记、村委会主任。

钟祥是我的家乡，生我养我的地方。这是片神奇的土地，是楚文化的发祥地之一。早在五六千年前，人类就在这里创造了大溪等原始文化。明嘉靖十年（1531年），升安陆州为承天府，同年复立县，取“钟聚祥瑞”之意，命名钟祥。我对乡土中国最初的记忆、最深的情感来自这里。

我很高兴看到我的家乡有郑雄这样的乡村基层干部，有这样优秀的“企业家村干部”。在他身上，我看到了父辈们同样的乡土情结，明白了父亲为何会瞒着我和母亲，用自己的养老金给村里修路。

“村民的钱大都是外出务工拿命赚来的。谁家愿意出钱集资修这条小路呢？能修早修了。”父亲说。父亲起初为修家乡的一条小路找过村支书。村支书回复说这条路不属于主路，要村里自主解决。也有人说，修了也是为别的村做嫁衣。这条路一修，很多村的车辆都要从这条路走了，再坏了谁来修？最后，父亲默默无闻地独自出资修了路。“你记得你小时候，奶奶就是夜行回家，走了坑坑洼洼的路而摔了一跤吗？中指头都骨折变形了。”回乡探亲时，父亲对我说。刹那间，我明白了父亲修路的意义。

那是我爷爷奶奶走过的路、父亲小时候上学的必经之路、我春节走亲访友要走的路，也是留守在村里的老农们每天要走的路。实际上，父亲并不生活在那里，也不是村里富有的人，但他绝对是村里最有乡情的人之一。“这样过年回家，走得也更顺畅一些，让村里人出行更方便。”

郑雄回乡当村干部的理由也和我父亲返乡修路一样，如此简单。他们这一代“60后”，出生在农村，在都市开创事业，对家乡有很深的眷恋之情。

湖山村党委书记郑雄（左二）在田间向村民询问粮食生产情况。

1962年2月，郑雄出生在胡集镇湖山村，1982年毕业于荆州卫校，算是同龄人里的“高学历者”。此后，他做过很多工作。

他先后在乡镇卫生院、市卫生局、市计生局工作20年，干过临床医生，当过院长、副局长。

2002年10月，他响应市委号召，离岗创业，经过十年努力，先后创办和领办了3家民营医院、1家磷矿企业，公司拥有固定资产近亿元，员工近500人，年产值1.2亿元。也就是说，钱权名利他早已体验过了。

他回乡当村干部的决定与他的家庭有关。

2011年初，在他年近五十岁的时候，他把几家企业全部交给职业经理人管理，过起了购物赏景、旅游休闲的日子。在一次家庭聚会上，当他谈到他的企业由谁来继承时，在上海工作的女儿说：“爸爸呀，我们两口子年收入也是近百万，你的财产我们一分都不要！”

女儿的一席话让他郁闷了好几天。

他心里想，这人呀真是怪：当没钱的时候整天想着赚钱，当有钱后，为什么心里反倒觉得空落落的呢？他的子女都在都市里生活，有自己的一番事业，对他的企业一点兴趣都没有。

有一天在海边散步，他跟妻子开玩笑说："老婆，你说我老郑还能不能做点什么？"老婆说："往上走，你做不了官了，往下走，你拿不起手术刀了，你就安分点吧，在城市住几年后，我们回湖山村的老家养老去！"

妻子的一句话让他茅塞顿开。

他哪里是个安分的人？我们又见过几个安分的企业家？

他决定回老家去，为湖山村的乡亲们做点事情。他的妻子是一位通情达理的知识女性，这些年来，无论郑雄从城市到农村，从官员到个体户，她从不反对。家人的支持是老郑最大的动力。但是，当他把这个决定告诉年迈的母亲时，80 岁的老母亲不理解了，她拉着他的手哭诉说："儿子啊，湖山村又穷又乱，是个是非窝子，你不能往火坑里跳啊！你五十多岁的人了，就不能过几年自在日子啊！"

他说："你儿子现在身体很好，年龄也不大，什么都不缺，就想做点事。再说，湖山的乡亲们对我们家有恩啊！"

郑雄回忆，两岁那年，邻居家修房子，一面土墙因雨水浸泡倒塌，他的两个姐姐被活活砸死，母亲的一只腿也被砸成残疾。很长一段时间，他在村子里吃百家饭，住百家屋。

他把这段回忆讲给母亲听后，80 岁的老母亲再不言语。

2011 年 10 月，郑雄向钟祥市委、胡集镇委提出回村申请，得到各级领导支持。当年 11 月，他参加湖山村"两委"选举，高票当选为湖山村党支部书记、村委会主任。在生他养他的湖山村，开始了人生的第二次"创业"。

# 企业家当村干部的心理准备：一场不能输的创业

创业谈何容易？

我采访过许多和郑雄一样的企业家村干部。他们在工作初期都遇到了各种各样的阻挠。家人的不理解还是次要的，社会上有许多声音在质疑：比如，有了钱就想当官，过过官瘾；比如，想利用村集体资源赚更多的钱；比如，这个人纯粹是想出名……

作为一个大型企业的老板回乡当村干部，郑雄成了当地有争议的大人物。人们对郑雄的行为议论纷纷。一种议论认为他回村里圈地赚钱，另一种议论认为他回来作秀，想留名。

郑雄也一样，遭到了非议。

**人言可畏，遭到“非议”是一个企业家回乡当村干部首先要做好的心理准备。**

面对种种议论和猜疑，郑雄没有解释，因为他知道老百姓看重的是结果，只有干出响动，办出实事，村民才会信服。

湖山村属岗丘地区，411 户，1640 人，虽然有 12000 亩土地，但耕地仅有 4000 亩。他回村时，村里没有一米水泥路，没有自来水，没通网络电视，2012 年村民人均纯收入仅 5600 元，留给他的还有近百万元的债务。同时，村里宗族派姓严重，干群关系紧张，有 4 人长期在省市镇上访。

这样的村子，谁接手都是烂泥。唯恐避之不及。他何必要拿自己的名誉开玩笑？**只能赢，不能输，只有富民、强村一条路，没有退路，是企业家当村干部要做的第二个心理准备。**

村集体创业不是个人创业，个人创业风险自己承担，输了大不了从头再来。集体创业必须稳扎稳打，不能输，也输不起。

他左思右想，决定着手干的第一件事就是建班子。

建什么样的班子呢？他借鉴浙江海宁经验，实行“三个三分之一”配班子，就是本村选出的干部占三分之一，聘请党政机关事业单位退下来的同志占三分之一，聘请外地大学生占三分之一。6 名“两委”班子成员中，本村选举了 2 人，其余 4 人全部是引进的人才。

来自竹山县的大学生包安娜，毕业后在北京打工，在网上看到湖山村招聘村干部的信息后，报着试试看的态度到湖山村应聘村主任助理。通过一年多的扎实工作，她感觉湖山村创业前景广阔，便安心地留了下来，经过五年的磨炼后，她成长很快，目前担任村工业支部书记、村妇联主席，在钟祥、荆门地区小有名气。

“引进村干部”这项举措消解了村里的宗派势力，老中青结合增强了班子合力，原本要唱对台戏的人，也慢慢一起“唱戏”了。

这种人才引进机制类似于企业的职业化经理人团队，打破了过去村干部只在村内选、裙带关系复杂的局限，既拓宽了村级班子选能用贤渠道，又增强了班子的战斗力和活力。同时，还削弱了派性及宗族势力，形成了“两委”班子思想文化的多元化，战斗力、凝聚力明显增强。

那年冬天，郑雄个人捐资近 100 万元，硬化了村里的主干道，升级了电网，打了一口公用机井，恢复了村里中断三十多年的广播，在重点区域安装了电视监控。自此，他发现村民喜欢和他说话了，喜欢和他交心了。

2012 年腊月三十的晚上，七十多岁的老书记王先和部分村民代表，给郑雄送了 100 个土鸡蛋，当时他心里一热，激动地说：“请您告诉乡亲们，只要大伙对我满意，这个书记再苦再难我也要干下去，让村里人都富起来！”

终于，他与村民之间的关系算是“破冰”了。

建什么样的湖山村？一直是他思考的问题。

“进村以后，我走遍了湖山村的每一块土地，走访了湖山村的每家每户。同时，我也考察了全国 17 个新农村建设示范点，在小岗村住了三天，在荛治河村住了七天，在腾头村住了九天……通过调查，我发现，大部分示范村要么靠卖土地、要么靠卖资源、要么靠财政投入，但湖山村并不具备这些条件，我们必须走出一条自身造血、持续发展的新路子。”他回忆说。

经过一番调查，郑雄为湖山村确定了“发展村级集体经济，村富带民富，村、民共富”的新农村建设思路。同时确立了“一年打基础，三年大变样，五年换新天”的目标，还邀请华中农业大学、武汉科技大学的专家教授编制了《湖山村新农村建设总体规划》，特意把规划效果图放大后挂在村子的大门口，村民们看了心里敞亮，对湖山的未来充满了信心。

**湖山村入口处。**

他办的第二件大事是清理集体资源。

从2012年春开始，他着手清理被少数村民非法侵占的土地、堰塘、山林、水库、鱼池。依法解除了50多份不公正、不公平、不公开的合同。

村委会聘请了常年法律顾问，把法庭开到了田间地头。这次清理，涉及部分村民的切身利益，工作难度极大。

**不留情面，公平公正，敢第一个动亲戚的奶酪，是企业家当村干部要做好的第三个心理准备。**

“听说，您有个姑老表，多年占用村集体8亩多土地，当时您要收归集体，他放出狠话说：只要郑雄敢来收，我就不认他这个亲戚，永远不来往。那您当时怎么想的，怎么做的？”我问郑雄。

“必须从亲戚开刀，老百姓都看着呢。我先让村干部上门做工作，行不通，自己两次上门也做不通，最后请80多岁的老父亲出面，于情于理讲了很多，终于做通了工作。村民看到我对亲戚都那么认真，大多数村民就主动退出了侵占的村集体资源。”

更难办的还在后面。

2015年上半年，因清理一人非法侵占村集体2亩堰塘，郑雄母亲的墓碑被其砸断，最后他还是依法将堰塘收归村集体。

“什么样的人才会砸掉老人家的墓碑，您该很恨他吧？”我愤慨不已。

“我没有找他兴师问罪，相反，还将他儿子安排到我的企业工作。愤怒、仇视都解决不了问题。虽然他是非法占有，但是占了那么多年，都没人管，我去管，那就是动了他的利益，这是能够理解的。建设、创建社会文明、村庄文明都需要一个过程。”他平静地说。

据统计，到目前为止，湖山村已清收资金30余万元，村集体土地1000亩、堰塘120口、鱼池200亩、山林50亩。

通过企业化运作，这几年，新增村集体收入1200多万元。

有了资金，他开始一步步实施湖山村的新农村建设规划，在不到五年时间里，湖山村建起了占地 100 亩的党员活动中心、院校专家科研培训中心、文体活动中心、湖山农耕文化园、湖山生态运动公园、湖山采摘园、湖山植物园、高效农业试验基地，硬化了所有通组、通户水泥路，建设了两个生态村民小区，对村庄中心区域进行了高标准绿化，开通了所有农户自来水、网络及有线电视，实现了全村网格化服务。

**“秀美湖山”是现阶段湖山村的主要建设目标之一。**

我问郑雄，建设新农村的钱从哪里来？

他说，所有建设资金 90%靠村委自筹，没有向村民收一分钱。

他把企业募集资金的能力派上了用场。

在湖山村的新农村建设中，村里没有新增任何债务，同时还有近 300 万元的现金积累，集体资产达到 2630 万元，村债务全部偿还。同时他还争取项目对全村80%的土地进行了平整，实现了沟路渠配套，引进正大集团对全村土地实现了整体流转，基本实现了农民变居民，农民变工人，并增加村民的就业渠道。

“用筑巢引凤的办法，引进8家企业进村投资，目前已建起了30万吨的粮食收储加工公司、万只育肥羊基地、千亩高效农业示范园；双语幼儿园、老年公寓、生态观光园正在建设中。”郑雄说道。

他用一个企业家的思维方式，充分发掘地方“沉睡”的资源禀赋，释放贫困地区的生产力，引进外部投资，高效、快速地解决了村集体经济的问题，盘活集体资源“造血”。

这些引进企业全部达产后，可安置村里近400人就业，更重要的是村集体基本建立了常态收入机制，每年村集体收入近100万元。2016年村民人均纯收入达22000元。

基础设施建好了、村民就业解决了，村委服务形象又该如何建立？

为着力加强基层服务型党组织建设，湖山村以党群服务中心为依托，延伸服务领域、改善服务态度，创新服务方式、规范服务职责、提升服务效能，为建设“富裕湖山、幸福湖山、生态湖山”提供了坚强的组织保障。

创造“三办”服务，让民心暖起来。

一是让办事大厅服务事项一目了然。92项常办事项办理流程上墙，且不定期为村民发放便民服务小卡片。

二是网上办理快速高效。通过村级网格化管理平台直接为村民办理18项服务，村民通过终端机查询办理事项进度。

三是“微笑”服务便民利民。便民大厅实行24小时值班制度，并由办事村民评选每周的“微笑服务之星”。这样一来，村民办事难问题得到了有效化解，真正实现了村民办事不出村。

这是我在乡村调研中，见过的唯一一个24小时开放的村委会便民服务大厅。

此外，村庄文化也是郑雄非常重视的。

这几年，湖山村利用村级阵地，通过现身说法和专家讲座等，组织开展各类培训和村民创建评比活动，多途径提升村民素质。主要进行了八项活动：定期不定期组织村民集中培训；适时组织部分村民外出参观考察学习；定期开展文明户评选；每年开展一次三个模范评选活动；规定子女教育奖励标准，重点奖励村民子女高考进入10所大学的学生；组织村民每年开展1~2次健康向上的文体活动；常态抓党员村民积分制管理；通过广播、电视、电子屏宣传政策，通报表扬村民好人好事，及时传播正能量。

难能可贵的是，五年多来，郑雄严格兑现竞选时的承诺，没在湖山村领一分钱报酬，没在湖山村办一个企业，上无一片瓦，下无一分地。

**湖山村群众积极建设村庄、甘愿奉献，成立了各类志愿者服务队。**

**"积分制管理"在湖山村广泛开展，村委会每季度都会组织、评选优秀党员干部、优秀村民。**

**舍己为人，大公无私，是企业家当村干部要做好的第四个心理准备。**

"我自己的企业与村集体没有任何关系，所有财务收支全部透明公开，清理收回的集体土地没有改变生态农业的用途。"他说。

为了全心做好湖山村的工作，郑雄 2014 年年初辞去了所有企业的董事长职务，并转让了股份。人们在享受湖山村建设发展成果的同时，从内心消除了对他当村干部动机的怀疑，也对他五年来的工作给予了认可，各级组织和领导也对他的工作给予了充分的肯定，他先后被评为"湖北省自主创业带头人"、省劳动模范、省优秀共产党员、湖北省第十一届党代表、湖北省第十二届人大代表。

2015 年 5 月，郑雄被评为"全国劳动模范"。

2017 年，郑雄是全国十九大党代表。

回想这五年走过的路，虽然很累，但他内心觉得很快乐。同时，细看钟祥市近几年的发展，他才真正明白，什么是责任，什么是担当，什么是把不可能变为可能。“一个人，只有承担起更多的社会责任，才能更好地实现自己的人生价值。”

在一个社会责任边界日益模糊的时代，企业家、企业对社会的贡献，远不止是创造财富、解决就业、促进经济发展。他们正在以不同形式介入社会、文化、教育、科研、下乡扶贫等诸多领域。

21 世纪，是对企业家责任感要求更高的时代。我们又不得不承认，企业家当村干部确实是一种相对高效、快速的扶贫方式和致富方式。但值得一提的是，贸然让一个没体验过农村生活、没有乡土情感的企业家下到贫困村，整日与村民打交道，结果难以想象。企业家下乡扶贫不应该成为一种行政命令，应该是自发的、有内心意愿的行为。如果你热爱家乡，也做好了心理准备，可以回乡看一看。那里，可能大有可为。

湖山村未来发展的道路还很长，要做的事还很多，郑雄说，他会倾尽全力，努力把湖山建设成为“基础设施规范化、绿色基地科技化、自然风光田园化、人居环境社区化”的美丽乡村。那是他梦想的村庄生活。

我期待着，不久的将来，能回到我的故乡钟祥，走进郑雄理想的湖山村，一起温一壶老酒，和他闲谈我们共同的故乡。

**小记：**

写完这篇文章后，我看到了一则令人振奋的新闻。

河北省阜平县平石头村是个贫困村，如今，村里的农副产品将通过电商平台销往各地，这缘于村里来了个新“村主任”。

2017 年 11 月 28 日，京东创始人刘强东受聘任该村“名誉村主任”。他在就职仪式上表示，“3 年内帮助平石头村的贫困户脱贫，5 年内让全体村民年均收入翻十倍，户户都有稳定的工作和收入，家家都能住进新房过上小康生活”。

有人会认为，作为一家年收入几千亿元的公司老总，在京东的办公室里运筹帷幄才可以发挥更大的价值，现如今去一个偏僻的小山村里当村主任，无疑是“大材小用”，甚至有作秀之嫌。然而他们却忽略了一点，当中国的扶贫进入到最后的攻坚阶段，那些仍旧无法摆脱贫困的地区，都有着常人无法解决的困难。

企业下乡，不仅是助力农村发展，对于企业自身而言，也是一个新的机遇。譬如京东 2015 年开始下乡后，快速拓展了农村的电商业务。

刘强东当名誉村主任绝非“大材小用”，这正是我们这个时代呼唤的企业家精神。

我记得有一个村支书曾在全国两会上提出“企业家村干部计划”，我深表赞同。

王文忠是在北京经商的成功商人，2007 年，他回到家乡——河北省枣强县大营镇芍药村担任党支部书记，此后便常年奔波在京冀两地。多年来，他带领芍药村取得了不错的发展成绩，个人也当选第十二届全国人大代表。

王文忠连续两年在全国两会上提出建议，希望在农村地区推行“企业家村干部计划”。“先富起来的人应该多一些担当。如果有更多的企业家回乡当村干部，新农村建设的步伐一定会更快。”王文忠说。

“开拓者”“创新者”是企业家群体的共同标签。一个有企业家精神的人，去治理村庄，势必会把村庄当企业来运营和管理。企业要效益，员工要收入，村子发展也同企业一样要有战略、有路线、有市场眼光。总之，落脚点是帮助村民致富，为村民创造更好的生活条件。

# 对话村支书郑雄

1. 问：24 小时的村委便民服务大厅，这是一项开创性的举措。我去过的很多村委便民服务大厅都不能保证上班时间有人在。请问，湖山村的村民们晚上来办事的多吗？一般都是办什么事？为什么您坚持 24 小时服务机制？

**郑雄：**我们湖山村由于百分之八十的土地流转出去了，村民就近务工的比较多，所以他们来办事一般选择中午或者晚上的下班时间；他们一般开各种证明的比较多；我们既然是服务百姓，就要考虑到百姓需要，他们办事方便的时间就是我们的工作时间。

2. 问：作为一个企业家，您为什么没有选择直接给村里捐钱，而是选择当村干部带富一方百姓？您要是失败了怎么办？

**郑雄：**作为企业家确实有一定的资金积累，但是靠捐钱帮扶村民也只能解决一时的困难，不能从根本解决问题，扶贫还得先扶智；我做这件事的时候并没有考虑太多，一心只想通过自己努力，改变湖山村贫穷落后的状况。

3. 问：您认为企业家当村干部建设新农村最大的优势是什么？

**郑雄：**企业家当村干部最大优势是可以用市场化的思维方式建新农村，也有更多的人脉可以实现多方参与，共同努力。

4. 问：带领村集体创业，和您第一次开公司创业有什么共同点，又有什么不同点？

**郑雄：**共同点是一方面有机遇，另一方面也有风险和挑战；不同点是，肩上的责任和担子比第一次创业更重了，因为承载着全村 1640 人的期盼，只能前进不能后退！

5. **问**：波司登的创始人高德康当村干部了，京东的创始人刘强东也当村干部了，什么样的企业家适合下乡当村干部？

**郑雄**：当村干部不一定要有雄厚的资金，但是一定要有一种无私的情怀，任何时候都不能跟老百姓争利，只要一心为公，一定能做一名百姓心中的好村干部。

6. **问**：您作为一名企业家下乡的前辈，给未来会当村干部的企业家提几点忠告的话，您最想说什么？他们怎么做才能当好这个“官”？

**郑雄**：我认为还是上一条所说的，企业家们只要一心为公，不和老百姓争利，脚踏实地为老百姓多做实事，就一定能当好村干部。

7. **问**：有些村很富，村民福利很好，反而逐渐地把村民养懒了，湖山村的村民有一天会不会也习惯了福利，习惯了“被给予”，而丧失赚钱的能力？

郑雄：你说的情况我也听说过，但是在湖山村不存在。我们村里首创的民风建设积分制，其内涵就是引导村民积极向上，树立“有付出才会有回报”的观念，村民也都很乐意通过自己的努力去争取更多的回报。

8. **问**：未来的湖山村，您希望是什么样子？您会如何做？

**郑雄**：党的十九大提出要建设美丽中国，对于农村要实施乡村振兴战略，我希望的湖山村应该是乡风文明、村容整洁、管理民主，看得见山、望得见水、记得住乡愁的新农村。我会按照这个标准去努力，不光要让村民的口袋富起来，还要让他们的脑袋也“富”起来！

9. **问**：作为十九大党代表，您的北京之行，最大的收获是什么？能否解读下您对国家乡村振兴战略的理解？

**郑雄：**最大收获是见证了党的十九大胜利召开这一历史盛事；我理解的乡村战略不仅是指要满足村民的物质生活需要，而且也要能够满足村民的精神生活需要，乡村振兴还意味着农村不再是三留守，也不是落后和贫穷的代名词，而应该是一块年轻人也为之向往和奋斗的热土，这里不仅是美丽乡村，还应该是科技乡村！

**10. 问：**现代新农村建设中，您认为还有哪些问题亟待解决？

**郑雄：**农村要发展就必须把村民从土地上解放出去，通过土地平整和土地流转，实现土地规模化运作，从而实现土地效益增值，解决“三农”问题。然而还有很多的农村还没有完全实现土地流转和村民转移。

**11. 问：**有人说，乡土中国的急剧变化，使传统文化的物质在消亡，比如非物质文化遗产的保护，比如钟祥的上大人纸牌也很少有人玩了，许多古井、古树消失了，湖山村在新农村建设中有没有注意这个问题？你们是怎么做的？

**郑雄：**乡土气息是一个村庄最具本土特色的地方，传统乡土文化更是数辈农村人的魂，没有了这些就没有了真正的乡村。所以我们村里从发展之初就很注重保护传统文化，我们在 2011 年做新农村发展规划以及建设规划的时候就已经将古文化的传承和保护纳入其中，例如，我们的罗山大树因为管护得当，至今生长茂盛。在进行土地平整时，也并没有把古城遗址李家凹子片区平整，这些都是对乡土文化、传统文化的保护。

**12. 问：**什么是真正的村富民强？谈谈您对社会主义新农村的理解。

**郑雄：**真正的村富民强的社会主义新农村应该是村集体有稳定的常态化收入，可以保证村里基础设施建设，以及为特困人群提供基本生活保障，村民能自力更生，大胆创业、积极创新，能护法守法，每个人都能通过努力实现自己的人生梦想。

# 4 这个穷乡僻壤的村干部，心有“大战略”

## ——靠创意产业致富，建智慧村庄、特色小镇

建设一个新农村不亚于企业创业，
这些优秀的村干部身上均有超强的企业家基因，
“开拓创新”是企业家的关键思维，
八仙过海，各显神通，
谁说农村建设不可以另辟蹊径，靠低成本的创意取胜？
创意经济、互联网思维、大数据、人工智能……
正在走入我们的乡村生活。

# 大西北，村头停了架大飞机

我在一个雨过天晴的日子，和家人一起从西安出发，自驾去了陕西省铜川县马咀村。

这次陌生拜访，事先没有跟任何村干部联系。正如平日里一般性的乡村采风，我想看到原汁原味的马咀村。还未进村，我已惊叹。高速公路上远远看见一架大型飞机停在一片空地上，近看写着“空军一号”。我的家人拍手叫绝：“这个村也太有才了。这么个一毛不拔的黄土高坡，出现这么一架飞机，简直就是活广告啊！在高速公路上就远远看见了。”

马咀村村头停了架大飞机。

大飞机是马咀村的“景观标志”。飞机模型旁边是“辽宁舰”航空母舰的大型模型，旁边的桅杆广告上写着：“今天你航母 style 了吗？”

这个村有点意思！引起了我的关注。

村委花了几百万在自家门口做了大西北罕见的巨型创意广告。而这个广告是乡村旅游的一个景点，是带动经济增长的一部分。这是马咀村给我的第一印象。没有景，那就造景！

在大西北诸多新农村中，我想知道这个昔日穷困的村庄，怎么会另辟蹊径，想到靠“涂鸦”点“靓”高原景致，靠创意产业建设新农村，带动村民致富，又怎么会提出再次升级，建设“智慧新农村”？它的村干部们是何种奇人？还是有什么力量支撑这个村开天辟地，在大西北造了一个欧洲花园式的新农村？

# 马咀村发展的“三次创业”

李云南，男，汉族，1960 年 4 月生，1992 年 5 月加入中国共产党。1999 年 9 月任石柱乡马咀村党支部书记。2002 年被评为市级“郭秀明式的好支书”；2003 年 10 月被中共中央宣传部、人事部、农业部评为“全国农村优秀人才”；2005 年 4 月被国务院授予“全国劳动模范”称号。

**第一次创业，实施移民搬迁**。

1998 年，李云南在乡企业办当主任，随后放弃公职，回到村上，办了个小水泥厂，自己的日子逐渐红火起来。看到村民的日子很恓惶，就把他们招到厂里来上班，让村民也有一份稳定的收入。

1999 年，李云南被党员推选为马咀村村支部书记，担起了这副重担子。作为一名村民信赖的村支部书记，李云南必须干出些实事来。上任后，他和两委成员商量，从村民最关心的事干起，先集中力量解决村民最主要的矛盾，平整土地 1500 亩，改变了村民“种着坡耕地、吃着救济粮”的现状。

解决了吃的问题，就该解决村民住的问题。2000 年初，经过党支部商量后，征求村民的意见，决定让沟畔的村民搬上来。60 户村民从此告别了土窑洞，吃上了自来水，住上了小洋楼，马咀村大变样。

**第二次创业，发展设施农业**。

2008 年，根据国家政策要求，李云南关闭了会造成污染的水泥厂。这时，村民没地方打工，收入没保障。“村看村，户看户，村民看支部”，作为村上的带头人，李书记为此睡不着觉，心里慌，急得团团转。他把两委会一班人叫上开会，到山东等地考察学习，经过市场调研，他们发现马咀村的水利条件比较好，适合发展大棚种植。回来后，党员纷纷带头建棚，全村建成第一批日光温室樱桃大棚 30 座，大棚樱桃要早上市一个多月，一斤售卖都在 30 元以上，一个棚纯收入在 10 万元左右。村民尝到了甜头，随后村上又提出发展大棚蔬菜的想法，村民一呼百应。

短短三个月就建成 78 座蔬菜大棚，当年建成就获得收益，每个大棚纯收入 6 万元左右。紧接着，村里又建成了净菜加工厂和保鲜库，基本形成种植、加工、储藏、配送一条龙的冷链物流体系，马咀村的果蔬产品还打入了省城市场，村民人均收入突破万元。

**第三次创业，大搞乡村旅游。**

近年来，陕西省各级政府把主要精力都放在了基层乡村，区（县）开展了“访民意、解民困、送温暖”党旗领航奔小康活动，各级干部都来马咀村走访村民，村里每名党员都有一本民情日记，走到哪里，记到哪里。走访中，村民提出了希望村里有更大的发展。

马咀村党委书记李云南（左五）在村民家门口宣讲国家政策。

村委一班人又一起谋划，大家看到周边乡村旅游市场火爆，而马咀村有水库，有高速，离西安近，很适合搞旅游。加上铜川市“冲在一线，干在实处”的要求，更坚定了马咀村发展旅游的决心。

“支部站在前，万事都不难。”说干就干，干就干好，通过“招商引资、股权合作、项目托管、团队策划”等模式，一年内马咀村建成了欧式婚礼广场、游乐体验区、涂鸦新村、箱涂国际艺术街区、休闲农业采摘区、亲子活动体验区、飞行体验项目等乡村旅游七大板块。截至2017年“十一”长假，累计接待量超过58.62万人次，综合收入达到482.3万元。发展乡村旅游，村民有了“股权、经营、房租、工资”等四方面收入，腰包鼓起来了，2016年人均纯收入达到16800元。

## 从私营企业主到村支书的角色转变

1992年底，李云南东借西凑到一笔资金，接手了一家经营不善的乡水泥厂。仅有两个“蛋蛋窑”的小厂，逐渐在他手中发展壮大。2000年4月，拥有10万吨机立窑熟料生产线的水泥厂试产了，年产20万吨水泥熟料生产企业——耀州区桃源建材有限责任公司，安排本村劳力120名，运输车32辆，村民年净收入达80多万元。

这家定额百人的企业有一半以上都是马咀村的村民，村里32辆车为厂里拉料，每年可以从厂里挣运费40多万元。昔日的“泥腿子”转眼间都有了一技之长，成了司机，成了水泥厂的“正式工人”。

在这段时期，李云南靠勤劳致富积累了上千万元的资产，成了私营企业家，属于村里先富起来的那一部分人。那么，富裕起来以后干什么？

他说：“一人富了不算富，全村富了才算富，马咀人穷，我一人富了也不安心。”

在第一次村民大会上，他郑重地宣布：第一，要解决全村人的温饱问题，彻底解决祖祖辈辈耕种坡坡地、绺绺田，种地不打粮的历史，实施“坡改梯”工程；第二，改变居住生活环境，实施移民搬迁工程；第三，远离危房学校，改变学校环境，实施学校迁建工程。

为了实现承诺，他将企业家的创业精神带到了他在马咀村的日常管理中。

村庄脱贫，谁说不是创业？而且是一场不能输的创业。

1999年秋，一场马咀村历史上从未有过的修田平地战役打响了，最终移动土方45.6万立方米，把253块绺绺田修成了96块高标准梯田，面积增加了100多亩。

接着，两委会又紧锣密鼓地实施了农业综合开发项目，修建300立方米蓄水池2座，埋设输水管道5.5公里，田间配套安装了喷灌、渗灌机具，使整修后的农田全部实现了节水灌溉。修建高标准基本农田1530亩，使原来的253块小田变成96块大田。建成300立方米的蓄水池2座，埋设PVC输水管道5.5公里，安装出水桩122个，基本农田全部实现节水灌溉。一举改写了马咀人祖祖辈辈靠天吃饭的历史，也为以后发展设施农业奠定了良好的基础，之后连年家家户户夏粮大丰收，558亩麦田总产22.32万公斤，比前些年1151亩麦田的产量11万多公斤高出一倍。

由于村里穷，李云南上任之初，自己拿出2000元现金、500公斤白面、100公斤食用油安排村干部对全村20户贫困户、老党员、老干部进行慰问。这次亲民行动，帮助他稳定了人心，增强了村党支部、村委会的凝聚力和感召力，激发了干部村民为改变贫穷落后面貌拼搏进取的战斗力。

从1999年10月到2000年8月，他组织村里男女老少，先后雇用推土机、装载机22台，投入工人2.2万个，移动土方45.9万立方米，投入资金150.9万元，其中个人垫资40多万元，整修建成了高标准农田1530亩，彻底改变了村里陈旧落后的生产条件。

由于居住条件很差，不少村民与家畜共居一室，文明卫生的生活方式无从谈起。辛酸的现状让党支部一班人很揪心。得知国家实施移民搬迁，村委决定，一定要让乡亲们住上新居。为了从根本上改变村民极其破旧的居住环境，彻底脱离沟区，李云南上跑下找，寻求各级政府支持。

2000年4月，总投资264万元的首批68座移民搬迁二层单元式“小洋楼”破土动工。68户马咀人乔迁新居，村民生活发生了翻天覆地的变化，没有人在屋内随地吐痰，客厅茶几旁多了个小垃圾桶，家家户户在门口砌了小花坛。目前村民都住上了欧式农家院，有的开了农家乐，有的办了客栈。

2001 年 4 月，马咀村被铜川市委、市政府评为“农业综合开发先进集体”。随后，李云南又为集体贡献 383 立方米石渣并垫资 11 万元，修成 7.5 公里的沙石生产路和新村巷道，使全村田间生产路全部实现了沙石化。

2002 年 9 月，村委投资 65 万元，其中李云南个人垫资 57 万元，建成 1300 平方米的村委会办公楼及商用房，开设了村民技校、中老年人活动室、图书阅览室、文体活动室、村级卫生室等，定期为村民进行健康检查和技能培训，全面提升了村民的素质。

为了加快村民脱贫致富步伐、普及科技知识、推广实用技术，李云南在全乡第一个建立了村民培训中心，并多次聘请市果树研究中心专家给果农上课，现场指导果农修剪果树。同时，请专家传授养殖技术和畜禽病防治知识等。

如今，马咀村户户入新居，自来水、电话、电视全部普及。村中建成五个花园，占地面积 2300 平方米，美化了新村。

马咀村风光。

地平了、路修了、电改了、房盖了，但李云南知道“治穷要先治愚”。马咀村从20世纪80年代起到现在只出过3个大学生和2个中专生。近年来，没一个学生能考上高中。他更深知实现“小康常久富”与村民的文化素质有着重大关系。村里的小学虽然结束了“黑屋子，土台子，泥孩子”的历史，但仍然是20世纪70年代修建的土木结构房，地基下沉、墙皮剥落、年久失修、不堪重负。面对窘境，他毅然决定迁建学校，彻底改变由于经济落后，导致教育投资少、教学质量差的恶性循环状况。几经周折，多方筹措资金65.2万元，2000年春选定了新校址。校园占地面积6.8亩，建成了940平方米的宿办、教学楼，新添课桌凳30套，使83名学生搬出危房，拥有了宽敞明亮的教室。他经常到学校去和教师座谈，帮助解决教师实际困难。2001年乡考，马咀村小学从连续五年倒数第一跃为全乡第二；2002年，升为全乡第一。六年级编班考试中，获得全区第一的好成绩。现在，村级小学三年级开设了英语课，四年级开设了微机课。

几年来，李云南到处争项目，跑资金，他个人为村里垫资至少288万元，为村民办成了许多响当当硬邦邦的大实事、大好事。

我见过很多村书记，他们都有一个共性，除了奉献精神，都有敢作敢当、大刀阔斧改革的企业家精神，除了管理方法、沟通领导力、学习力、不畏失败的勇气，更重要的是坚忍不拔的创业精神、与时俱进的创新能力和“天塌下来有我扛着”的担当。

李云南就是用治理企业的方法在管理马咀村。“思维高度决定一切”，无论是上海杨王村60多岁的村支书孙跃明，还是做了55年村庄带头人的江苏省蒋巷村的村支书常德盛，还是陕西省年轻有为的大学生村官宋博，他们身上都有敏锐的生意头脑和敢拼敢闯的企业家精神。否则，带领贫困村脱贫并成为首富村，实属空谈。

# 涂鸦艺术带火了这个村

我去过好几个涂鸦村，浙江省天台县的金满坑村是群山峻岭之间的涂鸦村，中国美院的老师、学子们在那里留下了许多画作，只要你想画，就可以选一个民居的外墙作画。杭州的外桐坞村也是有名的画家村，吸引了许多画家在那里开设工作室。这些村都是靠创意产业声名远播，带富一方百姓。

马咀村的与众不同在于，它的涂鸦更接近专业水准，它的民居是统一规划的欧式小洋楼，画作也是统一规划过的。

马咀村民居上的“涂鸦”。

进村的时候，恰逢一对新婚夫妇在草坪上举行西式的草坪婚礼。我和家人驻足观看。新人是外地的，他们很早就预定了这块草坪和村里的宴会厅。据说，这里是陕西少有的草坪婚礼举办地。

问了工作人员才知道，草坪婚礼是村里的集体经济之一。村里很早就建成了这块大西北罕见的大草坪，配合马咀村欧式民居，涂鸦墙绘，打造了一条草坪婚宴产业链。只要天气允许，几乎每周都有到这里举行欧式婚礼的年轻人。

村里的建筑、绿地、娱乐设施等规划也非常讲究。每栋小洋楼的墙画都有主题涂鸦，美国超人系列、国风国画系列、安徒生童话系列、摇滚系列……五彩斑斓且相得益彰地出现在村里的建筑墙面上。

村民说，每年都有许多外国友人和国内爱好涂鸦的艺术家们前来村里创作。

这些小楼的设计带有欧洲民居的特点，小院装饰也不同于北方的剽

**马咀村每年举办一次国际涂鸦大赛。外国艺术家在民居的外墙上作画。**

悍与坚硬，多了浪漫、柔和的线条。若不是“陕西凉皮”的招牌出现在小别墅门口，我和家人真会认为到了欧洲的某个创意小镇。

村民说，村里2010年就开始以生态农业、旅游为主导，吸引了很多游客前来观光度假，还修建了轮胎公园和集装箱创意街区。

我们顺着村民的指示方向去了集装箱创意街区。集装箱街区的创意小物件无处不在。有的店面外观上是卡车、汽车、变形金刚的模样，有的是小城堡的模样。各种铁艺、轮胎制成的装饰品填充在街区的角落里。

在过去17年里，马咀村建成了马咀村外立面影视外拍基地、国际箱涂艺术街区、中国灰色涂鸦部落、沃特智能轮胎亲子互动体验乐园、西式婚礼产业中心。初步形成了集生态观光、摄影婚庆、亲子游乐、时尚餐饮、休闲娱乐、科普教育、艺术创作于一体的摄影主题公园。

一个西部高原上的乡村出现西方的涂鸦艺术，的确令人耳目一新。村委干部介绍说，马咀村已成功举办了两届国际“乡涂”墙面创意大赛，参赛选手来自俄罗斯、法国、美国、意大利、中国，取得了国内外社会各界的瞩目，成为旅游、摄影、人文全面发展的农业新格局中的典范。

去马咀村之前，我做了背景调查。

马咀村地处铜川市耀州区城北14公里处，北依文王山，俯瞰锦阳湖，延西高速穿村而过，交通便利、水资源丰富、气候宜人，全村110户，384人，耕地1662亩，2016年村民人均纯收入18600元。人口不算多，但在铜川市的名气却很响亮。它现在是全国文明村、全国一村一品示范村、中国乡村旅游模范村、国家级最美宜居示范村庄、国家AAA级景区、中国美丽乡村百佳范例等。

从2000年起步，马咀村经过17年不懈努力，已经完成了从“烂杆子村”到“水泥村”，再从“生态村”到“旅游度假村”的转变，“创新、协调、绿色、开放、共享”五大发展理念，在马咀村落地生根，现在正在和中国电信联手，全力打造马咀“智慧村”。

调研数据显示，1999 年全村村民人均收入仅 700 元，2005 年越过 2000 元，2013 年越过 10000 元，2016 年越过 18000 元大关，比发展之初增长了 26 倍。17 年来，马咀村在全市率先告别了土窑洞，住进了别墅式小洋楼；率先实现了劳动力转移，全部进入企业当工人；率先告别了传统农业，走上了集现代科技、网络营销、旅游观光于一体的经营模式。设施农业收入、园区打工收入、土地流转收入、房屋租赁收入、公司入股分红收入成为村民五大稳定的收入来源。

马咀村的秧歌队。

马咀村的 17 年是中国农民顺应新农村发展趋势后的典范。就像鲤鱼跳龙门，一步一步成就了马咀村的传奇。传奇的故事背后必有传奇的“领头人”。虽说其原动力还是村民求富求变的迫切愿望，是国家支农惠农的好政策，但没有好的“领头人”，也只是空中楼阁。

# 发展乡村旅游，唱响转型“三部曲”

乡村旅游是马咀村的支柱产业。虽然也许它不是全国优秀的乡村旅游示范村庄，但是它的探索之路在全国却有很强的共性。

全国乡村旅游如火如荼地进行着，许多农村的发展之路并不平坦，甚至多了些迷茫。我国的乡村旅游有着巨大的市场空间，却也有消极的一面，受到政府政策、资金、城镇消费习惯、观念等诸多因素的影响，加上乡村旅游在食、住、行、用、购、娱，以及旅游服务、配套设施等方面还处于低端水平，离人们愉悦、舒适的旅行预期还很远。

马咀村、蒋巷村也存在同样的问题，但这些走在乡村旅游前列的村庄，在认识到自身不足的同时，脚踏实地、精耕细作，逐步完善旅游服务，形成了独特的旅游文化品牌。

马咀村的经验是：发展乡村旅游，夯实基础是前提，规划先行是保障，抢抓机遇是关键，村民增收是根本。

# 打基础，为马咀旅游做准备

近年来，马咀村旅游业异军突起，一个重要的原因是经过十余年砥砺奋进，从根本上改变了马咀村落后面貌，也为今天的旅游业的大发展奠定了坚实基础。

李云南等村委班子成员，通过大力发展种植业、养殖业和劳务输出，确保村民收入稳步增长。当村民衣食无忧后，马咀村未来如何发展就成了亟待解决的问题。

村里及时搭乘时代列车，解决了马咀村农业产业化、现代化、信息化问题。“公司+农户+市场”的经营模式，使传统农业走上了“集约发展、市场导向、公司运作、村民受益”的发展新路。

马咀村一变由穷变富，再变由富变强，三变由强变新。如果没有前期的发展转型，要发展乡村旅游业只能在低层次徘徊，不可能成为马咀村兴村富民的支柱产业。

# 明思路，为马咀旅游绘蓝图

思路决定出路，规划决定方向。2000 年起马咀村就按照“有利生产、方便生活、优化布局、美化环境”的原则，委托专业单位编制了《马咀村村庄总体规划》并按照这个规划扎实推进。2000 年至 2004 年第一个 5 年，按照“移民搬迁建房子，大平大整打底子，劳务输出挣票子”的思路，一举改变了落后面貌；2005 年至 2009 年第二个 5 年，按照“种养结合稳增收，农工并举两不误，积极探索新路子”的思路，顺利度过了马咀村发展的瓶颈期；2010 年至 2014 年第三个 5 年，按照“调整结构抓转型，股份公司加农户，绿色高效能共享”的思路，走上了“农业产业化、信息化、多元化和股份制”的发展模式，先后建起 30 个日光温室大棚樱桃、78 个日光大棚蔬菜，建成了银杏、女贞、月季、连翘等二十余种种苗基地，栽植各类绿化大树 411 棵、移植各类大树 146 棵、其他各类树木 1707 棵、种植景观花卉 5330 平方米，形成两委会主导，市场支撑、村民参与的新的产业格局。

2015 年起马咀村确定第四个 5 年计划，按照“大力发展乡村旅游，打造靓丽新马咀”的思路，规划了农业、居住、生活、服务、绿化等区域，极大地改变了村容村貌。同时实现了村内道路全绿化，天然气、太阳能、光纤全入户，田园采摘园全通达，生活排污及垃圾全处理。

按照规划，村里旅游基础设施建设全部到位。新村住宅欧式化、村民居住公租房建设、医疗设施等项目全部落地见效。打造与锦阳湖生态园为一体的现代高效设施农业和无公害农产品种植、采摘、旅游、观光农业胜地；打造以园林景观工程、苗木培育、绿化服务为主的欧洲风情园林基地；打造以村民住宅欧式化、农家饭庄多样化和摄影拍照、咖啡屋、茶艺馆、跑马场、射箭场为一体的休闲养生、体育锻炼、乡村慢生活体验、亲子互动娱乐的文化活动中心；以及通过开放棚室、菜园、花

**新农村建设是个长期工程，李云南向我展示马咀村未来 10 年规划图。**

圃等，让游客入园采摘，享受田园乐趣；进地耕作，享用劳动成果；赏花游乐，享受自然美景都已成为现实。

# 抓特色，为马咀旅游抢先机

抢抓机遇、突出特色是马咀村不断进取的法宝。前期搞移民搬迁工程、抓农业基础设施建设、推行农业产业化，每一步都受惠于党的支农惠农好政策。近年来，村委会抢抓现代农业园区和“百万亩设施蔬菜工程”建设机遇，依托村里独特的地域、交通和生态优势，按照“人无我有、人有我特”的思路，实施绿色生态发展模式，大力发展设施高效农业取得了满意的效果。

特别是对乡村旅游发展，按照“稳、新、高”的思路，打造独具特色的马咀村旅游新概念。

**一是设施农业建设求稳。**

先后为建成的樱桃、蔬菜大棚全部安装了自动卷帘机，棚内安装了红外线采光灯、温控及滴灌设施，管道铺设进棚，引电到棚，硬化道路，方便生产，确保了果蔬生产稳步增收。建成马咀净菜加工厂及500立方米蓄水池一座、5000立方米恒温果蔬保鲜库一个，建立了绿色、无公害果蔬种植、加工、储藏、配送一条龙的冷链物流体系，确保了销售渠道稳定畅通。同时引进名优品种，聘请农业专家，分类指导，提高管理水平，确保农业稳步增效。

**二是乡村旅游发展求新。**

马咀村发展乡村旅游产业，不走别人的老路，而以“欧洲风情小镇”风格为方向，打造一个宜业、宜居、宜游的休闲度假胜地，开创时尚健康、快乐悠闲、文化饱满的欧式乡村体验游，集休闲农业、亲子体验互动、婚礼庆典、涂鸦文化于一体的AAA级景区。

按照“村两委营造环境、村级企业主导运作、运营团队提供智力支持，农户积极参与”的建设模式，成立了旅游运营公司，深入挖掘村级旅游资源，加大对外招商力度，采取整体打包、分块算账方式，先后建成马咀沃特轮胎智能儿童乐园、马咀箱涂国际艺术街区、卡丁车、射击馆、8D影院、辽宁舰、空军一号、华露品味轩、欧式婚礼产业中心、电子游艺馆、射箭场等游乐设施，吸引了越来越多的国际友人、高端游客。

**三是旅游载体高端运作。**

按照欧洲风情小镇建设要求，让马咀村能够通过高端运作助推乡村旅游健康发展。先后举办了海外华裔成人礼、国际涂鸦大赛等系列活动。特别是2016年“五一”“十一”期间，周边游客大批涌入，这些让村委会深感只要马咀旅游有品牌、有特色，再深的巷子也能闻到酒香。

**四是富百姓，为马咀旅游谋长远。**

这道理、那道理，村民增收是硬道理。随着乡村旅游、农业设施大棚观光采摘、亲子互动主题乐园的不断完善，现在旅游业收入、土地流转收入、种植业收入、房屋租赁收入、公司入股分红收入成为马咀村村民稳定的五大收入来源。农业增效、村民增收基础更加坚实。

李云南介绍说：“我们的目标是，实现全面小康一个都不能少。”随着“互联网+”时代的到来，马咀村人已开始用互联网思维谋划未来。全村实时监控检测无死角，公共Wi-Fi全覆盖，大数据、云计算已实际应用到马咀村生产生活的各个层面。村里和中国电信携手打造的“旅游+智慧乡村”平台，迎来了智慧马咀新时代，信息化、智慧化必将助推马咀村跃上更宽广的历史舞台。

# 对话村支书李云南

**1. 问：**从企业创业者到村庄创业者，您为什么做了这样的选择，除了看到村里贫困想要去带动村民致富，还有其他事情触动您吗？

**李云南：**在上学的时候，这地方比较穷，别人把这地方的人叫作“山马嘴”。这是三个山交接的地方，比较偏远。因为环境差，被人瞧不起。家里经济不好，我也没有去上大学，高中毕业之后就工作了，为此我想做些改变。

**2. 问：**被选拔为村支书后，当时是什么心态呢？

**李云南：**当时想的很简单，就是想让村民从窑洞搬出来，住得更好。当时并没有想过那么远，只是想做好当下。

**3. 问：**马咀村的致富之路经历了哪几个过程？

**李云南：**第一个阶段就是抓生产生活，我是先让自己富起来，再带动村民发展致富。首先解决村民的生产生活问题。2004 年到 2009 年村民大多是在我的水泥厂工作。第二个阶段有政策的关系，国家开始整治污染，我就把水泥厂关了，寻求新的发展思路，那时候真着急，摸索着搞设施农业。从 2009 年开始，村民们因为种地有了不错的收入，每人有两到三亩地，主要种植小米、玉米和小麦等。考虑到增收问题，我们一拨人就到辽宁和山东进行考察。2010 年建了 30 个樱桃棚，2011 年又建了 78 个蔬菜棚，一共有 116 个棚。现在一个樱桃棚一年平均盈利在七万到八万元左右。

**4. 问：**什么时候开始抓乡村旅游？怎么会想到发展涂鸦文化？

**李云南：**2014 年开始有了乡村旅游，想搞出点新意，搞出点名堂，我们这里没有景，我就想，那咱们就“造景”！我们乡村旅游做了三个主题：第一个主题是婚礼（一年有 30 对左右新人），婚庆公司也是我们村集体自己的；第二个主题是亲子与儿童互动；第三个主题是设施农业的观光采摘（例如今年上半年的水果和蔬菜都被采摘完了，没有对外卖过）。为了吸引游客前来观赏还造了许多景，构建了五种风格，有意大利风、巴洛克风、地中海风、田园风和手绘风。手绘请院校的学生来画画，涂鸦构建的是国际性的涂鸦文化。有俄罗斯和美国等地的艺术家前来绘画，进行比赛发奖。2014 年，一等奖是八千元，今年一等奖是一万元，二等奖六千元，三等奖两千元。一等奖一个，二等奖两个，三等奖三个。奖金不多，但是一邀请，国内外的涂鸦艺术家们都来了。他们很支持我们。

**5：问：**会对涂鸦的人进行甄选吗？如果有的人水平欠佳也会让他们参与吗？

**李云南：**一般都是有水平的涂鸦人，来自全国各地的人。宣传也都是到全国各地，这就是吸引眼球的一个方式。我们会请城里的专业策划公司进行活动策划。我们这里没有什么山水，靠创意带动经济是一条不错的思路。2018 年要达到社区文化标准，我们进行第二次搬迁，让小村庄具有和谐统一的风格，不单单是外观上有艺术感。例如意大利风情房屋，要里外装修得都符合意大利风情。

**6. 问：**听说你们的村民有五种收益，是哪五种呢？

**李云南：**我们为村民创造了多条增收渠道。第一种是设施农业股份的收益；第二种是园区打工的收益；第三种是农家乐、民宿和个别经营户的收益；第四种是土地流转的收益；第五种是集体公司经营的分红收益。

**7. 问：**接下来的乡村旅游怎么做？未来的马咀村是什么样子？

**李云南：**（向我展示了未来马咀规划图）我们将流转一千亩土地，划出一块大区域，准备做纯粹的旅游，村民集中统一入住到居民区。药王孙思邈就是我们这儿的人，我们要抓住这一点，建一个大的休闲养生场所和度假村。我们还会设立村集体自己的公司，这样方便外边的人来投资。比如说引进药品牌、药厂、药企入驻，做成特色产业。

**8. 问：**你们正在打造智慧农村，什么是智慧农村？

**李云南：**这个理念，是我去年学习"互联网+大智慧"后想到的。我的想法是，要做智慧村就要让老百姓真真正正能体会到信息化带来的收益。比如说我们的农产品通过线上线下，能够对外销售。增加产值，提高村民的收入。村民要对大数据和信息进行学习并有所理解，比如说通过微店、网上交易平台怎么做生意。我不但要组织而且还要教会老百姓们会用这些。我们村里还建立了一个 App。现在还只是一个模板，上面的内容还在陆续更新中。然后全村通 Wi-Fi，在村里的 App 上会发通知，这样就直接在智能手机里面解决了许多问题。

目前，我们做了三个板块：第一个是智慧产业。大棚里面会装摄像头，就可以观察一颗菜苗的苗头到长大的整个过程。第二个是智慧旅游，游客们可以扫描二维码下载 App，这样所有旅游点通过数据就可以看到了。第三个是智慧民生，这里面包括村务、党务和政务。通过这个平台村民就可以进行互动。

**9. 问：**您认为好的村主任或者村支书他们有哪些共性呢？

**李云南：**第一个是责任心，第二个是能吃苦，第三个是不自私。还是要有大公精神，这是最关键的。现在有的领导班子心不向村民，而是向个人，这就干不好了。我在马咀村从上任到现在 17 年没有换过一个人。其他村开会是开代表大会，马咀村开会是开村民大会。你把村民放在心上，村民才会把你放在心上。

10. 问：越来越多创业者在四十多岁还不到五十岁的时候，会返回到家乡，然后带领村民致富，是不是可能因为大家都有一个乡村情结？

**李云南：**肯定有的，这也是一种想法。拿我来讲，赚点钱只要够花就行了，跟首富比是比不上的。一般像首富那样阶层的人活得也不算轻松。我做村支书还有个好处是，现在一般十二点之前就睡觉了，电话不会半夜还响起来。心里会感到舒适坦荡。

11. 问：村里要想转型获得发展，人才很关键。但是村里引进钱，好像要比引进人才简单一些，引进人才更难。您怎么看待这个问题？

**李云南：**我是第十三届党代表，那时候我在党代表大会上就提出了关于农村人才稀缺的问题。那时候在我这培养的三个大学生村官，考上公务员以后都走了，所以人才是关键。国家应该重视关于农村人才这一块，进行重点培养。看能不能把这些大学生通过国家的培养，下乡到村里。

村里还是设施不行，条件不行，管理不行。自己村里培养，这样还留得住一些。现在村里面的年轻人一般考出去的都不愿意回来，都会选择在外面工作。农村的孩子一般都向往城市里面的生活，而城市有些人向往农村生活。

12. 问：您认为什么样的乡村才可以被称为真正和谐的幸福的社会主义新农村？

**李云南：**我的想法就是人民能够安居乐业，医疗、养老、生活设施都能够得到保障。这样他们的幸福指数才会高。我们村委会要与时俱进，打造“富裕村民、提升农业、美化乡村”的新型产业，推行“村级企业主导运作、策划团队智力支持”的模式，积极开展互联网营销，建设微信平台、开通手机微店，力求以全新的方式进行整体运营，与时代接轨，为村民创造更好的生活。

# 5 一个大学生村官的理想：不愿升官当镇长

——你会把家底交给 20 多岁的大学生村官吗？

我对大学生村官有很多好奇。

他们做了我做不到的事。

大学毕业时，也曾想去乡村基层走一走，挥洒青春。

却还是没抵住城市的诱惑。

我是农村出身的孩子，小时候，我在农村生活过一段时间，对乡村有美好的童年记忆和真挚的情感。但是，我随波逐流地奔向现代化的都市，见了世面，折腾了人生。现在，我的行为轨迹开始折返，回到我记忆模糊的中国农村。

我想知道大学生村官都是什么样的人，基于什么样的目的会去当村官？一腔热血奔赴农村，能坚持下来的都是什么样的青年？他们在乡村工作不觉得乏味吗？他们靠什么坚持？他们的梦想又是什么？

在这一年的新农村建设调研中，我接触了跨省市的上百位大学生村官，陕西省的大学生村官创业明星宋博就是一个典型。

我写他不是因为他出色，而是他的故事，他对中国农民的理解，以及他想要做的改变打动了我。

他曾给我举了一个关于“中国农民”的例子：

一辆满载着橘子的车路过一个村庄，不小心翻进了沟里，橘子撒得遍地都是，村民们闻声纷纷从家里跑出来，如果他们齐心协力帮车主把车从沟里拉出来，把橘子捡起来放到车里，这是农民。这个车主多半是本村的，或者熟识的。如果他们一哄而上抢橘子，老人抢、成年人抢、小孩也抢，往自己口袋里装，这也是农民。基本断定这个车主是外地的，完全不认识的。他付钱，农民也会帮他把车从沟里拉起来。

这个例子让我很受触动。

“我想做点改变。”他说。

# “创业明星”的大学生村官生活

我和宋博一见如故，他亲切地叫我张姐。我在冷风中穿过泥巴路，和他并肩走向他的大学生村官草莓园。这里是陕西省西安市蓝田县，以盛产蓝田玉而享誉四方。但是，这里依然还有许多贫困村。

这个大西北的爷们儿，心思很细腻。进屋后，让我赶紧喝一杯热茶，以防感冒。我们谈得最多的是关于他的生活和对某些社会问题的个人看法。我认为私生活是发掘这个人物灵魂最重要的支撑。

宋博是个无趣的人，最大的爱好是散步，看书。还有，想七想八，美其名曰：思考。

他最自卑的莫过于大学时他是风云人物，毕业后，却成为同学们眼里瞧不起的村干部。有段时间，他在朋友圈是失联的。他在一个人的世界里经受孤独、质疑、迷茫和坚守。他把青春留在曾经陌生的农村。

他告诉我，第一次战战兢兢地去给一位领导送他种的草莓，请领导品鉴，希望得到领导的支持。结果，打开箱子时，最醒目的第一个草莓竟然是烂的。当时，他满脸通红，自尊心强的他真想抽自己一耳光。领导也很尴尬。他灵机一动，当众把那颗烂草莓吃了，说：“您看，我尝过了，草莓绝对无公害、安全。”

我也会问他的情感生活。“你跟你媳妇是做大学生村官的时候认识的吗？”

他反问：“你怎么知道？”

我说：“天天在村里待着，挺难找女朋友的吧，想见一面多难啊。”

他哈哈大笑起来：“是的，张姐，我是 2011 年的大学生村官，我媳妇是 2013 年的大学生村官。2013 年县委组织部组织学习，我是大学生村官联合会会长，在表彰大会上，我被评为‘十星级大学生村官’。开完会之后我们要交流，我看到会场有个女孩长得挺好看的，就开始主动和她聊天，想追她。机不可失，时不再来啊。后来，费了九年二虎之力就成了。嘿嘿，2015 年我们就结婚了。”

谈到妻子，宋博笑得合不拢嘴，幸福写在脸上。我看了看他妻子的照片，一个美人。如今，她早已是县城里的公务员，小两口分居两地，但每隔两天宋博都会回县城的家。好在，两地的距离并不远，开车不到半小时。

在吃饭间隙，我跟他闲谈村干部贪污的问题。

“现在就有一个现象，一个组织里只要有一个贪污的官员，村民就会认为所有官员都在贪污。这才是最可怕的。当官和民发生矛盾冲突的时候，几百个人围着你，和他们讲的话他们都不相信。不像我之前在巨一村待了五年半，讲什么村民都是相信的。这是因为前面为村民做了很多事，有村民基础，他们都相信我。”他说。

我追问他，你被村民围过？

“姐，不瞒你说，我当时都吓尿了。那阵势跟电影里一模一样。”

“哦？”

“我刚当镇长的时候，去一个村协调民众矛盾。刚到村口，几百人拿着棍子、铁锹、农具把我的车围住了，要我给一个说法。我真是吓死了。那个村，我当时一个人都不认识，虽然事先对矛盾有了解，也做了思想准备，不管他们说什么难听的话，都耐心听他们的意见，慢慢做工作。但是到了那里，我才发现，根本就不是耐心沟通的问题，是如何让村民不聚众闹事，不要让矛盾升级，根本原因是他们不同意建垃圾处理发电厂。”

“是不是建垃圾处理发电厂不好呢？所以大家才反对？”

“说真心话，按政府规划，垃圾处理发电厂是个好事。但是你想旁边有个垃圾处理发电厂，有谁还会愿意来买你的生态农产品？所以，要理解村民的心情。”

“这是最难的时刻吗？”

“不是，这种事很多，和老百姓打交道，做基层工作，会发生很多奇葩事。”

“那你觉得当大学生村官最难的是什么？”

“我认为最大的挑战是如何找准自己的位置。同时，如何让自己融入村民，融入农村，然后去干一番事业。”

那一年，宋博一行大学生村官初次下乡，到农村视察环境。一下车，有些人就开始后悔了，谁愿意来？这么穷，这么无聊的地方。宋博负责的村子到县城开车二十多分钟，坐公交要一个半小时，等车都要等半小时。当时，大家都很犹豫，好多人想放弃。

宋博说，有个团省委领导给他们培训时，说了一句话；“人可以随遇而安，但是不可以随波逐流。”他对这句话印象深刻。现在很多人都在混日子，包括基层干部，当一天和尚撞一天钟。很多四五十岁的人，他们看不到未来的希望，干得好、干不好都一样。大学生村官去了之后很容易受他们的影响，也跟着混，混着混着就一事无成了。

# 谁会做大学生村官？

我们先了解一段关于大学生村官的背景资料。①

从20世纪90年代中期开始，1995年，为解决“三农”问题，江苏省率先招聘大学生担任农村基层干部。1999年，海南省推出大学生“村干部”计划，定安、临高、东方等市县先后组织招聘大学生“村干部”。同年，浙江省宁波市采用公开招考方式，成为全国第一个推行“一村一名大学生”计划的地区。2005年7月，中央办公厅、国务院办公厅下发《关于引导和鼓励高校毕业生面向基层就业的意见》；2006年2月，中央组织部、人事部、教育部等八部委下发通知，联合组织开展高校毕业生到农村基层从事支教、支农、支医和扶贫工作。此后，大学生“村干部”工作进入大范围试验阶段。

2010年4月29日，中央组织部下发通知，5年内选聘10万名大学生村官增长为5年内选聘20万名大学生村官，2010年全国选聘3.6万名大学生村官。

国家新一轮农村改革，对村民和领导干部的素质都提出了较高的要求。农村基层干部教育程度偏低，综合素质不高，不符合新一轮农村改革的要求。素质的提高并非一朝一夕的事，需要得到外界的帮助。大学生“村干部”应运而生。

什么样的应届大学生会下乡当一名村干部？是什么使他们将自己的青春挥洒在农村？又是什么使他们迷茫、烦躁，返回城市？

在与数位大学生村官的接触中，我发现，绝大部分大学生村官担任的岗位相似：村主任助理，少数村干部两三年后通过参加村委会选举成为村委会成员。

---

① 源自人民网，《大学生村官发展历程》。

绝大部分大学生村官是外来者，即非本村人士，他们的任期通常较短，且长时间抽调到上级部门工作，“游离”于村与乡镇之间，真正扎根基层的较少。留下的大部分是本村的大学生。

他们从事的工作也极为相似，一般为文字处理、整理档案资料、电脑录入等文秘类工作。他们的身份模糊，既不是村民，也不是公务员。

绝大部分人的专业也不对口，在校学习到的知识很难直接运用于农村服务当中，他们很难找到成就感。对农村缺乏了解，缺乏涉农工作的专业知识，在面对农村复杂问题时往往束手无策。

绝大部分大学生村官为女生，怀着投身基层和了解农村的村干部只占极少数，95%以上的大学生村官只是将其作为一个跳板，或者说是一个就业的出路。因国家对于大学生村官的特惠政策，吸引了不少“弯道”考公务员的大学生加入村干部的队伍。

但宋博是个特例。他毫不掩饰地告诉我，他也是当年准备“弯道”考公务员的，是怀着和95%的人一样的心理下基层锻炼的，却快速转变思想成了5%里的一员，自愿留在了农村。并在农村闯出了一片天地，找到了归属。

他说，在乡村，大有可为！

宋博是陕西省大学生村官创业明星，在蓝田县巨一村是家喻户晓的“人物”，早在几年前已经名声远播，他的名气在于他种的草莓，带富了一个村。

29岁的他已在2016年被破格提拔为蓝田县某镇的副镇长。他是当地最年轻的镇长。

他当镇长，实至名归。这是当地老百姓的说法，也是上级领导的一致意见。

我去陕西的新农村调研，宋博说蓝田县离西安很近，但他们村不好找，又是个下雨天，他热心地要来西安接我。第一次见到他时，我惊讶不已。他浑身上下戴着护具，像是套了一件不合身的白色盔甲，身体坐久了便会支撑不住，要躺下休息。

初见大学生村官宋博时，他浑身缠着绷带。

我才知，他刚出了车祸。就在去某贫困村调研的路上，车子冲进了八米深的沟里，翻滚了好几圈，他死里逃生……

漫步在草莓园，我问他："出这么多事，你后悔来这里吗？命都快搭进去了。"

他说："再死一次，我也依然不后悔，其实，我想回来。"他高亢的声线低沉了起来。

他说的"回来"，是指回到乡村，回到基层的第一线。

"姐，不瞒你说，我想回到村里当村支书，我不想当镇长。"

"嗯？为什么？做镇长不好吗？多少人梦寐以求的啊？"

"再给我几年时间，我能把眼前的这块土地都带富了。这是我的理想。”他停顿了下，拍着胸脯，斩钉截铁地对我说。

说这话的时候，他哭了，眼睛里泛着泪。

宋博身上有典型的陕西男人的愣劲。

陕西土话有个词叫“愣娃”，字糙意褒，说的是这娃一根筋、敢闯敢干“咥实活”。

宋博，就是个胖墩墩的“愣娃”。

“愣娃”身上有很多“标签”：大学生村官、致富产业带头人、“互联网+创业”、精准扶贫……

“愣娃”也受到了许多表彰，市委、省委里的许多领导都知道宋博的名字，他也上过《人民日报》《陕西日报》。

“愣娃”跟我说，2011 年，他本科毕业，两条路：要么去市公办中学当历史老师，要么到西安市蓝田县巨一村从“泥腿子”干起。

他妈妈是人民教师，父母盼望着他能在城里工作，或考上公务员。但是，他却选择去贫困村当了一名村干部。

村民们没有欢迎这位大学生村官，反而背后笑话他：“啥大学生村官，城里待不下去到俺农村混，就是个不好就业的娃哩！”

村民们说风凉话并不是瞧不起宋博。而是，朴素的村民思想里，人往高处走，水往低处流。他们砸锅卖铁供自己的孩子读书、上大学，就是要把孩子送进城里，过上更好的生活。“宋博一定是没出息，城里容不了他，才会到我们农村哩。”

人们还有一种思想，许多大学生村官下基层锻炼一两年，就离开了。年轻人把基层锻炼当作了考公务员的跳板。也有一些年轻人刚来就走的，现实与理想之间的心理落差太大，他们匆匆辞职回城了。

对于刚走出象牙塔的城里孩子来说，农村的工作条件不是太苦，而是寡淡无味。能留下来的，村民们认为，出生于本村的大学生村官更有希望。

但是，宋博是外来的孩子，村民们不信任他是自然的。

我问他："你这么懂农业、农村和农民，在做村干部以前，会经常跟村民打交道吗？"

他说："我家虽然在郊区，但是我爸和我妈一个是军人，一个是老师，所以从来没打过交道。"

"你也没有下过地吗？"

"从来没有，我只知道小麦跟韭菜的区别。但是，到了这里以后就慢慢会了。其实特别感谢做了一年多村支书的助理，这段经历让我学到了很多东西，真正地走进基层吧！"

他接着说："我们原来的村支书从他爸到他总共当了39年。"

在中国的广大乡村，一个村支书连任十几年、二十几年不是稀罕事，这是乡村基层的管理特点。往往村书记是最有威望，或者最大影响力的那个人。

"那你当村支书以后，他做什么呢？"

"他当了副支书。想不到吧？很感激他的培养。当时我来当村干部的时候，2012年陕西省委组织部发了个文件，说大学生村干部在基层工作若担任村委委员的职务，干出好成绩，可以破格提拔到乡镇。于是，我就想着好好干，要当村干部，还想被提拔到镇里去。后来，草莓园建立起来，最多的一年我卖了400多万元。除了卖草莓之外，我还卖草莓苗，草莓苗一亩地投资不到五千块钱，可以卖到4万元……"

因为草莓卖得好，为村里经济增收作出了卓越贡献，带富了村民，又因为他一心为民的精神，去年，他被破格提拔为副镇长。

"但是，现在当了镇长，我又想回去了，我是不是很矛盾？"

"为什么呢？你不想被提拔吗？多少人眼红啊。"

"我很困惑。我想当更大的官，是因为我想做更大的事情。但是如果做了更大的官，发挥不了作用，还不如当村支书呢。从长远的角度讲，我当副镇长，是我由村支书上升的一个必然，也是组织上对我过去五年半做大学生村官的一种认可。我心存感激。但是在短期之内，我的心里比较排斥副镇长。基于两个原因：一是五年半的生活让我适应了农村，我感觉很务实、很踏实。现在，当副职要被人管着，做我不喜欢做的事，我可能不太适应。另一方面是我可能过去在为村民做一些具体的事，现在更多的是协调类、行政类的工作。思想上没有扭转过来。其实说实话，再给我一个村当村支书，三年的时间，我照样可以把这村变富变安定。但是，如果让我协调垃圾处理发电厂，协调指挥交通，协调民众纠纷，我真不乐意干。那不是我的强项啊。”

## 命悬一线　心系乡村

吃过午饭，我提出想去他出车祸的现场看一看，那里有他帮扶的贫困村。

那是条土路，弯弯曲曲。两边有茂盛的庄稼，也有茂盛的杂草，庄稼在风中飘扬，杂草在风中张牙舞爪。阴雨天里，有几分冷清。

我不喜欢这个环境。我很难想象他是怎么从一个村到另一个村，从一户人家到另一户人家，耐心宣传国家政策，处理村民们的纠纷。

在车祸现场，宋博向我描述在命悬一线的时候，他冷静地作出选择，包括给自己媳妇发送遗言，交代后事。

“人之将死，奄奄一息过，方知生的可贵。若活下来，要不枉此生。”他说。

那一刻，他浑身是血，几乎不能动弹，大脑时而迷糊，时而清醒。在受损变形的车里，他很庆幸找到了手机，第一时间给附近村里的“包村干部”打电话，让他叫120。然后，他又给镇党委书记打电话，有气无力地说：“书记，我想请假……”

书记在开会，很生气，打断了他的话：“昨天晚上我们刚开会，扶贫期间不准请假。你怎么请假了？”

宋博说：“书记，对不起，我出车祸了，车栽到了沟里。交通事故处理完以后就回去上班。”

书记一听跳起来，声音马上就变了：“什么？你，你，这都什么时候了，你还能想到请假，你在哪？你一定要挺住！”

附近村里的干部、村民火急火燎地拿着各种工具，赶到了车祸现场，宋博语出惊人，说：“你们先别着急，我大脑有意识，先给我照一张相。”

“照相干嘛？”

“拍下事故现场，保险用得着。还有，把车里的钱赶快收起来。”

人们着急了，“宋镇长，这会儿都要死了，你还顾得上钱?”

他说:“我还没死，看病得花钱。”

……

尽管他在讲述他的命悬一线，但我却笑出声来。面对生死，他的平常心，他的语调轻松幽默，他的冷静超乎了我的想象，超越了他这个年龄应有的成熟。

他跟我说，因为当时还有三四千块钱在口袋里装着，在车翻滚的时候，撒在了地上。25 岁时，他第一次车祸，借了很多钱给伤者动手术，负债累累。为了还债他才选择创业，这些年吃了很多苦，受了不少罪，他不想因为车祸给他人添麻烦。

“我自己要有看病的钱。”他强调着这句话，“把我的钱收好。”

后来，镇党委书记第一时间来到医院看宋博，还交了 5000 块钱医疗费，叮嘱他说，“今天也着急，身上没有带太多的钱，5000 块钱先交着，没有钱了你给我们打电话交医疗费。”

过了一星期，书记看宋博没有给他打电话，就问:“是不是那 5000 块钱还没有用完?”宋博说:“不是的，我车上有保险，已经交两万五了，还有其他医疗保险可以报销的。”

书记说:“总之，这是工伤不管怎么样都不能让你吃亏。有什么需要尽管提。别一个人承受。”

宋博回忆说，出车祸的前天晚上，镇里的扶贫工作会议开到了 11 点。车祸当天的早上 8 点，还要联系管辖的四个“包村干部”，给他们开会落实各自的扶贫工作。

他前一天晚上已经提前复印了一沓标准材料，人手一份，凌晨一两点才回到家休息。会后，他让包村干部们先下村，因为 9 点钟的时候他还要陪同工商局的副局长，去检查影视城北门的公共设施。

10 点钟几轮工作完毕，他才去简单吃了个早饭。

10点半，紧接着又要去田湾村检查扶贫工作。

之后，还要去布村处理公务。

这就是一个副镇长一个上午满满的工作日程。他们不是我们想象中的办公室里一张报纸、一杯茶，开几个会，轻松过一天。他们是风里来、雨里去，必须下基层。每个人都有严格的业务指标和考核机制。有时候，还要像交警一样站在街头指挥交通。有时候，要协调张三家和李四家的邻里矛盾。有时候，夫妻离婚的都要吵闹到镇里。总之，哪里需要往哪里去。

但是，布村的村干部是个女生，已经怀孕五个月，不太适合高强度的工作。宋博开车去布村的时候，嘀咕着："这个村的扶贫工作谁来协助落实呢？"

一不留神，他开到了左边的深沟里，车急速从八米高的地方翻滚了两圈冲进了沟底，这个地方离两边的村庄距离五六百米，路上也没有一个行人。

他迷迷糊糊地发现自己已经动弹不了。整个车是倾斜滑落的状态。到了医院后，医生吃惊地问他，"你是从七八米高的地方摔下来的？"

"对啊。"

医生笑着说："好在你是个大胖子，身上肉多，沟底还是块土地，所以减震。没有生命危险，内脏完好无损。换作别人，换作其他地方，真不好说。"

但是检查结果也不容乐观，腰椎压缩性骨折，一个月不能下地。住院期间，村民代表、村干部和上级领导都来看他。还带来了鲜花、牛奶、水果等慰问品。

这和之前的车祸不同，之前车祸没有人来看他，现在他是有组织的人了。从书记到民众，都很关心他。

当他还是一个基层大学生村官时，他也出过一次车祸，那年他25岁，虽然他的身体无碍，但他的心被撕裂了。

2013年，他还是一个村支书助理，为了帮村里的孩子们补习功课，节省村里家庭的教育开支，他一厢情愿地去母校渭南师范学院召集了六位愿意来村里支教的女大学生，为期两周。

当时，每个女大学生需要他解决住宿问题，额外发50元的补贴，外加30元的餐补，都是宋博自己掏的钱。村委是没有这项额外开支的。上课用的教学场所，也是一处民房。村小学不同意给宋博使用教室，理由很简单：出了安全事故谁来负责呢？

不料，这几位大学生在支教结束的前一天真的出了车祸，这给宋博带来了巨大的打击，这是他人生的转折点，永生难忘。

由于支教是个人行为，出车祸后的很长一段时间几乎没人管他、帮他。每个人避之唯恐不及。

车祸那天晚上，似乎闹了“鬼”。

为了改善大学生支教团队的生活，宋博还特意买了两部空调。支教的大学生都是女孩，所以住宿统一安排在村委会的二楼，他住在一楼。

他说，“那天晚上不知道怎么回事，村委附近出了车祸，三死三重伤一轻伤，我忙到很晚，宿舍很热，跳闸跳了六次，空调也不给力。”

女大学生们下楼找他抱怨，不想在村委住了。再加上村委附近出了车祸，女孩们都很害怕。

宋博决定掏点钱给大家住宾馆，“怕委屈了她们，明年就没有人愿意来村里支教了。”他跟我解释说。

于是那晚，他让朋友开车送女孩们去镇上住宾馆，结果车子不幸发生了交通意外，走在十字路口时，与一辆五十吨的半挂车撞上了。

他当时坐在副驾驶上系着安全带，所以并没受伤。坐在后排的女大学生们被送到医院检查，有三个女孩因为骨折需做手术。

紧接着各种问题接踵而至。

一个女孩说要留校，让宋博去给学校做工作。

一个女孩说要保研，让村委写推荐信、表彰。

一个女孩说要给她赔50万元。

她们认为是“因公受重伤”，学校和村委都要对她们负责。女孩们的家长也开始闹到学校、闹到村委。后来，学校给了三个受伤的女学生每人三千块助学金，另外三个没受伤的女学生也要助学金，说：“学校给她们，为什么不给我们？”学校很无奈，又给了另外三个没受伤的学生每人一笔助学金。

“太可笑了。”回忆往事，宋博摇摇头说。

守土有责，安全事故无法估量。谁也不想摊上这件事。

宋博当时初出茅庐，并没有多想，但是事实往往没有那么简单。所有医疗费用均由他借钱垫付，后来打了两年官司。结果是他和肇事司机一人一半，他总共损失了23.5万元。

出人意料的是，这个愣娃，并没有放弃，2014年，他继续给村里的孩子们找支教的暑假老师。他认为村民需要，村里的孩子需要，那就必须迎难而上，解决问题，继续办免费的暑期培训班。为这件事，他的女朋友差点和他分手，两个人冷战了很长一段时间。

他不信老天还会让他出车祸。

他认为支教是对的，有利于村里的孩子们的教育，就必须做。

这一次，宋博搞村民路线，他在村民们心中留下了良好的印象。村民纷纷支持他为孩子们做教育援助。后来，他去了西北农林科技大学，和校方说了他的故事。老师们非常感动，不由分说支持了他。

“那三个女生康复了吗？”我问他。

“都康复了！”

“当时的住院费一共花了多少？”我问他，毕竟那年他才25岁，而且他可怜巴巴的那点工资，哪里够付巨额医疗费？

“当时有两笔费用，除去住院治疗以外，还有一笔是她们的营养费。当时，她们说想喝骨头汤，我租了一辆车，一天100块租金。每天用保温杯两桶带过去。说要喝酸奶，促进肠道蠕动，我也每天两盒送过去。

她们说在医院里打发时间比较无聊，我又给她们一人买了一个大致600块钱的Mp5。因为我良心上过不去，人是我从学校找来的，出了事故我应该负责。她们每天的营养费都是我先垫付的。后来，我和她们说等你们报销后，能不能把50块钱营养费补给我。她们说了句很有意思的话：宋哥，你有证据能证明你每天花了50块钱费用吗？”

女孩们的家长和朋友来看望她们的时候，宋博感觉很愧疚，特意安排了住宿。但是，住宿一安排又出问题了，家长们一住就是一个月。

女孩们的亲属一个接一个过来，都是通知宋博买票。

有一对母女俩说为了解决交通事故，要住一段时间，称低于300元一晚不行。宋博便给她们找了当地最好的酒店，住了五天。五天后，宋博给她们买了高铁票，回去了。

这些钱按道理是要报销的，后来女孩们说把票都弄丢了，宋博没有报成。

没人问过25岁的村干部宋博从哪里来的这么多钱。女孩们在他的车里出的交通事故，找他要钱是理所当然。

宋博无话可说，一个人独自承担。

“最后实际产生了多少费用？找谁报的？”我问他。

“最后是对方司机的半挂车，他有一百多万元的保险。我们两个一起付的。我刚买11个月的车那晚被撞惨了。各种费用我算了下大约有23.7万元，而我当时一个月的工资是1575元。”

“那当时你是怎么解决这个费用的呢？是家里人补贴你吗？”

“我觉得我很幸运，因为每次遇到困难都有贵人相助。小时候挺不懂事的，后来我来这当村干部，我爸就不管我了。幸亏我表姐帮助了我，我找她借了30万元。她说你什么时候有钱，什么时候还。村里人也给了我一些帮助，老支书韩胜利带头募捐了一些钱给我。因为当时要还债，这个事不敢跟父母说。我爸是个退休军人，我妈是个小学教师。我如果把这事跟他们说，他们会吓死。然后，我就决定去创业，欠了几十万元，这种情况下不想办法赚钱不行啊。”

那一年，他25岁！

他知道什么叫担当。

他说，感激那次车祸，让他欠了很多钱，激励他必须振作起来去赚钱还债。

# 他的扶贫创业之路

其实种草莓之前，宋博已经创业多次了。只是，每次都以失败告终。

肉鸡是蓝田优势养殖业，2011 年底，宋博在全县跑了半个月，四处看完项目才发现：一个肉鸡棚最少 30 万元，村里根本投不起。

咱没钱，但有地。2012 年，打听到山西汾阳有个核桃加工厂，宋博脑袋一热，跑去招商，人家笑着带他到塬上一望，胳膊粗的核桃树就有 40 万亩："小兄弟，你们村基础太差了。"

招商无果，听说有人养猪、种苗圃发了财，示范推广！2013 年，父母出面担保，宋博自己贷了两万元，和农户在村里带头养起 30 多头猪，还种了 3000 株白皮松苗。结果，种养技术不到位，又逢疫情，猪全死了，树苗也赔个精光。"气得老爷子骂我败家子，好久不让我进家门……"

折腾三年，产业的影儿也没瞅见。宋博心灰意冷：干脆报考公务员"另谋高就"吧。

屋漏偏逢连阴雨。2013 年暑假，宋博回母校请来大学生给孩子们义务支教。偏偏在结业前一晚，大学生遭遇车祸，三人骨折住院。

不菲的住院医疗费，令宋博犯了愁。"小宋请人来是为了咱娃好，出了事不能让他一人扛，再说小伙子这三年为咱村几乎跑断腿，谁心里都有数！"老支书韩胜利站出来，带头组织村民募捐，隔天就把装着 2.6 万元的纸袋子硬塞到宋博手里。

那一刻他泪流满面："老叔，咱不走了，说啥要给咱村找着脱贫致富的道儿。"

这就是为什么他选择留在了朴素的农村。

在危难时刻，这里的村民帮助了他，让原本打算考公务员的他决定留下来，帮助大家。

他认为农村现阶段一切矛盾的核心就在于农民致富，农民增收。

“你不发展产业，不能带着农民致富，你说的一切都是空。”他说，“如果农村党支部不能在农村带领农民致富，那他们就会把我们抛弃了。”

他还说，“现在很多农村的党支部在村上说话不管用，原因很简单，因为在发展经济中，不能带领村民致富。如果农村的党支部不带领村民致富，以后可能会被边缘化，我们党或许会在农村失去威信。所以，农村核心工作就是帮助农民致富、发展产业，满足农民的需求，满足农民对美好生活的向往。”

他说的没错，一个村支书是否服众，要了解村民心里在想什么，急需办什么，时刻把村民的冷暖挂在心上，为民办好事、办实事。

巨一村是个贫困村，首先要把经济建设搞起来，让老百姓的荷包鼓起来，才能言其他。

巨一村，一共 4 个组。全村一共 930 多口人，235 户。宋博在村里

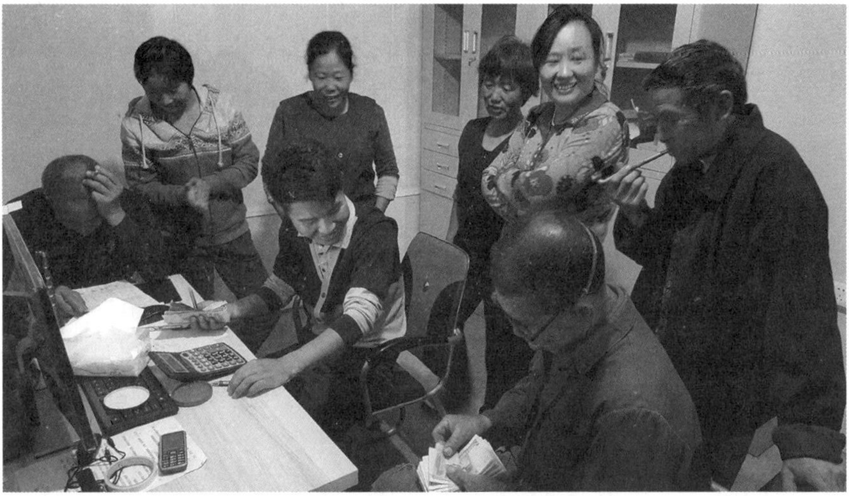

**大学生村官们给村民分红现场。**

成立了一个农民专业合作社，有 48 户村民入股，他是这个合作社的法人。

近三年，宋博给村民分红 400 万元，平均每户增收 5 万到 6 万元。每户年平均增收近 2 万元。

**如何种草莓？如何扶贫？**

宋博种草莓的技术来自浙江。

浙江俗称是七分水，两分山，一分田。地很少，人口又很多，可耕地更少。浙江人必须在这人均三分耕地里，产生巨大的经济效益，否则难以自给自足。因此，生产经济效益大的草莓、葡萄是一条好出路。宋博考察了浙江省建德市，草莓园发源地之一的杨村桥镇。

“对粮农来说，售卖一季小麦加一季玉米有 2000 块钱的收入都算不错了，因为种植好的地方，玉米产量达到 1100 斤是没有问题的，小麦只有八九百斤。现在小麦的价格最近回升到了一斤八毛多，前一段时间卖七毛钱。今年国家已经取消了玉米五毛钱的保护价格，也就意味着玉米以后要降到五毛钱以下。所以，人穷如果没有发财的这种思路，你要如何扶贫呢？现在最直接的就是一户给一万块钱的扶贫产业资金，可以发展产业。我们村里可以说是全西安市扶贫力度最大的。现在全县有 6800 多户，就是 6800 多万元。我现在自己还当包村干部，包了两个贫困户。我跟他们聊了以后，他们说这一万元，养两头牛吧，一年以后有实实在在的收入。”

**贫困户之所以贫困，主要还是受思维的局限，处于传统农业的思维。**

“这个村工作的核心就是增加村民收入，其他说太多，我感觉都是虚的。我的思路是让村民有能力、想赚钱的跟我走。不相信我的，你自己到外面去找思路。”

我问他：“有多少人愿意跟你走？什么样的村民是有能力自己致富的？什么样的村民是没有能力需要帮扶的？”

“四十岁左右的青年，他们愿意学习，上有老下有小，负担重但是有能力的，愿意跟着我干。六十岁以上的老人，思想趋于传统。二十多岁的年轻人吹牛，爱说大话的太多。而且新一代的九〇后，不愿意在农村搞农业。因为他们感觉不体面，丢人且又脏又累。我原来的思路是，咱们一块做生意。你负责种，我负责卖。然后有钱的你分钱，没钱的我给你付地租，想办法用好国家的政策给你付贷款。”

中央最近提出了一个“三变”理论，就是“资源变资产、资金变股金、农民变股东。”宋博在此基础上提出，在巨一村要“一份土地三份收益”。通过草莓种植，让村民得到劳动收入、股东分红、土地租金。

据了解，巨一村一亩地1600元租金是蓝田县最贵的租金，为这事他曾经还被上级领导批评过。因为政府要招商，地租才1200元，宋博相当于变相地扰乱了市场。

贫困地区的村民，没有进行土地流转的，还在大规模按传统方式种粮食，他们不知道国外的小麦、玉米加上运费才卖五毛钱，我们国内卖到了七毛钱或者八毛钱，明显处于劣势。“村民的信息滞后，他们需要有人带领他们，并且不影响他们原来的收入并有所增长！”宋博说。

“你怎么让村民跟着你走？凭什么他们会跟着一个二十多岁的毛头小子走？”我问他。

他自信地说：“一份土地，若种草莓，我给村民三份收入。我给他们劳动收入，同时一亩地有1600元的租金收入，还有股东定向分红（每1万1股，每5股定向每年分红1万元）。我们的入股方式是现金入股。”

宋博租的是村民的地。但村民入股，入的是银行贷款，不是土地。入股的村民必须符合60岁以下，且没有不良信用记录。“我们会和村民签订一个合同，五万块钱由我还，每年不影响村民的分红。降低村民的风险。”

宋博很有生意头脑。他发动村民，到农村信用社申请每人五万块钱的小额贷款。他帮村民担保，若到期后村民不还款，本金和利息均由他来偿还。“我们发展资金，利用国家这个政策，五万块的小额贷款。然后和村民谈，他们怕亏，我们就说有个保底的定向分红。用他们的话说是，有本事你宋博多赚十几万，没本事既然亏了也要给我们按照约定分钱。就这个套路。零风险，村民才会信你。”

这是项大胆的赌徒式“融资”方法。

但，他是经过缜密的分析和前期调研后，制定了详细的致富方案，笃定种草莓可行性非常强，不会赔。

“若赔了怎么办？若天公不作美呢？”我追问他。

宋博带领村民们创建的"草莓青创农场"，这里被评为"全国双创园区"。

"没想过，不敢想，不能输。"他说，"必须赢！老百姓都指望着你呢，老书记指望着你呢。冲这么多人的信任，只能赢。"

第一年，草莓园总投入 65 万，13 户入股。

现在草莓园总投入 350 万，48 户入股，即有三分之一的村民入股，共 350 股。2018 年 1 月 1 日，合同期满。如果到时村民不还贷款的话，宋博必须替他们还款。

"我写了一个保证书。村民、企业、合作社有一个三方担保协议。如果我不担保，信合就不给放钱，所以只能我当担保人。"

宋博用现代企业化的模式管理草莓园。技术人员是从浙江建德邀请的专家，年薪大概 20 万元。工人以聘用制为主，股东、管理权分开。有能力的、经过培训合格的村民才能在草莓园工作，男工每月 2500 元到 3000 元，女工每月 1800 元到 2500 元，加班费另算，这在当地是不错的收入。他们绝大部分是本村村民。

但是，第一年，他的账没算好。

2014 年春天，宋博去浙江考察的时候，那年的一月有冻害，三分之二的草莓冻死了。草莓市场价格飙升到 80 元一斤。后来，宋博做商业计划书时，就把自家草莓的回报率估算得太好。结果，2015 年没有发生冻害，草莓大量上市，从 80 元跌到了 40 元一斤。虽然关于村民的分红兑现了，但他还是心惊胆战了一回。

2014 年，宋博灵活地运用西安电视台等媒体对草莓进行宣传。他的草莓园销售额达到了 200 多万元。大概 51 亩地，平均一亩地 4 万元。主要通过网络营销、微信营销等互联网销售模式销往省会城市西安。

此外，巨一村有四个残疾人，宋博的草莓园每年都会扶贫帮残，资助每户 6500 元。

### 哪个环节最难？收回管理权

为了种好草莓，宋博前前后后去了 12 次浙江学习、取经。种草莓的过程也不是一帆风顺，其中，最尴尬、最难的是做通村民股东的思想工作，将股权与管理权分开。

第一年，宋博没有这种概念，吃了不少苦头，想的是建个园子，然后让村民可以在园区里打工，吃大锅饭，有技术人员的指导，应该不是难事。发现村民你一言我一语，每个人的意见不一样，很容易出现分歧。每个人的贡献度也不一样，管理难度很大。有些村民认为自己既是股东，又是工人，就会把草莓摘了偷偷卖，或者摘回家自己吃。

第二年，宋博开始改制，劳动收益必须跟多劳多得挂钩，他规定每亩地的最低产量。一亩地达到最低产量，他才会发放劳动工资，做得好的有奖励。最终，效果还算不错。但仍然没有达到他的预期。每户的种植结果、种植质量差距很大。

第三年，宋博对管理制度进行了优化，股东不再参与草莓园的日常管理。县委组织部非常支持大学生村官创业，派遣了几位大学生村官到宋博的草莓园辅助工作。宋博只保留五亩地的科技人员，其他的全部租给了专业的浙江人种植。他与浙江人谈好价格，在草莓成熟的季节，宋博按事先约定的价格回收这些草莓。他用专业的人做专业的事，将工作重点聚焦到控制草莓质量和产品营销上。

我问他，2014 年为什么必须把管理权收回来？遇到了哪些事？

他说，村民比较短视，为了让草莓更好地上市，有人提出要打膨胀剂，有人提出要打催红素，为了增加甜度有人提出要打甜素。我到台湾学习归来，现代农业核心要无公害，如果按照村民们的意见种草莓，我们只有死路一条。草莓好不好吃，和这个甜确实有关系，但方法有很多种，比如牛轧和兔粪跟土壤拌了之后，可以改变土质结构，让草莓变得更好吃。如何让草莓变得大呢？不需要打膨胀剂那么麻烦。一根藤上开了八朵花相当于有八个草莓，那摘掉四个就剩下四个，等于四个的养分被另外四个吸收了。

大学生村官们在园子里卖草莓，一天没有低于 3000 元的收入。但是如果是村民卖草莓，一天不超过 900 元。

还有些村民，来草莓园打工包装，烂掉的草莓也会往盒子里装，那怎么可以？

“他们会认为小题大做，把烂的地方咬掉也可以吃啊，扔了多可惜？他们没有品质概念，更没有品牌概念。他们不知道，一颗烂草莓会影响一箱草莓。”

宋博说，他要反反复复地跟村民讲些道理，过程非常痛苦。贫困地区村民的文化水平、生活习惯和沿海发达地区是完全不一样的。

他的草莓主要是要卖给孕妇的，城里的孕妇是最挑剔的群体。在女人怀孕的时候她们会喜欢吃草莓，当看到有一颗是烂的时候，她们会想整盒是不是烂的？

“我们要卖高价，就要高品质，经得起客户的检验。”

种草莓的过程中问题还很多，比如让村民们去买油渣，就要 6400

元。而后，宋博让大学生村官去买，只要4600元。比如，有一户村民固执己见，不按照技术人员的指导，和技术人员对着干。村民的自尊心也强，就会认为自己种了几十年的地了，竟然连个草莓都种不了，非要听你小子的？结果是那户人家五亩地的产量只有别人的三分之一，造成了将近七八万元的损失。

现在，村民们只负责工作领取分红，园区里的管理工作一概不参与，按制度和流程办事。

去年，他给村民们分完钱以后，盖了一个小园子和一个1300多平方米的活动板房。有住宿，有办公室。这里最多的时候，大学生村官加返乡创业青年有15个人。

我问他，那这些返乡创业青年都是大学生吗？

他说，返乡创业青年分为两种：一种是上过大学回来的；一种是中学毕业以后去城市打拼，等赚了钱以后又回来的。45岁以下的都被称为返乡创业青年。

返程路上，天下起了小雨，我们路过对修建垃圾处理发电厂有异议的村子，我看见路上插着一些反对的旗子。我问他，“这事解决了吗？村民还围你吗？”

“姐，去年闹得最凶的时候这旗子，没有人去取，上面写着的是‘保卫白鹿原’。拒绝垃圾焚烧，现在仍然没有一个人敢去取，因为取了之后可能会激化矛盾。现在不在这修垃圾处理发电厂了，把地方移到了另外一个村，然后这里的村民挺高兴，当时组织了很多人前去参观。一部分村民去了回来之后就后悔没在村里建。结果，村民被村里的恶势力打了。打了之后，县长亲自去村里取证，政法委书记带着警察，把打人的那几个村民抓了。后来一切都和谐了。”

我问他：“乡村有腐败，也有黑暗势力。你怎么看乡村反腐和拉帮结派的黑暗势力？”

“事实上，在几年以前，农村买官卖官，以及贿选现象特别严重。

但是现在，我明确地感受到，自从党的十八大以后，现在没有人敢去贿选，一贿选就会有人投诉，一投诉就会有人核查，严惩。我认为这是特别好的。但是彻底消灭中国农村黑暗势力还有一段路需要走的。”

临别的时候，宋博送给我一本书《习近平的七年知青岁月》，他说，这是他的枕边书。

回到杭州后，我与江苏省中国十大村干部常德盛老先生联系，希望做了 52 年村庄带头人的他能寄一本签名版的《时代楷模常德盛》给后生宋博，以资鼓励！

期待未来，宋博能成为另一个常德盛。

# 对话大学生村官宋博

**1. 问：**能留在基层做出一番成绩的大学生村官，你认为都有什么共同特质吗？

**宋博：**普遍理想主义；普遍闪现创新创造的青春激情；普遍具备亲民为民的优秀品质；普遍拥有百折不挠的强大内心。以上这四种共同特质，是我们能够在基层作出一番成就的精神动力。

**2. 问：**你在做大学生村官的过程中遇到的最大阻碍和获得的最大收获是什么？

**宋博：**最大阻碍是感觉自己能力不足，因为过去对农村的了解比较少，为我在农村开展工作造成了很多不便，尤其是如何发展农村经济，我完全一窍不通，摸不着头脑，经过五年多的不断摸索，我终于找到了一条带领村民致富的路。

最大的收获是，在这里找到了我的人生目标——帮助村民致富，同时也找到了自己存在的价值。

**3. 问：**那些大学生村官为何返回城市？

**宋博：**农村生活条件很辛苦，创业艰辛，在开展工作中会遇到许多令人难以想象的困难，需要大学生村官有一颗坚忍不拔的心，有些人因为吃不了苦，也没有得到在农村创业而带来的快乐，自然会选择放弃农村而回到城市。

**4. 问：**你们这些大学生村官之间有相互交流吗？

**宋博：**我们有个大学生村官联合会。每一期的村干部会加 QQ 群或者微信群，组织部会统一把我们加到一个群里面，方便相互联系、沟通。之前我还组建了一个沙龙，十几个大学生村干部利用周末时间聚在一块聊天。讨论产业，讨论发现的农村问题。但最后有的人作出了成绩，有的人离职了，有的人考走了，村干部也就慢慢变得越来越少。我是 2011 年的大学生村官，2011 年以前的大学生村官还坚持在原地的已经都没有了。

**5. 问：**大学生村官容易找对象吗？你的家人是否支持？

**宋博：**大学生村官不容易找到对象。因为收入少，社会认可度低，所以不是很容易找到对象。我家人从最早的不支持逐渐转变为现在的支持，这个过程非常艰辛。非常感激他们的理解。

**6. 问：**返乡青年在新农村有哪些新商机和创业机会？

**宋博：**返乡青年在农村有很多创业的机会，比如：农村有很多农产品，由于这些青年在城市见过世面，他们可以把这些农产品卖到城市。同时也可以把城市的小商品卖到农村。很多返乡青年都会选择做农村电商。

**7. 问：**大学生村官和当地乡村干部之间的矛盾是什么？该如何处理？

**宋博：**最大的冲突在观念意识上的分歧，大学生受过高等教育，会有一些新想法新思路，有些符合村情，有些不符合村情，这会与那些比我们更了解农村的村干部的思想意识发生冲突。大学生村官应该多向当地的村干部学习，让自己更接地气，当地的村干部也应该向大学生村官学习，了解外面世界的新知识，只要双方抱着为村民服务的心态，就可以化解这些矛盾。

**8. 问：**乡村干部队伍的素质现状与未来发展方向如何？

**宋博：**当前有很多村干部文化程度低，思想保守，年龄大，素质有待提高，但是也有一大批年轻有为的青年人正在成为村干部，各级政府也非常重视乡村干部的素质，正在投入各种资源提升乡村干部的素质。我相信，在不久的未来，我们的乡村干部面貌必将焕然一新。

**9. 问：**西安管辖范围的农村干部目前最大的问题是什么？如果非要你说一点，你觉得是什么？

**宋博：**最大的问题是村干部不思进取。老等着镇上来开发，为什么自己不选择开发？自力更生的思维开拓能力太差了。

**10. 问：**你想做一个什么样的人？

**宋博：**不断修路的疯子。许三多，因为在草原放牛班修了一条路，从而改变了自己。侯卫东，被流放到上青林时修了一条通山公路，从而改变了自己的命运，村民也富了。我也想修路，鼓励自己做一个修路的疯子，带领一批村民致富，我觉得，那很牛。

# 参考文献


费孝通:《乡土中国》人民出版社，2008 年 10 月。

贺雪峰:《华中村治研究》(2016 年卷)，社会科学文献出版社，2016 年 10 月。

贺雪峰:《南北中国：中国农村区域差异研究》，社会科学文献出版社，2017 年 12 月。

贺雪峰:《小农立场 》，中国政法大学出版社，2013 年 6 月。

李小云、赵旭东、叶敬忠:《乡村文化与新农村建设》，社会科学文献出版社，2008 年 1 月。

王丹宇:《农村文化建设研究》，湖南大学出版社，2014 年 11 月。

阎海军:《崖边报告：乡土中国的裂变记录》，北京大学出版社，2015 年 8 月。

席大伟:《京东下乡经营学》，中国经济出版社，2017 年 6 月。

刘亮程:《一个人的村庄》，春风文艺出版社，2006 年 1 月。

贺雪峰:《最后一公里村庄：新乡土中国的区域观察》，中信出版社，2017 年 7 月。

贺雪峰:《谁是农民?》，中信出版社，2016 年 7 月。

曹锦清:《黄河边的中国》，上海文艺出版社，2013 年 6 月。

熊培云:《一个村庄里的中国》，新星出版社，2011 年 10 月。

华　生:《城市化转型与土地陷阱》，东方出版社，2013 年 11 月。

**图书在版编目（CIP）数据**

中国村干部 / 张艳华 著. —北京：东方出版社，2020. 5
ISBN 978-7-5207-1285-9

Ⅰ. ①中…　Ⅱ. ①张…　Ⅲ. ①纪实文学—中国—当代　Ⅳ. ①I25

中国版本图书馆 CIP 数据核字（2019）第 272629 号

本书获上海文化发展基金会资助项目

**中国村干部**
（ZHONGGUO CUNGANBU）

**作　　者**：张艳华
**责任编辑**：辛春来　姬　利
**出　　版**：东方出版社
**发　　行**：人民东方出版传媒有限公司
**地　　址**：北京市西城区北三环中路 6 号
**邮　　编**：100120
**印　　刷**：万卷书坊印刷（天津）有限公司
**版　　次**：2020 年 5 月第 1 版
**印　　次**：2020 年 11 月第 2 次印刷
**开　　本**：710 毫米×1000 毫米　1/16
**印　　张**：24. 25
**字　　数**：260 千字
**书　　号**：ISBN 978-7-5207-1285-9
**定　　价**：69. 80 元
**发行电话**：（010）85924663　85924644　85924641